www.mayabooks.co.kr

- 서 사 시 의 마 검 사 -

템빨

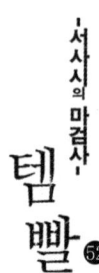

-서사시의 마검사-
템빨 52

지은이 | 박새날
펴낸이 | 권순남
펴낸곳 | (주)마야 · 마루출판사

등록 | 2008. 1. 7(제310-2008-00001호)

초판 인쇄 | 2021. 5. 18
초판 발행 | 2021. 5. 25

주소 | 서울특별시 노원구 동일로237가길 17, 신영산업 BD 602호
대표전화 | 02-2091-0291
팩스 | 02-2091-0290
이메일 | marubooks@mayabooks.co.kr

ISBN | 978-89-280-1450-7(세트) / 979-11-368-1378-7
정가 | 8,000원

잘못된 책은 교환하여 드립니다.
저자와 협의하여 인지를 붙이지 않습니다.

- 서사시의 마검사 -

템빨

52

박새날 게임 판타지 장편소설

MAYA & MARU GAME FANTASY STORY

마루&마야

✻ 목 차 ✻

제1장. 테루찬 ⋯007

제2장. 죽지 마! ⋯051

제3장. 오크 정복 ⋯097

제4장. 그리운 냄새 ⋯139

제5장. 바알 강림? ⋯185

제6장. 2인자의 저력 ⋯245

제7장. 삼제 이정 ⋯307

제1장

테루찬

템빨

개벽이다.

하루아침에 세상이 변했다.

찾아가는 숲마다 엘프들의 노랫소리가 들려왔고 해변마다 둘러선 갑인들이 씨름하며 놀았다. 어느 산에는 강아지 귀를 단 야인들이 나타나 상인들에게 장난쳤고 온 마을 곳곳에 오크들이 서성였다.

이종족들과 함께하는 일상을 상상해 본 사람이 세상천지에 몇이나 될까?

평소 열심히 웹소설과 만화를 탐독해 온 지적인 플레이어들은 쉽게 적응했지만, 대부분의 사람들은 낯선 변화에 큰 혼란을 겪었다. 말로만 들었던, 혹은 말로도 듣지 못했던 이

종족들의 출현에 불안과 공포를 느꼈다.

하지만 인간은 적응의 동물이라고 했던가.

혼란은 잠시일 뿐, 사람들은 변화에 금방 적응했다.

누군가는 이종족과 협력해 새로운 기회를 엿보았고, 누군가는 이종족의 일원이 되기를 선택했으며, 또 누군가는 이종족의 순수함을 이용해 뒤통수를 후려갈겼다. 이종족을 몬스터처럼 사냥하고 거래하는 족속들도 발생했다.

이종족이고 나발이고 간에 결국 사람 사는 세상은 다 똑같다, 라는 결론이 단기간 내에 내려진 것이다.

그리고 템빨국은 새 시대의 방향성을 제시했다.

"어이, 거기! 무거운 짐은 오크들한테 부탁하라고!"

"척후는 야인들에게 맡겨라! 그들의 후각이 우리의 눈을 월등히 앞선다!"

편견 없는 사회.

출신, 신분, 종족과 관계없이 능력만 있다면. 혹은 열정만 있다면 기회를 주고 합당한 보상을 내리는 것이 바로 템빨국이 제시한 사회였고 실제로 많은 성과를 거두고 있었다.

템빨왕 그리드가 불합리를 겪어 본 인물이기에 그의 사상이 템빨국을 자유롭게 만든 것이다… 라고, 혹자는 평했으나 진실은 요원하다.

차별과 조롱을 겪던 시절의 '찌질이 그리드'는 현재의 그리드와 너무 큰 괴리감을 주었으니까.

옛날 그리드는 이랬다, 옛날 그리드는 저랬다.

누군가가 실컷 떠들어 봤자 사람들은 크게 실감할 수가 없었다. 정작 과거의 그리드를 논하는 사람들 본인부터가 지금 내가 진실을 말하는 건지 거짓을 말하는 건지 헷갈릴 정도였다.

"엘프들은 여전히 감감무소식이야?"

템빨궁 회의실.

어떤 안건이 있을 때마다 10공신들이 모여 의논했던 장소다.

늘 왁자지껄했던 이곳도 이제는 적적하다.

커다란 원탁을 사이에 두고 마주 앉은 사람, 그리드와 라우엘 단둘뿐이었다.

"네, 여전히 인간을 신뢰하지 못하는 눈치입니다. 각 숲의 자치권을 행사하면서 인간들과 마찰을 빚을 뿐, 인간과 협력할 생각은 추호도 없는 태도를 보이고 있습니다."

"나까지 신뢰 못하는 건 좀 섭섭한데……."

그리드는 엘프가 겪어 온 고통을 알고 있다.

그들은 단지 아름답다는 이유로, 폭력보다 평화를 사랑한다는 이유로 인간들에게 탐스럽고 만만한 먹잇감으로 낙인찍혀 왔다. 긴 역사 동안 그들이 겪은 희생은 셀 수 없이 많았다.

심지어 플레이어조차도 그들을 노예로 삼으려고 시도한

바 있다.

한때 상왕이라고 칭송받았던 키르 말이다.

그로부터 엘프들을 구원한 인물이 다름 아닌 그리드였고.

서운한 기색을 감추지 못하는 그리드에게 라우엘이 씁쓸한 미소를 그려 보였다.

"엘프는 상처 입은 종족. 그들이 전하를 신뢰할지언정 전하의 백성들까지 신뢰하기는 힘들 겁니다. 그나마 템빨국 영내에 있는 숲에는 얼씬도 안 한다는 것이 그들 나름대로의 의리인 것이겠죠."

"시간이 약이 되어 주길 바라는 수밖에 없는 건가……. 근데 엘프의 개체는 상당히 적은 것으로 기억하는데, 그들이 대륙 전역의 숲을 지배한다는 게 물리적으로 가능해?"

"엘프족 자체가 상위종인 데다 각 부족을 이끄는 '테'들의 무위가 굉장하니까요. 그리고 숲의 짐승들이 그들에게 호의적이라고 하네요. 수백, 수천 마리의 짐승들이 엘프들의 명령에 따라서 숲을 침략하는 인간들을 공격하기 때문에 각국의 군대와 플레이어들은 숲을 탈환하지 못하는 실정이랍니다."

"하긴, 엘프들이 키르에게 당했던 것도 야탄의 정수 때문이지, 본래 그들은 무척 강했어. 더군다나 정령도 있고 말이야."

한 손에 꼽히는 최상위 랭커들조차도 12테는 감당 못할 것이다.

전투 공간이 '숲'인 이상 그리드도 주의해야 할 정도로 테들은 강력했다.

엘프의 개체가 비록 소수일지언정 각지의 숲을 점령하고 자치권을 행사하는 일쯤이야 어렵지 않을 거라는 생각이 들었다.

물론 제국이 나선다면 이야기가 바뀌겠지만 말이다.

"제국의 입장은 어때?"

"제아무리 엘프들이라도 제국령은 침범하지 못하고 있습니다. 제국이 굳이 나설 명분이 없으므로 제국과 엘프 간의 충돌은 없겠죠. 덕분에 우리와 제국만 노났습니다."

"……?"

"템빨국과 제국을 제외한 대부분의 국가들이 숲을 이용할 수 없게 됐잖습니까. 숲에 있는 광산들이 가동을 멈추게 되었고 벌목, 수렵, 채집 등 온갖 경제 활동에 지장이 생겼습니다."

"그 말은……?"

"광물과 목재, 약초, 가죽 등의 거래 품목들의 시세가 급등하고 있는 것이죠. 이미 눈치 빠른 플레이어들은 엘프들의 활동이 시작될 무렵부터 해당 품목들을 사재기해 놨다는 소문이지만, 아시다시피 개인의 경제력에는 한계가 있습니다. 더군다나 그들보다 제가 한발 더 빨리 움직여서 물품들을 사재기해 놨고요."

"템빨국과 제국의 숲들은 모두 정상 가동 중인 상태에서 말이지?"

"네."

"…미쳤군."

그렇지 않아도 템빨국과 제국은 무구 시장을 양분하고 있었다.

수만 명의 대장장이 NPC를 거느리고 육성해 온 제국과 수천 명의 대장장이 플레이어, 그리고 고급, 장인급 대장장이 NPC들을 대거 거느린 템빨국.

그 2개 국가가 현재 시중에 유통되고 있는 아이템 대부분을 공급하고 있었고, 특히 '고위급 아이템의 시세'는 템빨국이 정한다고 봐도 무방한 실정이었다.

한데 거기에 온갖 자원들까지 독점하게 생겼으니, 경제 시장 자체가 템빨국과 제국의 손아귀에 떨어졌다고 봐도 무방했다.

돈이 지닌 힘을 고려해 봤을 때, 어쩌면 세상은 사람들이 체감하는 것보다 더 빨리 변하게 될지 모른다.

템빨국과 제국이 서대륙 전체를 양분하는 시대까지 머지않았을 수도 있다.

"……."

"두려우십니까?"

기뻐하기는커녕 딱딱하게 굳는 그리드의 표정을 엿본 라우엘이 조심스럽게 질문하자, 그리드는 솔직하게 대답했다.

"그거 알아? 나는 아직도 내 나라를 전부 둘러보지 못했어."

"……."

"요렐이라는 도시가 어디에 위치해 있고 누가 어떤 방식으로 다스리는지, 또한 인구는 몇 명이며 특산품은 무엇인지 모두 종이 쪼가리를 통해서 전달받고는 있지만 내 두 눈으로 직접 본 적은 단 한 번도 없어. 그런 도시가, 마을이 무려 수백 개야. 이런 내게 지금보다 수십 배는 더 큰 영토가 쥐여진다고? 수백 배나 더 많은 사람들이 나를 섬기게 된다고? 도저히 감당할 자신이 없다."

"황제로 즉위하셔서 여러 왕을 책봉하고 그들과 책임을 나누는 방법도 있습니다. 사하란 황실도 전하의 황위를 인정할 것입니다."

"…그건 더 무서운데."

동료들은 신뢰한다.

다만 동료들의 곁에 꼬이게 될 날파리들이 걱정이다.

예를 들어 10공신들을 왕으로 책봉할 경우.

그들은 각자의 영토를 관리하기 위해서 많은 사람을 곁에 두게 될 것이고, 개중에는 반드시 물을 흐리는 미꾸라지들이 존재할 것이다.

템빨국, 템빨단은 서서히 오염될 것이었다. 최악의 경우 그리드의 통제에서 벗어나 내란이 발생할 수도 있었다.

그리드가 솔직히 털어놓자 라우엘이 빙그레 웃었다.

"확실히, 황제의 재목은 아니시군요."

"알아줘서 고마워. 내게 역량이 있었다면 이런 사소한 걱정들 따위 애초에 하지도 않았겠지만, 너도 알다시피 나는 내 한 몸 건사하기도 힘든 사람이야. 황제라는 자리는 내가 감당 못해."

너무 겸손한 평가다.

얼마 전 샤이닝 왕자에게 실패작을 하사한 사건만 봐도 그리드는 정말 많은 부분을 살필 수 있는 인물이었다.

하지만 라우엘은 그리드의 입장을 순순히 수긍해 주었다.

싫다는 사람에게 억지로 무언가를 강요한다는 건 온갖 부작용을 일으키게 마련이니까.

또한 그리드가 지금보다 몇 배나 커질 나라를 다스릴 수 있을 정도로 탁월한 사람은 못 된다는 것도 사실이었고.

"그럼 전하의 목표는 무엇입니까? 템빨국을 착실히 관리할 수 있는 수준까지만 키워 놓고 지존의 자리를 유지하는 게 목표이십니까?"

"흐음… 얼마 전까지는 그랬는데 이제는 생각이 바뀌었어."

"……?"

"지존은 과정이자 수단에 불과하다는 생각이 들어."

"……!"

"신들의 실체, 칠악성과 쫓겨난 신들, 양반과 환국, 파그마와 대악마."

Satisfy의 근간이 되는 에피소드들.

"나는 그 모든 것을 알고 싶다. 그리고 진실에 접근하기 위해서는 무력이 필요하지."

"……."

라우엘의 심장이 크게 뛰었다.

재물, 명예, 권력.

대부분의 사람들이 궁극적으로 꿈꾸는 목표가 지금의 그리드에게는 시시한 2차원적 개념에 불과한 것이다.

그리드의 사고는 아주 높은 수준에 도달해 있을 수도 있다는 것이 라우엘의 생각이었다.

"모든 진실을 알게 된 후에는 뭐, 은퇴해서 작은 대장간이라도 하나 운영하면 좋을 것 같고. 치매 예방을 위해서라도 소일거리 정도는 해야 되잖아?"

"하하… 그것참 즐거운 말년이겠군요. 모든 걸 이루고 은퇴한 뒤에도 매일 작은 충족감을 느낄 수 있을 테니 마음이 편하고 재밌겠어요."

"바로 그거야."

"대장간은 어디에 차리실 생각인데요?"

장소를 묻는 게 아니라 차원을 묻는 것이다.

플레이어들은 현실과 Satisfy, 2개의 차원을 살아가고 있었으니까.

그리드가 히죽 웃었다.

"그야 당연히 둘 다지."

† † †

[바이올렛 왕국이 멸망하였습니다.]

[바이올렛 왕국 소속이었던 플레이어들의 신분이 '난민'으로 바뀝니다. 난민은 스태미나 하락 속도와 입는 피해량이 증가하며…….]

[어스름족 오크의 왕국이 탄생하였습니다!]

[위대한 오크 로드 '우루찬'의 포효가 대륙을 뒤흔듭니다!]

예정된 역사가 완성됐다.

무서운 회복 속도와 번식력을 자랑하는 오크 대군의 침공 앞에서 바이올렛 왕국은 채 석 달을 버티지 못했다. 여러 국가가 파견했던 원군들도 큰 도움이 못 됐다는 뜻이다.

새로운 왕국의 탄생.

수백 년 만에 등장한 이종족의 국가는 많은 승자를 배출했다.

 종족을 오크로 바꾸고 바이올렛과의 전쟁에서 공헌도를 쌓은 플레이어들이 〈투사〉라는 새로운 클래스를 개방하거나 능력치가 대폭 상승하는 등의 보상을 얻은 것이다.

 "오크들의 물량 공세 앞에서는 제국이나 템빨국도 난처할 것 같은데?"

 여론이 술렁였다.

 템빨국과 제국이 양분할 줄 알았던 서대륙의 패권을 어스름족 오크가 위협할 것으로 분석했다.

 한데 의외로.

 "잠잠하군……."

 오크들은 세력 확대에 욕심을 부리지 않았다. 손에 넣은 영토만으로 충분히 만족하는 것처럼 평화로운 일상을 보냈다.

 어떤 사고가 터지기 전까진 말이다.

 [오크 로드 '우루찬'이 대결에서 패배, 사망하였습니다!]
 [대결에서 승리한 '테루찬'이 새로운 오크 로드로 등극하였습니다!]
 [테루찬이 선언합니다!]

 "우리! 오크는! 더 큰 영토를 원한다! 쿠룩! 쿠루룩!"

새로운 지도자의 뜻에 따라 오크들의 진격이 개시됐다.

여러 왕국이 지속적인 침략과 약탈을 당하기 시작했고, 개중에는 폴드 왕국도 포함됐다.

† † †

〈오크가 된 것에 만족하십니까?〉

종족을 바꾼 플레이어들을 대상으로 설문 조사가 진행됐다.

응답률은 68퍼센트로 매우 양호.

그중 긍정적인 답변의 비율이 무려 80퍼센트다.

긍정적일 수밖에 없다.

오크로 종족을 바꾼 플레이어 대부분이 근접 딜러였으니까.

애초에 그들은 오크의 육체 능력이 탐나서 오크라는 종족을 선택한 것이다.

쉽게 지치지 않는 체력, 높은 생명력, 파괴적인 힘, 넓은 시야각 등.

오크의 뛰어난 육체 능력은 그들을 크게 만족시켰다.

〈전투에 최적화된 종족이야. 생존력이 보장되면서 폭딜

까지 가능하고 사각이 적어. 동 레벨 플레이어랑 싸우면 질 수가 없어.〉

〈마나통이 배로 줄어서 스킬을 몇 번 못 쓰는 게 문제지만 말이지.〉

〈공감합니다. 마나 자체가 부족한 데다 마나 회복 속도까지 너무 느려서 장기전에 매우 취약해요. 지력 관련해선 반드시 버프가 필요합니다.〉

〈지력 계수는 진짜 버프해 줘야 됨. 난 마법사 만날 때마다 이기질 못하겠어. 마법이 유발하는 상태 이상엔 저항도 잘 못하고 공격 마법 한 대만 맞아도 피가 쭉쭉 떨어지는데 진짜 손쓸 도리가 없더라.〉

〈님들, 바라는 게 너무 많은 거 아님? 나도 버프를 바라는 입장이긴 한데 솔직히 지금 상태에서 지력까지 버프받으면 개사기일 듯.〉

〈그건 맞음. ㅋㅋ 지금만 해도 단점보다 장점이 월등히 뛰어난데, 여기에 버프까지 받으면 누가 인간 하겠음? 죄다 오크 하지. ㅋㅋ〉

각종 커뮤니티에서 목격되는 오크 간의 대화나 후기가 수많은 사람들을 유혹했다.

인간이 아니게 되는 것에 거부감을 느끼던 사람들조차 이끌릴 정도로 오크가 지닌 강점은 뚜렷한 것이었다.

물론 단점도 많았다.

지력 관련 문제뿐만 아니라 꼽추, 주걱턱, 불규칙한 치아, 뒤룩뒤룩 굴러가는 눈알 등.

일단 외모가 통상적인 미적 기준을 충족하지 못한다는 점이 치명적인 문제였다.

또한 오크족 NPC들의 지적 수준이 인간보다 떨어지는 경우가 많았기 때문에 퀘스트 내용들이 대체적으로 단순하거나 무식했고, 그로 인해 난이도가 상당히 높았다.

막말로 말도 안 되는 일을 시키곤 하는 것이다.

오크는 퀘스트 없는 셈 치라는 우스갯소리가 생겼을 정도였다.

어찌 됐든.

'나도 오크로 종족 바꿔야겠다.'

'나도!'

많은 사람들이 오크의 단점보다는 장점 쪽에 손을 들었다.

특히 스킬 의존도가 낮은 직업군 플레이어들이 대거 오크로 종족 변경을 시도했다.

그 와중에 중국 언론들의 태도가 눈에 띄었다.

『중국 무술이야말로 세계에서 가장 종류가 많고 유명하지요. 그 덕에 대개의 중국인은 '무술'에 흥미와 긍지를 품고 있으며 Satisfy 클래스도 무도가 계열로 선택하는 경우가 많습니다. 그 많은 중국인 무도가가 오크로 종족을 바꿔서 본인의 강점을 극대화시킨 모습을 상상해 보십시오. 어떨 것 같습니까? 네, 여러분의 상상이 그대로 실현될 것입니다. 자랑스러운 중화 민족이 각종 PvP 대회를 석권하는 것은 물론이고 상위 랭킹을 지배하는 시대가 도래하겠죠.』

『중국인 플레이어들은 순수합니다. 그리드가 템빨로 치장하고 크라우젤이 스킬빨을 위시할 때도 꿋꿋이 컨트롤 솜씨만 단련했던 하오가 중국인 플레이어의 전형을 보여주고 있죠. 외부적인 요소에 의존하기보다 본인 스스로를 단련하는 데 집중하는 중국인들의 태도… 그것을 옳다, 그르다 논한다는 건 오해의 소지가 있겠으나 그런 태도가 중국인 플레이어들을 도태시킨 것은 부정할 수 없는 사실입니다. 중국이 게임 강대국이라는 위명을 되찾기 위해서는 플레이어들의 태도가 바뀔 필요가 있었어요. 그러던 차에 등장한 오크가 중국인 플레이어들의 성향으로부터 비롯된 약점을 극복시켜 줄 수단이 되어 줄 테니, 향후 중국의 전망은 매우 밝다고 볼 수 있겠죠.』

『중국의 상위 랭커들이 오크로 종족을 변경하고 잘 적응할 경우 올해 국가 대항전에서 중국의 종합 순위는 최소 2위로 마무리될 겁니다. 그리고 향후 1~2년 내에 미국과 한국을 완전히 뛰어넘게 되겠죠.』

광적인 예찬.

중국의 각종 언론 매체가 오크 예찬을 주도하는 배경에는 공산당의 야욕이 숨어 있었다.

자국 플레이어들을 대거 오크로 만들고 국대전 성적을 높여 국격을 상승시키려는 의도였다. 거의 세뇌 수준의 언론 플레이인 셈이었다.

언론은 공산당이 원하는 그림을 완성시키기 위해서 하오라는 패까지 꺼내 들었다.

『하오 씨, 요즘 세상이 오크로 뜨겁습니다. 그리고 최근에는 반용족에게 별도의 스탯 혜택이 없다는 사실이 알려지면서 하오 씨가 화두에 오르고 있어요. 하오 씨께서 오크로 종족을 바꿔 육체 능력을 강화시키면 지존이 될 거라는 추측이 난무하고 있는 실정인데요. 하오 씨의 생각은 어떤가요?』

『일단 반용족의 스탯 계수가 인간과 같은 것은 사실입니다. 오크의 경우처럼 플레이어들이 반용족을 직접 선택할 수 있는 시기가 찾아와야 스탯 계수가 조정될 것으로 추측하고 있죠.』

『저런, 아쉽군요. 그럼 당장은 오크로 종족을 바꾸는 것도 고려하고 계시겠군요?』

『아니요. 종족 변경의 기회는 계정당 2회뿐이고 한번 종족을 바꾸면 최소 2년 동안 다시 바꾸지 못하니 신중해야죠. 더군다나 반용족은 스킬 면에서 혜택을 받고 있기 때문에 굳이 못생긴 오크로 종족을 바꿔 가면서까지 기존의 혜택을 포기하고 싶진 않습니다.』

『그, 그렇군요.』

중국 언론은 장기간 하오를 비난하며 고립시켜 왔다.

하지만 다시 하오를 언급하기 시작하고, 심지어 인터뷰까지 요청한 이유는 하오의 인지도를 이용하기 위함이었다.

하오가 중국 최고의 랭커라는 사실에는 변함이 없었기 때문이다.

언론이 하오에게 바라는 것은 오크의 가치를 인정함으로써 언론의 목소리에 힘을 실어 주는 것이었다.

한데 하오는 재를 뿌려 버렸다.

『시청자 여러분도 오크를 너무 맹신하지 마십시오. 근력, 체력의 계수가 인간과 비교해서 1.8배 높은 것은 분명 대단하지만, 후반으로 갈수록 스탯보다 스킬의 중요도가 올라갑니다. 지력 계수의 2배 하락이 언젠간 당신들의 발목을 붙잡을 거예요. 또한 힘을 숭배하는 오크들의 사상이 조만간 큰 화를 불러일으킬 우려가 있음을 잊지 마십시오.』

『아, 네. 여기서 인터뷰를 마치겠습니다.』

또다시.

하오는 언론의 표적이 되었다.

그가 중국의 내로라하는 전문가들과 반대되는 의견을 내놓은 배경에는 필시 그리드의 사주가 있었을 거라고 음모론을 제기하며 하오를 공격했다.

손쉽게 여론을 조작하고 통제할 수 있는 공산주의 국가에서 사람 한 명 병신으로 만드는 일은 간단했고, 하오의 주장들은 비난 속에 묵살되었다.

"…매번 피곤하군."

하오는 점차 지쳐 가는 자신을 발견했다.

몇 년 전 방문했던 한국이 자꾸만 눈앞에 아른거렸다.

그리드와 템빨단원들의 집과 건물이 나란히 늘어선 거리.

그곳의 자유로운 분위기가 하오는 문득 그리워졌다.

그러다가도.

"……."

대대로 인민들에게 존경받았던 조상들의 면면을 떠올린 하오는 상념을 털어 내야만 했다.

그는 알고 있었다.

자신을 억압하는 마음의 족쇄를 풀고 새롭게 시작하기 위해서는 조국에 반드시 명예를 안겨야 한다는 사실을.

조국에 명예를 안기는 가장 확실한 방법?

그건 바로 그리드를 꺾는 것이다.

'한 번.'

정말로 단 한 번.

천운에 천운이 따라 줘서 단 한 번이라도 그리드를 꺾을 수 있다면.

나를 그리드의 하수인이라고 손가락질하는 동시에 그리드를 악당 취급하는 중국인들의 풍조가 고쳐질 것이다.

'반드시 한 번은 이긴다.'

자신의 새로운 시작을 위해서도, 그리드의 명예를 위해서도 하오는 승리를 갈망했다.

† † †

"오크 전사들이여! 나! 테루찬을 경배하라! 쿠룩! 쿠루룩! 너희에게 나와 함께 전쟁에 나설 영광을 주겠다! 우리는! 인간들의 영토를 빼앗고! 쿠륵! 크르륵! 우리의 제국을 세울 것이다!"

"이런 미친!"

오크로 종족을 바꾼 수많은 사람들이 치를 떨었다.

오크의 힘으로 성장해서 랭커가 되거나 국대전 등의 무대에서 활약하는 게 그들의 목표였건만 다짜고짜 전쟁의 장기말이 되게 생겼으니 낭패였다.

솔직히 말해서 오크의 나라가 어찌 되든 플레이어들은 상관없었다. 신경조차 안 썼다. 오크가 된 지 채 몇 달도 안 됐는데 벌써부터 소속감을 느낄 리 만무했다.

구미가 당길 만한 퀘스트라도 발생했다면 또 모를까…….

기존의 로드를 힘으로 꺾고 왕좌를 탈환한 새로운 로드는 엄청 무식해서 사람을 다루는 방법도 몰랐다. 뇌까지 근육으로 만들어진 것인지, 당근을 줄 생각은 아예 못하고 그저 자신을 따르는 행위 자체가 영광이라는 점만 강조했다.

플레이어들에겐 씨알도 안 먹힐 미친놈의 헛소리였다.

"난 전쟁에서 빠질 거야!"

플레이어들이 이탈을 시도했다.

애초에 플레이어는 게임을 즐기는 입장.

그들에게는 자유라는 권리가 있었고 오크 로드의 명령에 굳이 굴복할 이유가 없었다.

그렇게 믿었다.

한데 웬걸.

[지금 대열에서 이탈하면 탈영병으로 간주됩니다! 온갖 처벌과 제약이 뒤따를 것입니다!]

"XX!"

"아니, 이게 무슨 억지야!"

오크는 힘을 숭배하는 전투 민족.

백성 모두가 군인 취급을 받았고 플레이어도 예외는 아니었다. 오크 로드가 일방적으로 만든 군법으로부터 자유로울 수가 없었다.

물론 사람들은 쉽게 수긍하지 않았다.

탈영병이고 나발이고 간에 무시하고 대열에서 이탈하는 플레이어들이 속출했다.

그리고 그들은 전원.

서걱-!

바로 옆에 있던, 혹은 등 뒤나 눈앞에 있던 다른 오크들에게 뎅겅 목이 잘려 버렸다.

죽었다가 다시 부활해도, 한참을 로그아웃했다가 로그인해도 그들은 이미 행군을 개시한 오크의 군세에서 벗어날 수가 없었다.

인간과 달리 '본능'을 중시하는 오크 사회에서 오크 로드의 의지는 절대적인 구속력을 발생시켰기 때문이다.

하위 오크는 고위 오크를 거스를 수 없다는 뜻.

플레이어가 어스름족 오크로 종족 변경 시 '일부 오크를 통솔할 권한이 생긴다.'라는 효과가 발생했던 이유도 이와 같은 맥락이었다.

[위대한 군주 테루찬이 전쟁을 선포한 상태입니다!]

[당신은 테루찬의 의지에 따라 그의 군대에 합류하게 됩니다!]

"뭐 이딴 X망겜이 다 있어!"

Satisfy와 기존 게임의 가장 큰 차이점은 자유도에 있었다.

어떤 범죄를 저지르거나 특정 퀘스트에 구속되지 않는 이상, 플레이어는 언제나 자신의 뜻대로 Satisfy를 플레이할 수 있었다.

한데 이 순간 상식이 깨진 것이다.

무식한 윗대가리를 만나게 된 오크 플레이어들은 강제 병영 체험을 하게 생겼다.

'누가 저 새끼를 좀 말려 줘!'

정복 전쟁을 개시한 어스름족 오크.

인류는 물론이고 오크 플레이어들조차도 그들의 행군이 멈추길 바랐다.

하지만 '마법 못 쓰는 대악마'라고 취급해도 좋을 만큼 강력한 테루찬과 그를 광신하는 정예 오크들을 막아 낼 수 있는 세력은 쉽게 찾아보기 어려웠다.

만인이 고통에 떨었다.

"전개가 왜 예상하고 다르냐?"

라인하르트 대장간.

작업 중에 라우엘의 보고를 받은 그리드가 혀를 내둘렀다.

여러 정황상 오크의 영토 확장 가능성은 낮다, 라고 분석했던 라우엘을 바라보는 그의 눈초리가 영 곱지 못했다.

라우엘은 당당했다.

"어스름족 오크 로드는 모든 오크를 관장하는 제왕. 응당 뛰어난 지성을 갖췄을 것으로 추측했고 실제로 전대 오크 로드는 신중했습니다. 수백 년 동안 제국에게 억압받았던 본인들의 무력함을 잊지 않고 제국을 자극하지 않게끔 인류와 굳이 척을 지는 일을 피했죠. 그러니까 제 분석은 틀리지 않았던 겁니다."

"어쨌든 지금 사태는 예상 못했잖아. 다른 놈이 기존의 오크 로드를 죽이고 새로운 오크 로드가 돼서 전쟁을 일으킬 수도 있다고는 한마디도 안 했었잖아?"

"너무 뻔해서 굳이 말씀은 안 드렸지만 예상은 했었습니다. 오크는 힘을 숭배하는 종족이니만큼 왕위를 계승하는 방식도 힘을 통해 이뤄질 것으로 분석했고, 언제라도 오크 로드가 바뀔 수도 있음을 계산했죠."

"……?"

라우엘의 최대 약점은 멘탈이 약하다는 점이다.

예상치 못한 변수에 직면할 때마다 일을 그르치는 경우가 많았다.

물론 100번 중 99번은 변수마저 차단하는 지혜를 발휘했다지만 말이다.

"예상 범위 내라는 건 대비책도 마련해 두었다는 건가?"

"아뇨?"

"……?"

얘, 멘탈 나간 거 맞구나.

근심 어린 눈초리를 보내는 그리드에게 라우엘이 어깨를 으쓱여 보였다.

"오크의 진군은 제국에 명분을 제공하고 말았습니다. 화합을 이루고자 자유를 줬건만 도리어 계속 전쟁을 일으키는 오크들을 제국은 좌시할 수 없게 됐죠. 제국은 다시금 화합을 위해서 오크를 토벌할 겁니다."

"아……."

주인 잘못 만난 오크가 제 무덤 판 셈이다.

"그렇군. 우리가 나설 문제가 아니네. 아니, 신경 쓸 문제 자체가 아니군."

이해한 그리드가 고개를 끄덕일 때였다.

"오크 대군이 폴드 왕국을 침략했다는 소식입니다! 오크 로드 테루찬이 직접 통솔하는 본대입니다!"

"뭐?"

그리드의 표정이 굳었다.

그동안 폴드 왕국이 보여 준 충의와 샤이닝 왕자의 얼굴을 떠올린 그가 조용히 자리에서 일어났다.

"내가 간다. 아무래도 서열 정리를 해 놔야겠어."

파지직! 파직!

청룡의 부츠에서 뇌전이 튀었다.
그리고 4개의 검은 손이 허공에 떠올랐다.
부활한 갓 핸드였다.

† † †

〈직접적인 피해를 입을 가능성은 매우 낮은 듯…….〉
〈그러게.〉

오크의 행군을 놓고 '대악마 이후 최악의 재앙'이라고 떠들며 불안해하던 사람들이 슬슬 안정을 되찾아 갔다.

〈대악마 때하고는 확연히 달라.〉

대악마는 인간을 가축 이하로 취급했었다. 인간을 일방적으로 학대하고 학살하며 조롱했다.
반면 오크는 달랐다.
그들 또한 인류로 분류할 수 있는 지적 생명체.
마족과 달리 상식이 통하는 상대였고 대악마처럼 잔인하지도 않았다.
힘이야말로 정의라는 자신들의 사상을 인간에게 강요하지도 않았다.

다만 그들의 주장은 자신들에게도 살아갈 영토가 필요하다는 것.

"나는 위대한 전사들을 이끄는 로드, 테루찬! 우리 위대한 전사들에게 약자를 괴롭히는 취미 따위는 없다! 쿠륵! 쿠루룩! 순순히 백기를 들고 땅을 바치면 너희의 안전을 보장할 것이다!"

요새 도시 하울.

폴드 왕국의 관문이라 할 수 있는 그곳에는 3만의 정예군이 늘 상주하고 있었다. 산전수전 다 겪은 백전노장들이 병사들을 통솔했고, 재능 있는 기사들이 선두에서 침략자를 물리치곤 했다.

그래, 하울의 군대는 용맹무쌍하다.

설령 제국군이 하울을 침략할지언정 그들은 용감히 맞설 것이었다.

폴드 왕가가 제국의 후환을 두려워하지 않고 템빨국에 복속한 이유 또한 그들을 신뢰하기 때문이었다.

하지만…….

"이런 빌어먹을 놈들, 왜 하필 우리 왕국을 탐내는 거야? 우리 말고 풍요로운 나라가 얼마나 많은데."

"그러게 말일세. 이런 척박한 땅을 가져서 뭐에다 쓰겠다고."

"우리나라의 상황을 모르는 거 아닐까요? 의외로 말이 통하는 상대인 것 같은데 잘 설명하고 달래면 물러나 주지 않을까요?"

하울의 군대조차도 오크 대군 앞에서는 주눅이 들었다.

최소 2미터의 신장을 자랑하는 검은 피부의 오크 10만 마리가 성벽 아래 득실거리는 모습은 백전노장들에게도 커다란 압박으로 다가왔다.

특히 선두의 오크 로드가 내뿜는 패기가 무시무시했다. 눈만 마주쳐도 오금이 저릴 지경이었다. 꽤 많은 병사들의 바지가 이미 축축이 젖어 있었다.

"으음……"

하울의 영주이자 폴드 왕국 무력의 상징.

수천만 수호 기사 플레이어들의 우상으로 유명한 '베즐 후작'이 고민 끝에 결단을 내렸다.

"대화라. 좋은 방법이군. 성문을 열어라. 내가 직접 나서서 대화를 해 보겠다."

"안 될 말씀이십니다!"

후작의 부하들이 대경실색했다.

확실히, 오크들은 의외로 신사적이었다. 마치 기사도를 숭배하는 기사 같았다.

그들이 이곳까지 도달하는 길에 지나쳤던 작은 마을들이 모두 무사하다는 소식을 들었을 때는 어지간한 인간보다 오크가 낫다는 생각을 했었을 정도다.

하지만 연기일 수도 있다.

애초에 적이다.

우리의 사령관이 적진 한복판으로 나서겠다는데 잠자코 있을 바보는 없었다.

"저들이 후작 각하를 해치거나 인질로 잡는 순간 요새는 끝입니다."

"맞습니다! 부디 신중하소서! 차라리 소장을 내보내 주십시오!"

"대화를 요청해 놓고 대장은 틀어박혀 숨어 있으라? 오크들이 잘도 응하겠군. 제대로 비웃겠어."

"그냥 항전하시죠! 각하께서 친히 나선다는 건 아무리 생각해도 위험합니다!"

"맞습니다! 놈들은 결국 오크! 몬스터입니다! 대화가 통할 리 만무합니다!"

"무턱대고 싸우자고?"

"우리에게는 3만의 강병이 있습니다! 성에서 농성하면 능히 버틸 수 있을 것입니다!"

"왕도에서 급히 원군을 파견했다고 하니 희망이 있습니다!"

"진심으로 하는 말인가?"

"……."

베즐 후작이 묻자 모두가 입을 다물었다.

후작의 시선은 성문 위에 꽂혀 있는 커다란 창을 가리키고 있었다.

오크 로드 테루찬이 '보이지도 않는 곳에서부터' 집어 던졌던 창이다.

성벽에 균열을 발생시키고 있는 그것은 수십 명의 기사들이 힘을 합쳐도 뽑아낼 수 없었다.

마치 처음부터 그 자리에 존재해 온 것처럼 깊숙이 박혀 있었기에.

"길게 버텨 봐야 이틀이다. 저들이 총공세를 시작하는 순간 성벽이 허물어질 것이고, 요새는 철저히 짓밟힐 테지. 무의미한 저항으로 희생자를 늘리느니 우선 대화를 시도하는 게 맞다."

"하지만 후작님께서 봉변을 당하셨다간 그 이틀조차도 버틸 수 없게 됩니다."

"저들이 내 목을 치는 순간 요새를 버리고 왕도로 퇴각해라. 샤이닝 전하께서 즉시 사태를 헤아리시고 너희를 품어 주실 것이다."

"저희보고 싸워 보지도 않고 도망치는 비겁한 겁쟁이가 되라는 말씀입니까!"

"물론 손가락질하는 이들도 있겠지. 하지만 이날의 선택이 조국을 지키는 유일할 길이었음을 조만간 모두가 알게 될 터이니 괘념치 마라. 조국을 위해서 치욕을 견뎌라."

"각하!"

사람들은 더 이상 베즐 후작을 말리지 못했다. 부하들이 몸으로 만든 장벽을 힘까지 써서 돌파한 그가 직접 성문을 열고 성 밖에 나갔다.

"이런……!"

얼굴이 하얗게 질린 귀족들과 기사들이 다급히 성벽 위로 달려갔다.

오크 로드 테루찬과 대면하고 있는 베즐 후작의 모습이 보였다.

버티고, 지키는 데 특화된 수호 기사.

그중에서도 정점인 베즐 후작의 몸집은 무척 커서 거인 같았지만 오크들 사이에서는 도리어 왜소하게 느껴졌다. 특히 테루찬과 비교하면 어린아이처럼 보일 지경이었다.

"나는 이 요새의 책임자이자 폴드 왕국의 후작위에 있는 베즐이라고 하오. 오크 로드 테루찬이여, 당신께 부끄러움을 무릅쓰고 말씀드리겠소."

"쿠륵. 크르륵. 말하라."

테루찬은 무척 흥미롭다는 반응을 보였다.

적진 한가운데 홀로 뛰어든 가냘픈 인간의 용기가 그는 매우 기특했다.

"우리 폴드 왕국의 영토는 대륙에서도 가장 척박하기로 유명하오. 그 흔한 산과 강도 드물고 바다도 없소. 오크가 굳이 정복해 봤자 영양가가 없는 것이오."

"그러니 다른 왕국을 침략해라? 쿠륵."

"…부디 물러나 달라고 부탁드리는 것이오."

폴드 왕국에서 출몰하는 몬스터의 종류와 숫자는 다른 왕국과 비교해서 월등히 많다.

지난 세월 동안 늘 선봉에서 싸웠던 베른 후작은 수만 마리 몬스터의 숨통을 끊어 왔다.

여태껏 몬스터로 여겨 왔던 오크에게 고개를 숙이는 일, 베른 후작으로서는 무척 낯설고 힘든 일인 것이다.

하지만 그는 일체 망설이지 않았다. 무릎이라도 꿇을 기세로 정중히 고개를 숙였다.

"폴드 왕국은 정복할 가치조차 없는 나라. 부디 물러나 주시길 간청드리오."

조국을 폄하하는 일.

제아무리 조국을 위해서라는 명목이 있다 해도 용서받지 못할 중죄다.

특히 베른 후작은 평생 조국을 위해서 싸워 온 인물이니만큼 더욱 큰 자책감과 고통을 느꼈다.

하지만 오크들이 물러나 주길 바라는 그의 입장에선 있는 그대로 솔직히 말하는 수밖에 없었다.

정복할 가치조차 없는 나라.

그것은 세간의 평가이기도 했으니까.

잠자코 듣고 있던 테루찬이 큭큭 웃었다.

"우리 전사들에게 있어선 폴드 왕국의 영토야말로 최고의 터전임을 모르는군."

"……?"

베즐 후작은 오크의 '무지'에 기대를 걸고 있었다.

속세에 나온 지 얼마 안 된 그들이 아무것도 몰라서 폴드 왕국을 침략한 것이라고 생각했다.

대화가 통할 거라고 믿었던 근거다.

이곳을 정복해 봤자 얻을 게 없다는 사실을 알게 되면 오크들이 순순히 물러나 줄 수도 있다고 판단하고 있었다.

한데 전혀 예상치 못한 반응이 나왔다.

폴드 왕국의 영토야말로 최고의 터전이라니?

당황하는 베즐 후작에게 테루찬이 씨익 웃어 보였다.

어떤 맹수의 것보다도 커다란 어금니가 위협적이다.

"쿠륵. 우리는 몬스터를 사냥함으로써 단련하고 허기를 채운다."

"……!"

"다른 어떤 나라보다도. 쿠륵. 쿠르륵. 폴드 왕국이야말로 우리의 터전으로 적합한 것이지."

이런 낭패가.

기껏 엿봤던 희망이 헛된 꿈이었음을 깨달은 베즐 후작이 심호흡하며 충격을 달랬다.

동시에 빠르게 판단했다.

당장 돌아가서 병사들을 이끌고 퇴각해야 한다고.

이들과 맞서 싸우기 위해서는 폴드 왕국 전역의 군대가 왕도로 집결해 농성하는 편이 가장 효율적이었으니까.

하지만 그 생각도 금방 꺾였다.

'저건……!'

퇴각은 불가다.

붉은 점 표범.

몬스터를 사냥할 정도로 강력하고 말보다 몇 배나 빠른 맹수 수천 마리가 오크들에게 길들여져 있었기 때문이다.

표범대를 발견한 베즐 후작의 시선이 떨리는 것을 엿본 테루찬이 자비를 내렸다.

"용기가 가상한 인간이여."

"……?"

"내 앞에서도 당당히 말할 수 있는. 쿠륵. 그 위풍이 넘치는 태도로 보아 그대 또한 전사일 터. 쿠르륵. 전사를 예우하는 의미에서 그대에게 기회를 주고 싶다."

"……!"

기회!

희망을 잃은 채 꺼져 가던 베즐 후작의 눈동자에 다시금 빛이 깃들었다.

지푸라기라도 붙잡아야 할 판국에 오크 로드가 직접 기회를 준다 하니 그로서는 마다할 이유가 없었다.

"부디 부탁드리오!"

다급히 외치는 베즐 후작에게 테루찬이 제안한 것은.

"나와 싸워라."

결투였다.

심지어 베즐 후작에게 일방적으로 유리한 내용의 결투.

"나, 위대한 오크 로드 테루찬과 10합 이상을 겨룬다면. 쿠륵. 쿠르륵. 그대를 전사로서 존중하고 순순히 물러나도록 하겠다. 쿠륵."

"……!"

베즐 후작은 믿기지 않았다.

자신과 싸워 이겨 보라는 것도 아니고, 단지 10합을 겨루기만 하면 군대를 물려 주겠다고?

너무 유리한 내용인지라 도리어 의심이 든다.

경계하는 베즐 후작을 테루찬은 귀엽다는 듯이 바라보았다.

"나를 따르는 전사들이 지켜보고 있고 너희 인간들이 지켜보고 있다. 크륵. 이 자리에서. 쿠르륵. 내가 거짓을 지껄인다면. 쿠륵. 나는 명예를 잃고 로드의 자리에서 추방될 것이다."

신뢰해도 좋다는 뜻.

생각해 본 베즐 후작이 고개를 끄덕였다.

"좋소. 제안에 응하겠소. 부디 약속을 잊지 말아 주시오."

썩은 동아줄일지언정 붙잡는 수밖에 없다.

이 동아줄을 붙잡지 않으면 결국 기다리는 건 파멸뿐이다.

결의를 다진 베즐 후작이 방패와 검을 꺼냈다.

불퇴의 기사.

타국의 기사들에게 존경받는 것은 물론이고 수천만 수호 기사 플레이어들조차 우상으로 꼽는 그가 자세를 잡자 오크들이 크게 술렁였다.

몸 전체를 방패로 가린 채 검을 역수로 쥔 그가 내뿜는 기세가 상당했던 까닭이다.

도무지 공격할 틈이 안 보였다. 억지로 공격해 봤자 가로막히고 반격당할 것 같았다.

테루찬이 대소를 터뜨렸다.

"역시! 내 예상대로 뛰어난 전사로구나! 크하하하하!"

저녁과 새벽의 사이를 연상시키는 어두운 피부가 판금보다 두껍다.

꿈틀거리는 근육들은 바위를 통째로 갖다 박은 것처럼 우람하다.

수박을 한 손에 쥘 수 있을 정도로 커다란 손에 가득한 굳은살들은 그가 단지 타고난 힘에 의존하는 짐승이 아니라 단련을 거듭해 온 전사임을 증명한다.

오크 로드 테루찬을 구성하고 있는 모든 요소가 베즐 후작을 압박했다.

하지만 베즐 후작은 위축되지 않았다.

그 또한 역전의 용사.

가장 약한 나라에서 태어난 그는 언제나 불리한 싸움만 해 왔다.

강한 적에게 버티거나 물리치는 방법을 그는 누구보다 잘 알고 있었다.

'와라!'

이를 악문 베즐 후작이 온갖 방어 스킬을 전개했다.

하나하나가 플레이어의 궁극기와 견주는 스킬 7개.

'저 중 하나만 배울 수 있어도 최강의 탱커가 될 것이다.' 라고 수호 기사 플레이어들이 말하곤 하는 베즐 후작의 성명절기들이 베즐 후작을 수백 년간 뿌리내린 거목처럼 만들어 주었다.

그의 방패 위로.

꽈아아아아아앙-!

테루찬의 대도가 꽂혔다.

그리고…

"쿨럭……!"

베즐 후작의 몸이 100미터 바깥까지 날아가 바닥을 뒹굴었다.

"가, 각하!"

하울 요새의 3만 병사들이 경악했고.

〈존나 세…….〉

전 세계 시청자들과 네티즌들의 어안이 벙벙해졌다.
수호 기사들의 궁극적 목표라고 알려진 베즐 후작이 단 일격에 허물어지는 모습은 그만큼 충격적이었다.
테루찬은 제자리에 선 채 베즐 후작을 기다려 주고 있었다.
"이제 고작 1합이다. 쿠릌."
"끄… 끄윽……."
간신히 몸을 일으킨 베즐 후작이 금방이라도 쓰러질 것처럼 휘청거렸다. 하지만 그는 버텼다. 방패를 지지대 삼아 서서 테루찬에게 검을 겨눴다.
방어가 무의미할 정도로 강력한 공격력을 발휘하는 상대.
그를 상대로 10합의 겨루기를 채우기 위해서는 공격밖에 방법이 없음을 그는 단 일격에 깨달은 것이다.
물론, 방법은 먹히지 않았다.
쩌엉-!
콰자작!
베즐 후작의 검이 테루찬에게 닿기도 전에 반월을 그리는 테루찬의 대도가 베즐 후작을 강타했다.

1회, 2회, 3회.

거기까지는 간신히 방패로 막아 내는 베즐 후작이었으나 곧 정신이 혼미해져서 방패를 놓치고 말았다.

전쟁 방송을 시청 중인 전 세계 모든 탱커들이 회의감을 느꼈다.

궁극의 탱커조차 버티지 못하는 공격력이 존재했다니……

이럴 줄 알았으면 누가 탱커가 되기를 자처했겠는가.

그렇다.

오크 로드 테루찬의 힘은 탱커라는 개념 자체를 부정하고 있었고 이는 상식의 파괴였다.

테루찬의 존재감이 대악마를 넘어서기 시작했다.

한편.

"끅… 끄으윽……."

베즐 후작은 테루찬과 채 5합도 겨루지 못한 채 쓰러져 신음하고 있었다.

종(種)의 정점 앞에서 그는 태어나 최초의 무력감을 느꼈다.

자신이 얼마나 보잘것없는 존재인지를 깨달았고, 폴드 왕국의 힘으로는 멸망에 맞설 수 없음을 눈치채며 절망했다.

테루찬의 목소리가 들려왔다.

"기회를. 쿠륵. 놓쳤군. 훌륭한 인간 전사여. 쿠르륵. 돌아가라. 그리고 부하들과 함께 두려움에 떨면서 기다려라. 쿠룩. 우리의 진군을."

"……."

베즐 후작의 눈앞이 깜깜해졌다.

아무런 소득도 없이, 이대로 상처 입은 몸으로 돌아가 병사들을 어떤 얼굴로 대해야 할지 그는 두려웠다.

나의 패배로 말미암아 곤두박질쳤을 병사들의 사기를 어찌 달래야 할까…….

무슨 염치로 병사들에게 함께 싸우자 외칠까…….

상처 입은 몸을 추스르는 베즐 후작의 발길은 천근만근 무거워서 쉽게 떨어지지 않았다.

바로 그때였다.

스파앗-!

하늘에서 한 줄기 섬광이 떨어지더니 한 사내가 나타났다.

흑발을 나부끼는 그는, 머리에 왕관을 얹고 있었다.

오크 로드 테루찬과 베즐 후작은 물론이고 현장의 모든 시선이 그에게 쏠렸다.

"너는. 뭐냐?"

테루찬이 물었다.

수억 명 시청자 모두가 들려올 대답을 예상할 수 있었다.

"템빨왕."

"…왕?"

테루찬의 눈빛에 호승심이 깃들었다.

템빨왕이라는 자가 이 자리에 나타난 경위가 무엇인지, 그는 궁금하지 않았다.

다만 인간의 왕은 어느 정도의 무력을 지니고 있을지가 그는 알고 싶을 뿐이었다.

당장이라도 싸우고 싶다는 듯이 씰룩이는 테루찬의 어깨를 엿본 그리드가 피식 웃었다.

"덤벼."

대답은 없었다.

테루찬의 어깨가 크게 움직였고, 그와 동시에 길이 2미터가 넘는 대도가 그리드의 가슴으로 날아가 꽂혔다.

〈아…….〉

각국 방송 채팅창이 시청자들의 탄식으로 물들었다.

최고의 탱커가 방패로 막아도 소용없던 공격.

제아무리 그리드라도 그것을 막아 낼 방법은 요원하다는 게 사람들의 분석이었다.

그리드가 한발만 더 빨리 도착했다면, 그래서 오크 로드의 힘을 엿볼 수만 있었다면 이런 불의의 습격을 허용하지 않았을 테고 승부가 시시하게 끝나는 일도 없었을 텐데.

생각하며 아쉬워하던 시청자들이 뒤늦게 충격적인 광경

을 엿봤다.

4개의 흑금색 손.

언젠가부터 등장하지 않았던 그리드의 옛 상징물 〈갓 핸드〉가 테루찬의 대도를 가로막고 있는 광경이었다.

"재밌는. 쿠륵. 장난감이군!"

힘껏 대도를 휘둘러 갓 핸드를 뿌리친 테루찬이 그리드를 재차 공격했다. 이번에는 완전히 다른 궤도로 파고든 대도가 그리드의 하단에 꽂혔다.

한데.

"……?"

물러난 쪽은 그리드가 아닌 테루찬이었다.

어떤 알 수 없는 반발력이 발생해서 테루찬의 대도를 튕겨 낸 까닭이었다.

"마법사. 인가?"

"대장장이인데?"

"……?"

파직-!

뇌전이 그리드를 감쌌다.

둥실, 허공에 떠오른 그리드가 자신보다 머리 2개는 큰 테루찬과 시선을 나란히 맞췄다.

"10합. 나한테 10합만 버티면 살려 주마."

"……?"

인간은 미친놈도 왕이 될 수 있는 건가?

진지한 의문에 휩싸인 테루찬이 처음으로 스킬을 사용했다. 대도를 풍차처럼 회전시킨 후 투척하여 대상을 갑옷째로 꿰뚫는, '방어력을 100퍼센트 무시하는' 그야말로 최강의 공격 스킬이었다.

한데 그것이…

휘리릭-!

푹!

역으로 되돌아와 테루찬의 가슴을 꿰뚫었다.

"…쿠륵."

왜일까.

테루찬은 즐겁기보다 매우 화가 났다.

오랫동안 고대해 온 호적수를 만난 것 같긴 한데, 어째 기쁘기보다는 짜증이 치밀었다.

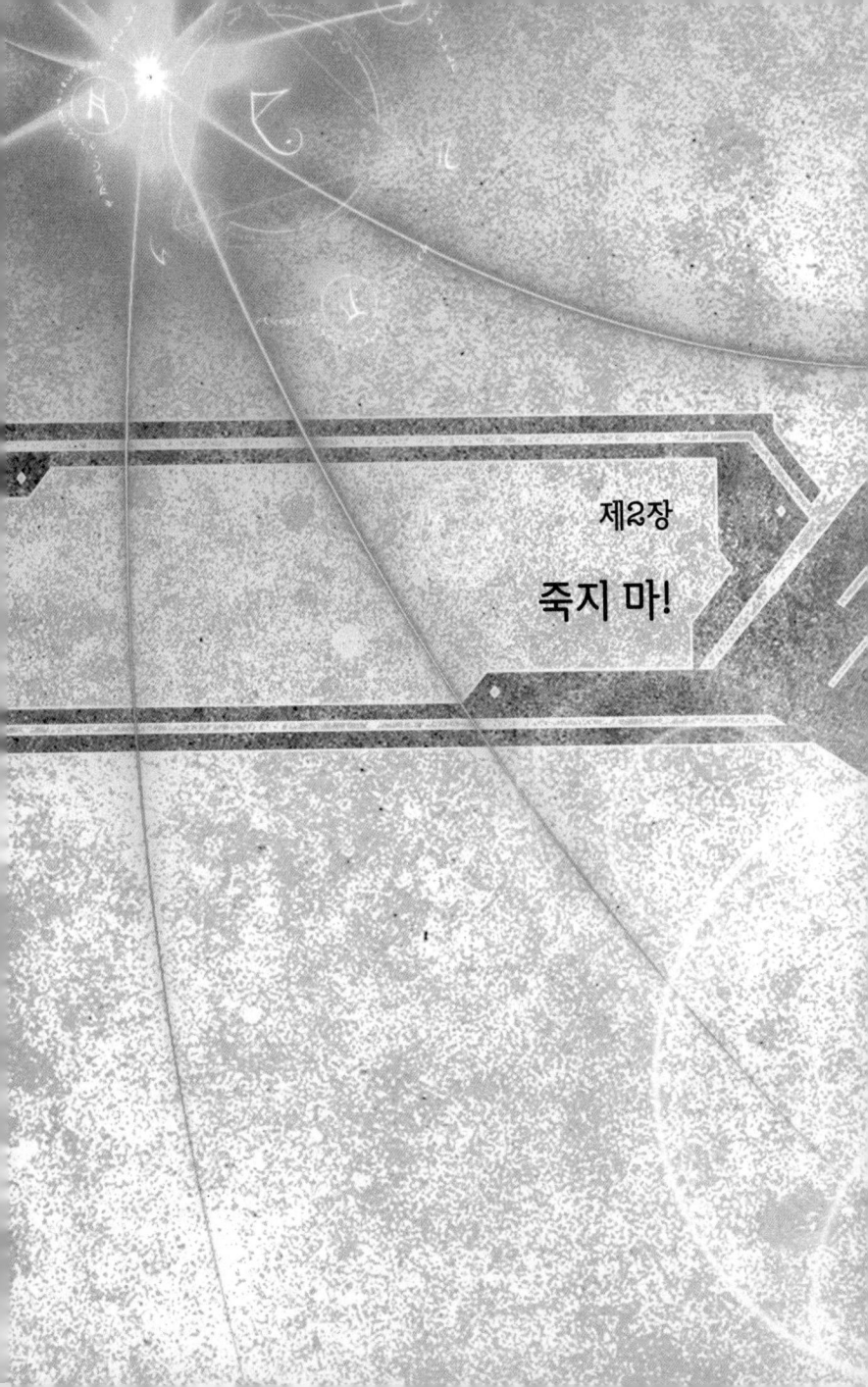

템빨

'승산은 충분하다.'

대부분의 사람들은 오크 로드와 대악마를 동급으로 평가했다.

오크 로드가 마법에 취약하다고 하나 종합적인 전투력은 대악마와 비등하다고 분석했다.

왜?

일반적인 플레이어의 입장에선 대악마와 오크 로드 모두 범접할 수 없는 대상이었으니까.

'보통의 기준'에선 오크 로드와 대악마가 결국 같은 수준이라고 인식되는 것이다.

반면 그리드는 달랐다.

직접 2마리의 대악마를 레이드한 경험과 Satisfy의 세계관을 꿰뚫고 있는 그의 지식수준으로 고려해 봤을 때 오크 로드는 대악마보다 한참 아래였다.

뱀파이어처럼 매우 특별한 상위종의 정점이라면 또 모를까, 일개 종의 정점이 지옥의 군주들과 비견된다는 건 스토리상 불가능했다.

수인족 왕 맥스옹을 떠올리면 이해하기 쉽다.

수인이라는 종의 정점인 그는 필시 강력한 존재였지만 결국 그리드와 그리드의 기사들, 그리고 이야루그트의 협공을 감당 못하고 제압당하지 않았던가.

당시 맥스옹과 싸웠던 전력으로 대악마를 레이드한다?

절대 불가능한 일이다.

그렇다.

오크 로드가 어지간한 하이 랭커는 물론이고 네임드 NPC마저 씹어 먹는 실력자일지는 몰라도 대악마와 비교해선 애송이에 불과했다. 당장 피아로나 메르세데스와 일대일로 싸워도 승리를 장담할 수 없을 것이다.

'그리고 나하고 싸워도.'

서사시로 쌓아 올린 초월의 격.

새로운 갓 핸드와 청룡의 부츠.

근래에 급성장한 그리드는 그럼에도 불구하고 피아로, 메르세데스와 싸워서 이길 자신이 없었다.

능력치 면에서는 그들을 따라잡아가고 있을지 몰라도 전반적인 솜씨가 아직 월등히 밀렸기 때문이다.

 주변의 환경을 바꿔 버리는 피아로의 기적적인 농술과 만물을 간파하는 메르세데스의 혜안을 그리드는 감당하기 힘들었다.

 하지만 오크 로드는 다르다.

 이곳에 오기 전 오크 로드가 참전한 전쟁 영상들을 분석해 본 그리드는 이길 수 있다는 확신을 얻었다.

 오크 로드는 모두가 알고 있는 대로 마법에 취약했고, 템빨이 없었으며, 사용하는 스킬의 종류가 매우 한정적이기 때문에 패턴 분석이 쉬웠다.

 물론 스킬 하나하나의 위력만큼은 대악마의 마법을 연상케 만들 정도라(사람들이 오크 로드와 대악마를 동급이라고 분석한 결정적 이유) 위협적이었으나, 그리드는 스스로 움직이며 내구도가 무한인 갓 핸드와 청룡의 부츠로 확정 방어가 가능할뿐더러 회(回)로 반격할 수도 있는 입장이다.

 오크 로드가 휘두른 최초의 일격, 그다음 공격, 끝으로 투척 스킬에 이르기까지.

 초전을 치르는 동안 그리드가 오크 로드의 공격을 단 한 번도 허용하지 않은 것은 위에 열거한 이유들 덕분이었다.

 '이길 수 있다.'

이겨야 한다.

재차 다짐하는 그리드.

그는 이번 대결에 무척 큰 의미를 부여하고 있었다.

기왕 오크 로드와 싸우게 된 김에 반드시 이겨서 오크들에게 강자로 인식될 각오였다.

힘이야말로 정의라고 떠드는 오크를 상대로 처음부터 지고 들어갔다간 〈판덕공〉과 〈이족의 왕〉 효과를 노리기 힘들 것이기에.

'이기고, 복종시킨다.'

종의 정점을 애송이 취급하는 건 어디까지나 대악마와 비교했을 때다.

적어도 이 서대륙에서 종의 정점은 최강자 중 하나였다.

대악마는 물론이고 동대륙의 양반, 그리고 어쩌면 신들과도 다툴 수 있는 그리드의 입장에서 실력자는 최대한 많이 섭외하는 편이 좋았으니 오크 로드가 탐날 수밖에 없었다.

화끈하되 정도를 걷는 성격이 특히 마음에 들었다.

"10합. 나한테 10합만 버티면 살려 주마."

오크 로드에게 선언하는 그리드의 눈빛이 탐욕으로 번들거린다.

이 순간 그리드는 자신의 본질을 고스란히 표출하고 있었고, 그것은 오크 로드 테루찬에게 어떤 반감을 불러일으켰다.

'위대한 전사들의 로드인 나를. 사냥감 보듯이 하다니.'

괘씸하다.

인간과 오크는 엄연히 다른 종족이며, 저마다 재주가 다르다. 그러므로 인간에게 강함을 강요하지 않으며 인간의 나약함을 비웃지 않는다…….

이와 같은 생각을 지닌 테루찬은 인간을 존중하되 가엽게 여겨 왔다.

이해하며 자비를 베풀어야 할 대상.

즉, 약하고 불쌍한 존재라고 인식해 왔다.

테루찬의 기준에서 그리드의 태도는 선을 넘는 것이다.

"눈빛이. 쿠륵. 오만하다."

본인을 템빨왕이라 밝힌 눈앞의 인간을 바라보는 테루찬의 안광이 흉흉해졌다.

제아무리 테루찬이 명예를 중시하는 전사라고 해도 결국 오크인바.

오크라는 종족은 인간과 비교해서 본능을 우선하므로 인내심이 형편없다.

존중과 자비에도 정도가 있지, 연약한 종족이 한 가닥 실력을 믿고 이를 드러내는 꼴을 용납하지 못했다.

"당장 머리를 조아려라. 그리하면. 쿠륵. 살려 주겠다. 쿠르륵."

"아직도 상황 파악이 안 돼?"

민머리에 핏대까지 세우며 종용하는 테루찬에게 그리드가 피식 웃어 주었다.

"자비를 베푸는 건 네가 아니라 나다."

"쿠륵! 무례하다!"

폭발한 테루찬이 신사의 가면을 벗어던졌다. 오크의 흉포함과 전사의 패기를 적나라하게 표출했다.

족쇄를 풀어냈다는 뜻이다.

테루찬은 더욱 강해졌다.

아니, 온전해졌다.

고오오오오오-!

양어깨 폭이 족히 1미터 50센티미터는 될 듯한 테루찬의 주변으로 흑빛인지 잿빛인지 모를 어스름한 오러가 피어오르기 시작했고,

[투기가 최대치가 되었습니다.]

[근력, 체력, 민첩성이 총 50퍼센트 상승합니다.]

이미 테루찬과 마주한 순간부터 반응했던 그리드의 투기는 순식간에 최대치에 도달했다.

자색과 적색의 빛이 그리드의 주변을 고요히 휘몰아치자 테루찬의 눈에 이채가 실렸다.

"쿠륵! 전설로 들었던……!"

영웅왕.

모든 역사를 통틀어서 가장 강했다고 알려진 인간.

당시의 오크 로드조차 숭배했다는 〈검성 뮐러〉를 상징하는 기운과 너무나도 흡사하지 않은가.

 테루찬이 뒤늦게 긴장했다.

 눈앞의 상대, 인간이라고 해서 나약하다 여기면 안 됨을 너무나도 늦게 깨달아 버렸다.

 "초연화(超聯花)."

 테루찬이 흥분한 틈을 노린 그리드는 이미 검무를 완성시켜 놓았다.

 쏴아아아아아-

 10만 오크가 검게 물들이고 있는 평야 위로 수만 송이의 푸른 꽃잎이 나부낀다.

 오크들의 짙은 피부가 발생시킨 어둠이 불시에 거둬지며 전장 전체가 일순 환해졌다.

〈아…….〉

 도원향이 저럴까.

 삭막했던 전장에 신비롭고 아름다운 광경이 연출되자 시청자들의 넋이 나갔다. 10만 오크 대군조차도 멍하니 입을 벌리고 주변을 둘러봤다.

 반면 테루찬은 극도로 집중하고 있었다.

 사태를 파악한 그가 오크들에게 외쳤다.

"쿠륵! 이를 악물어라!"

동시에.

퍼펑-!

퍼퍼퍼퍼퍼퍼퍼펑!

꽃잎의 비를 돌파하고 날아온 40줄기의 검기가 테루찬을 덮쳤다.

수만 송이의 꽃잎이 일제히 오크 대군을 폭격했다.

스카카칵!

꽃잎에 베이며 움찔거리는 오크 대군을 날카로운 바람들이 휩쓸고 지나간다.

콰자자자자작!

또 그 사이로 무한에 가깝게 연계되는 전격의 줄기가 이어졌다.

〈초연화(超聯花)〉
3개의 검무를 하나의 경지로 승화시켰습니다.
대상에게 물리 공격력 200%의 위력을 발휘하는 검기 40개를 발사하고 이때 시야에 보이는 모든 적을 〈표적〉으로 삼아 표식을 남깁니다.
표식당 2개의 검기가 추가로 발생하며, 추가된 검기는 각자

> 의 표적을 목표로 날아갑니다. 검기는 물리 공격력 122%+
> 마법 공격력 20%의 피해를 입힙니다.
> 추가 검기 2회에 모두 적중당하는 대상에게는 표식 1개가
> 추가로 발생합니다. 최대 5개의 표식을 중첩 가능.
> 스킬 사용 조건:도검류 무기 장착
> 스킬 검기 소모:300
> 스킬 재사용 대기 시간:20분
> ★디텍트 포스와 윈드 커터, 라이트닝 효과 적용
> 마나 소모:3,600

'시야' 범위 광역기의 위용이라는 것이다.

미리 〈전광〉을 전개, 비행 상태에 있던 그리드의 시야는 전장의 상당 부분을 담고 있었고 그 여파로 수만 마리의 오크가 동시에 상처를 입게 됐다.

어느새 하늘 높이 떠올라 있는 그리드에게 테루찬이 일갈했다.

"쿠륵! 나와의 승부에 집중해라!"

각자의 명예와 자존심을 건 일대일 승부 중이다.

한데 내게 집중하지 않고 내 군대를 한 번에 상대할 것처럼 까불다니?

연이어 표출되는 그리드의 오만한 태도가 테루찬을 크

게 자극했다.

 기껏 식혔던 머리에 다시 열을 올리며 눈이 뒤집힌 그가 대지를 박차고 도약했다.

 40줄기의 검기에 얻어맞았다고는 믿기지 않게도, 그의 두껍고 단단한 피부는 거의 멀쩡한 상태였다.

 '확실히 대단하군.'

 오크 로드의 외침에 즉각 반응하여 이를 악물었던 오크 대군은 꽃잎과 바람에 베이고 전격에 지져졌음에도 신음 하나 흘리지 않았고, 오크 로드 본인은 갑옷 하나 걸치지 않은 맨몸으로 초연화의 공격력 대부분을 감당했다.

 오크.

 여태껏 별 볼 일 없는 몬스터로 취급했던 그들 중에 이토록 훌륭한 전사들이 있었을 줄은 솔직히 상상치 못했었다.

 내심 감탄한 그리드가 허공에 뜬 채로 다음 검무의 보폭을 밟았다.

 "화(花)."

 〈검호 파그마의 검무〉를 얻었던 시점부터 그리드에게는 강적을 상대하는 공식이 생겼다.

 일단 화의 연계를 통해 표식을 최대한 중첩시킨 후.

 "연살화극(聯殺花極)."

 최강의 4융합 검무로 이론상 가능한 최대치의 데미지를 뽑아내는 것.

심지어 현재 그리드가 사용 중인 무기는 벨리알의 지팡이 +열망의 무아검이다.

〈벨리알의 지팡이+깨달음을 주는 불타는 열망의 무아지경의 뇌전 검〉
등급:신화(초월)
…(중략)…
*지력 30% 상승
*마법 공격력 40% 상승
*화염 속성 공격력 30% 추가
*암흑 속성 공격력 30% 추가
*전격 속성 공격력 15% 추가
*공격 시 일정 확률로 화염(大) 방출
*공격 시 낮은 확률로 환각 발동
*공격 시 낮은 확률로 붉은 벼락 소환
★공격 시 일정 확률로 검은 불꽃 폭발
*마법 캐스팅 속도 30% 상승
*세 가지 종류의 마법을 동시에 캐스팅 가능. 단, 숙련이 요구됨
*화염 마법과 암흑 마법 동시 캐스팅 성공 시, 각 마법의 위

력이 200% 증가

*마법을 캐스팅할 때마다 5,000의 데미지를 흡수하는 실드가 자동 생성. 실드를 타격하는 대상은 상태 이상 공포와 슬로우에 걸립니다.

★화염 방출, 환각 발동, 붉은 벼락 소환, 검은 불꽃 폭발 등의 옵션이 발동할 경우 마법을 캐스팅한 것으로 간주

*마법 치명타 확률 20% 상승. 마법 치명타 데미지 150% 상승

공격력과 마법 공격력은 개별일 때보다 조금씩 떨어진다. 합체 과정에서 검과 지팡이가 각자의 형태를 잃은 것이 부정적으로 작용한 여파다.

또한 옵션에도 큰 변화가 없다.

하지만 단 하나.

*마법을 캐스팅할 때마다 5,000의 데미지를 흡수하는 실드가 자동 생성. 실드를 타격하는 대상은 상태 이상 공포와 슬로우에 걸립니다.

★화염 방출, 환각 발동, 붉은 벼락 소환, 검은 불꽃 폭발

등의 옵션이 발동할 경우 마법을 캐스팅하는 것으로 간주

 이 미친 사기 옵션이 그리드를 반무적으로 만들어 주었다.

 하물며 상대방이 마법에 취약한 오크였기 때문에 효과가 더욱더 컸다.

 "쿠륵……?"

 허공을 연신 박차고 도약하던 도중 연살화극에 베이고 큰 상처를 입은 테루찬.

 전대 오크 로드와의 대결 이후 최초로 피부가 벗겨지고 살갗이 잘려 나간 그가 더 큰 투지를 불태우며 역공을 가했다가 두 눈이 휘둥그레졌다.

 템빨왕을 감싸는 반투명한 보호막.

 괴력으로 찢어발기고, 고함을 질러 봐도 잠시뿐.

 템빨왕이 검무를 추거나 검은 불꽃을 폭발시킬 때마다 재생성되며 스스로 움직이는 4개의 손과 함께 주인을 보호한다.

 안 그래도 단단한 갑옷과 요상한 부츠를 무장하고 있는 주제에 철두철미하게 몸을 지킨다.

 "등껍질에! 쿠륵! 숨은! 쿠르륵! 거북이 같구나!"

 크게 조롱해 보지만 테루찬의 마음은 편치 않았다.

죽지 마! • 65

보호막을 파괴할 때마다 주술에라도 걸린 것처럼 몸이 무거워졌고 공포심이 피어오른 까닭이다.

물론 테루찬은 종의 정점답게 '다수의 상태 이상 면역, 혹은 빠르게 회복 가능'이라는 보정을 받고 있었고 성격상 공포에 완전히 저항했다. 둔화 수치 또한 낮게 적용받았다.

하지만.

"놈……!"

퍼펑-! 펑!

"역시……! 마법사……!"

퍼엉……!

허공에 떠오른 채로 대도를 휘두르는 테루찬의 공격 속도는 조금이지만 확실히 느려졌다.

시청자들은 쉽게 눈치채지 못할 정도로 미약한 둔화에 불과하다 해도 초월의 격을 쌓은 그리드에겐 크게 다가왔다.

푸욱-!

테루찬의 대도에 강타당하고 경직된 갓 핸드들 사이로 창인지, 지팡이인지, 검인지 모를 무기가 솟구쳐 올랐다. 그것에 명치를 정통으로 찔린 테루찬은 미동조차 안 했다.

"간지럽다……!"

타고난 육체에 급소란 없었으니까.

테루찬은 자신의 피부와 근육이 갑옷보다 단단하다고 믿었다.

그 어떤 도검도 침범이 불가능한 영역으로 피부와 근육을 단련시켰다고 자부해 왔다.

인간과 비교하면 조악한 도구나 사용해 왔던 오크가 템빨을 이해할 리 만무한 것이다.

"…쿨럭?"

콧방귀 뀌던 테루찬의 입에서 피가 끓어올랐다.

의아해서 시선을 내려다본 그는 자신의 명치를 찔렀던 그리드의 무기가 그대로 피부를 파고드는 광경을 목격했다.

깜짝 놀란 테루찬이 발악적으로 대도를 휘둘렀다.

어느새 슬로우를 극복해 벼락같은 속도가 폭발했기에 그리드는 반사적으로 스킬을 전개했다.

"흑화."

콰아아아앙-!

최대 속도 도달.

그리드의 몸이 점차 뇌광에 휩싸였다.

폭우처럼 쏟아지는 테루찬의 공격들을 회피하면서 검무를 밟은 그가 서늘히 읊었다.

"초연살극(超聯殺極)."

푸푹-!

푸푸푸푸푸푹!

"…크억!"

전사가 비명을 지르다니.

더없는 수치다.

이를 가는 테루찬의 암석 같은 거구가 지상으로 추락한다.

그리드는 그를 굳이 뒤쫓지 않았다.

백열하는 상태로, 허공에 뒷짐 지고 선 채 발을 한 번 구를 뿐이었다.

"내리쳐라."

콰릉-!

천둥번개와 함께 하늘이 갈라졌다.

거대하고 푸른 용이 그리드의 등 뒤로 강림했다.

드래곤과는 사뭇 다른 생김새.

그 정체불명의 괴물이 동반한 번개들이 그리드의 발밑 전장을 모조리 휩쓸었다.

그러자.

'한 번, 두 번, 세 번…….'

테루찬이 황급히 셈을 세기 시작했다.

그리드와 몇 합을 겨뤘는지 계산해 보는 것이었다.

쿠와아아아아-!

단단한 피부가 요동칠 정도의 중력이 전신을 짓누른다.

시야에 들어오는 모든 풍광이 빠르게 스쳐 간다.

바람의 비명 소리가 끝없이 메아리쳤다.

'아홉······.'

오크 로드 테루찬은 구름과 맞닿은 높은 상공에서부터 추락하는 중이었다.

잠시 후 차갑고 단단한 지면과 충돌할 예정임에도, 그는 오직 셈을 세는 일에만 집중했다.

이 순간 그를 두렵게 만드는 것은 추락하는 육체가 겪을 파괴와 고통이 아닌 명예의 실추였다.

템빨왕.

자신에게 10합을 버텨 보라고 도발한 인간······.

그는 필시 강했다.

깊은 묘리와 놀라운 위력이 담긴 검술, 까다로운 마법과 강력한 번개, 스스로 움직이는 아티팩트를 동시에 다루는 그의 실력은 전대 오크 로드 이상이었다.

급기야 용마저 소환하는 그의 저력에 놀란 테루찬은 패배를 염두에 둬야 함을 깨달았다.

파치지지지직!

푸른 용이 동반한 번개가 테루찬의 거구를 지졌다.

몸속 모든 세포를 경직시키는 짜릿한 고통 속에서 테루찬은 인정했다.

상대는 강하다.

영웅왕이라는 이름은 결코 허명이 아니었다.

그래… 나는 질 수도 있다.

하지만 상대가 아무리 강할지라도 허망한 패배는 없어야 한다.

나는 전사들의 왕.

드래곤의 아가리에 삼켜질지언정 드래곤의 혀를 깨물고 죽겠노라 맹세하지 않았던가.

세상 모든 오크의 정점이자 어스름족을 이끄는 내가 채 10합을 버티지 못하고 진다?

그건 세상 모든 오크에게 모욕을 주는 행위다. 나 하나로 인해 모든 오크가 권위를 상실할 것이다. 다시 옛날처럼.

나는, 버텨야 한다.

'열……!'

지상과 충돌하기 직전, 테루찬의 두 눈이 부릅떠졌다.

합(合)이란 서로의 공방이 마주친 횟수를 뜻하는바.

상공에 머무는 짧은 시간 동안 테루찬이 휘두른 검격의 횟수만 무려 20회가 넘었다. 테루찬의 검과 포효가 파괴하고 찢어 낸 그리드의 보호막은 30개에 육박했다.

버틴 것이다.

인간의 표정이 너무나도 위풍당당하기에 내가 채 10합도 버티지 못하고 패배하는 것인가 걱정했는데 무의미한 걱정이었다.

"쿠륵……!"

나는 너를 10합 내로 제압할 수 있다.

마치 그리 말하는 듯했던 템빨왕의 선언을 수포로 만들었으니 최소한의 명예는 지킨 셈.

깨닫는 테루찬의 눈빛이 다시금 불타올랐다.

번개에 지져지며 경직되었던 그의 근육과 신경, 그리고 세포가 강인한 '정신력'에 호응하여 일제히 깨어났다.

쫘드득-!

고양이과 맹수를 연상시키는 움직임.

지면과 충돌하기 직전, 마비로부터 풀려나 운동 신경을 회복한 테루찬이 이를 악물고 허리를 비틀어 자세를 납작 엎드렸다.

콰아아아앙!

테루찬의 거구가 지면에 떨어졌다.

귀를 찢는 폭음이 발생하며 지축이 흔들렸고 10만 오크 대군이 술렁였다.

"오오……!"

베즐 후작과 하울 요새의 병사들은 감탄하고 있었다.

그들은 뿌옇게 일어나는 저 흙먼지 너머에 죽어 가는 오크 로드의 모습을 상상했다. 오크 로드가 도검의 침범조차 불허할 정도로 단단한 피부와 근육을 지녔다지만 저토록 높은 상공에서 떨어졌으니 무사할 리 없다고 믿었다.

한데…….

"쿠우오아아아아아아!"

흙먼지가 걷히면서 드러난 테루찬의 모습은 비교적 멀쩡했다.

마치 짐승처럼 두 손과 발로 땅을 짚고 선 녀석의 사자후가 오크들을 열광시켰다. 하늘에서 떨어진 번개에 휩쓸려 마비됐던 오크들의 육체가 동시다발적으로 깨어났다.

"테루— 찬! 쿠륵!"

"테루— 찬! 쿠륵!"

쿵쿵! 쿵! 쿵쿵! 쿵!

강자에게 복종하는 오크의 습성은 생존 본능에 의거한 것이다.

복종을 거부하는 순간 도전으로 간주됐으니 죽기 싫으면 복종하는 수밖에 없었다.

하지만 이 순간 테루찬의 이름을 연호하며 발을 구르는 오크들은 본능이 아닌 이성으로 행동하고 있었다.

그들은 저 높은 하늘에서부터 피를 흘리며 추락하고도 멀쩡히 살아 있는 테루찬의 모습에 매료되었다. 전설 속 영웅의 재림을 외치며 열광했다.

그리드의 선전이 도리어 오크라는 종을 단합시킨 것이다.

삐질, 창공의 그리드가 식은땀을 흘렸다.

'저렇게 맞고도 멀쩡하네. 초연살극의 데미지가 생각보

다 덜 들어갔어.'

그리드는 10합 내에 승부를 보기 위해서 전력을 다했다.

투기가 최대치에 도달한 상태로 템빨과 검무, 마법을 모두 적극 활용해서 싸웠다.

궁극기 연살화극(聯殺花極)과 초연살극(超聯殺極)을 연속으로 전개했다는 것부터가 그리드가 얼마나 진지하게 승부에 임했는지를 알려주고 있었다.

〈초연살극(超聯殺極)〉
4개의 검무를 하나의 경지로 승화시켰습니다.
대상에게 물리 공격력 3,700%의 피해를 입히는 살(殺)의 검기를 1초 동안 7회 발사하고 검기를 적중시킬 때마다 대상을 〈무장 해제〉시킵니다. 또한 출혈과 절망 효과를 유발합니다.
모든 검기는 대상의 방어력을 65% 무시합니다.
★디텍트 포스와 윈드 커터, 인챈트 웨폰 효과 적용
스킬 사용 조건:도검류 무기 장착
스킬 검기 소모:400
스킬 재사용 대기 시간:2시간

공격력을 2배 증폭시키는 초(超)의 원리에 따라서 초연살극에 귀속된 살의 검기는 공격력이 2배 상승 적용받았다.

'표식'이 최대치로 누적된 대상에게 사용 시 총 22,560퍼센트의 물리 공격력+100퍼센트의 마법 공격력이라는 계수를 자랑하는 연살화극보다 높은 계수를 자랑하는 셈이다.

물론 단점도 있었다.

안정적인 위력을 자랑하는 만큼 재사용 대기 시간이 더 길었고, 물리 방어력이 압도적으로 높은 상대에게 연살화극보다 못한 위력을 발휘한다는 점이었다.

오크 로드 테루찬을 상대로는 연살화극보다 못한 셈이다.

마법 저항력은 형편없이 낮은 대신 물리 방어력이 높은 테루찬은 극(極)의 효과가 유발한 방어력 무시 수치가 무색하게도 초연살극을 버텼다.

애초에 연살화극의 데미지도 그리드의 예상보다 적게 들어갔다.

테루찬이 '템빨'이 없는 상대라는 점이 치명적이었다.

방어구 자체를 무장하고 있지 않았으므로 무장 해제 효과가 무용지물이었다.

'스탯빨 정말 지리는군.'

쯧, 혀를 찬 그리드가 지상의 테루찬을 멀뚱멀뚱 바라보았다.

테루찬의 생명력은 이제 채 5분의 1도 남지 않았지만 그리드는 낭패를 느꼈다.

테루찬의 생명력 회복 속도가 너무 빠르다는 점도 문제였고, 그보다는 검기의 고갈이 더 큰 문제였다.

그리드가 〈내리쳐라!〉에 맞고 마비된 테루찬에게 추가 검무를 연계하지 못했던 이유다.

검기를 빠르게 회복하기 위해선 끊임없이 검을 휘둘러야 하는데, 테루찬을 10합 내에 제압하겠노라 선언했던 까닭에 평타를 쓰지 못하고 검기를 회복하지 못했다.

'화, 초연화, 연, 살······.'

하늘을 올려다보는 오크 로드와 시선을 마주친 채로, 그리드는 자신이 총 몇 개의 검무를 사용했는지 헤아려 보았다.

7개.

10합까지 3합밖에 남지 않은 것이다.

모든 궁극기를 소모한 상태로 3합 내에 오크 로드를 제압하는 게 가능할까?

불가능하다.

단언한 그리드가 치를 떨었다.

'빌어먹을 신장.'

정말 딱 한 번만 터져 줬어도 지금쯤 오크 로드의 항복을 받아 냈을 텐데.

50퍼센트 확률은 개뿔, 체감하기로는 로또나 다름없다.

스스로의 불운에 정말… 정말로 깊은 화가 치솟는다.

그리드가 이를 갈고 있을 때였다.

"인간의 왕이여! 쿠륵!"

테루찬이 그리드를 불렀다.

지상에 착지하다가 부러진 것인지, 테루찬의 왼쪽 팔과 오른쪽 다리는 축 늘어진 상태였다.

"나는……! 쿠륵! 50합을 넘게 버텼다!"

환호하듯 외치는 테루찬의 표정이 기고만장했다. 자부심마저 엿보였다.

그리드의 실력을 인정한 그는 그리드의 공세를 버틴 스스로가 기특했던 것이다.

그리드가 눈살을 찌푸렸다.

"무슨 소리지? 이제 고작 7합을 겨뤘을 뿐인데?"

"쿠륵……? 네가 검을 휘두른. 쿠륵! 횟수만! 40번! 이상!"

이렇게 보는 눈이 많은데 시치미라니?

오크족 사이에서도 못 볼 그리드의 철면피에 당황한 테루찬이 황당하다는 반응을 보이자 그리드가 콧방귀 뀌었다.

"황당한 주장이군. 내가 검을 수십 회 휘둘렀을지 몰라도 실제로 사용한 검무는 7개에 불과하다. 그러니까 7합이지."

"……?"

"……."

양아치, 인가?

그리드가 펼치는 기적의 논리가 전장을 쥐 죽은 듯이 고요하게 만들었다.

테루찬과 오크들은 물론이고 폴드 왕국의 병사들조차도 입을 다물었다.

저 흉포한 오크 로드조차도 베즐 후작과의 약속을 지키고 명예로운 모습을 보였는데, 황제와 어깨를 견준다는 템빨왕이 명예를 모르다니?

누군가는 실망했고, 누군가는 손가락질했다.

하지만 정작 테루찬은 들뜬 표정을 짓고 있었다.

"쿠륵……! 그런가! 아직 고작 7합인가!"

두렵다.

템빨왕은 무서우리만치 강한 인간이다.

그것이 테루찬의 솔직한 심정이었다.

그렇기에.

"좋군……! 쿠륵! 마침 더 싸우고 싶었다!"

테루찬의 호승심은 역으로 불타올랐다.

테루찬은 자신의 한계를 알고 싶었다.

자신의 모든 전력을 쏟아붓는 극한의 전투를 갈망했다.

설령 죽음을 자초하는 행위일지언정 후회가 없을 자신이 있었다.

죽음이 두려웠다면 애초에 전사가 되지도 않았을 테니까.

"쿠륵! 싸우자! 한 명이 쓰러질 때까지! 계속!"

"그것참 마음에 드는 제안이군."

제한을 두지 않는 결투.

검기의 고갈 탓에 상황이 좋지 않았던 그리드로서는 당연히 구미가 당기는 제안이었다.

씨익.

미소 짓는 그리드의 입꼬리가 대악마의 그것처럼 크게 찢어져 올라갔다.

"응하도록 하지."

퍼엉-!

그리드가 하강했다.

흑화의 지속 시간이 유지되는 동안 뽕을 뽑으려는 의도였다.

쐐애애애애애애액-!

그리드는 자각하지 못하고 있었으나, 섬전처럼 쇄도하는 그의 몸은 점차 더 밝게 백열하고 있었다.

청룡의 부츠에 귀속된 조건부 발동 패시브.

최대 속도에 도달 시 낮은 확률로 신체가 번개로 변하는 〈뇌신〉 스킬의 태동이었다.

콰아아아아앙!

"쿠르륵……!"

이것은 세계의 의지 그 자체인가.

그리드의 검을 대도로 막아 내는 테루찬의 심장이 크게 뛰었다.

창공에서부터 떨어지며 발생한 가속력을 고스란히 머금은 그리드의 일격은 테루찬이 딛고 선 대지를 출렁이게 만들 정도였다.

"인간……! 그대의 이름을! 쿠륵! 알려 다오!"

포효하듯 물어 오는 테루찬의 이글거리는 시선과 탐욕으로 번들거리는 그리드의 시선이 허공에서 얽힌다.

"그리드."

채챙-! 채채챙!

뇌기가 휘몰아쳤다.

아이템 합체의 지속 시간이 끝나자 온전한 형태로 되돌아온 열망의 무아검과 테루찬의 대도가 서로 맞물릴 때마다 주변에 번개가 떨어졌다.

"너를 탐하는 자다."

공방을 교환할 때마다 짜릿하게 달아오르는 피부.

예상대로 대단한 테루찬의 실력에 고조된 그리드가 자신의 솔직한 바람을 입 밖에 꺼내자.

"크하핫핫! 쿠륵! 전사는! 인간에게 복종하지 않는다!"

테루찬이 폭소했다.

조소가 아니다.

불쾌한 기색 따위 없었다.

오래전 역사 속 로드가 인간을 숭배한 경우가 있음을, 그는 염두에 두고 있었다.

콰쾅-! 쾅! 콰쾅!

검과 도의 마찰음이 점차 폭음으로 변해 간다.

극한의 집중력에 도달한 그리드와 테루찬이 온갖 궤도에서 공방을 나눴다.

각국 방송사의 카메라가 그들의 움직임을 놓치기 시작했다. 근접 촬영을 포기해야 하는 지경에 이르렀다.

순간.

번쩍-!

그리드의 몸에 뇌신이 깃들었다.

테루찬의 대도가 그의 몸에 닿지 않게 되었다.

† † †

20억 Satisfy 플레이어.

그들의 뇌리에는 공통적으로 각인된 기억이 하나 있다.

그건 바로 그리드의 강함.

그중에서도 '공격력'이다.

사람들은 잊지 못한다.

성격 나쁘게 생긴 동양인 하나가 세상에 최초로 등장한 그날을.

국가 대항전에 난입해 랭커들을 몰살시킨 그가 대악마를 토벌하기까지의 모든 과정을.

무수한 강자들을 잿빛으로 산화시켜 온 그리드의 독보적인 공격력은 20억 플레이어들에게 새로운 기준과 목표를 제시했을 정도이다.

한데 오크 로드 테루찬은.

"나는! 쿠륵! 승리를! 원한다!"

대악마조차 위축시켰던 그리드의 검무를 몇 번이나 허용하고도 굳건히 버텼다.

쓰러지지 않고, 두려워하지 않으며, 포기 따위 모른다는 듯 넝마가 된 몸으로 그리드와 정면으로 맞서 싸웠다.

참으로 웃기는 일이다.

10만의 정예군을 거느리고 있으면서 끝까지 일대일 승부를 고집하다니.

답답할 정도로 미련하고 멍청했다.

하지만 테루찬을 비웃는 사람은 적었다.

예절과 명예를 중시하는 그의 태도가 사람들을 매료시키고 있었다.

쩌정-! 콰쾅!

청룡.

뉴스 속보에 따르면 '동대륙의 사방신' 중 하나라는 그것을 소환한 직후.

콰자자작!

테루찬의 호기에 호응하듯 지상으로 강림한 그리드는 여태껏 보지 못한 속도와 움직임을 구사했다.

공격력과 방어력을 위시하여 상대방과 맞섰던 종전과 달리 경쾌하게 움직이며 전투의 우위를 점했다.

특히 발재간이 압권이었다.

검무의 보법을 셀 수 없이 밟아 오며 숙달된 것인지 유난히 하반신을 잘 쓰는 모습이었다.

"쿠륵……!"

그리드가 일자로 세우는 다리에 테루찬의 대도가 가로막혔고,

터엉-!

정체불명의 반발력으로 인해 밀려나는 테루찬을 뒤쫓는 그리드의 속도는 이미 시위를 떠난 화살과 같았다.

쩌저저정-!

공격해 오는 적을 차징하고 추격, 일격을 가한 뒤 다시 물러서는.

그리고 그 모든 과정에서 갓 핸드의 비호를 받는 그리드의 전투법은 한마디로 치사하고 얄궂었다.

상대하는 입장에선 지옥 같을.

한마디로 잘 싸운다는 뜻이다.

누가 저자의 컨트롤 솜씨를 비웃었던가…….

아직은 부족했던 시절의 그리드가 시청자들의 기억 속에서 희미해져 갔다.

그들은 점차 그리드에게 빠져들었다.

테루찬이 매력적인 성격으로 대중의 호감을 사는 반면, 그리드는 항거하지 못할 마력으로 대중을 장악하는 것이었다.

〈이런 젠장! 좀 가까이에서 보여 주지!〉

한창 전투에 집중하던 시청자들이 험한 욕설을 뱉기 시작했다.

그리드와 테루찬의 움직임이 너무 빨라 포착을 놓치고, 그리드와 테루찬의 충돌이 너무 파괴적이라 발생하는 후폭풍을 감당 못해 흔들리거나 날아가는 등.

시청자들에게 충분한 상황 전달을 못하고 멀미만 유발하던 각국 방송사의 카메라들이 급기야 원거리 촬영을 선택한 까닭이다.

그 탓에 거대한 전장이 한눈에 들어오면서 그리드와 테루찬의 모습은 점처럼 작아졌다.

전반적인 전투의 흐름을 읽기엔 좋아졌지만, 두 사람의 표정과 호흡을 느낄 수 없으니 생동감이 크게 떨어졌다.

〈카메라맨들이 너무 무능하네. 카메라가 흔들려서 문제면 직접 가까이 가서 눈으로 보고 송출할 것이지. 쯧.〉
〈스트리머들이 지금 그 짓 하다가 죽어 나가고 있는 거 모름?〉
〈위험한 만큼 도전을 해야죠. 제대로만 찍으면 조회 수 대박 올릴 수 있을 기회인데.〉
〈이미 대부분의 카메라맨들이 도전 중일 듯. 그중 99.9 퍼센트가 오크 때문에 접근도 못하거나 폭발에 휩쓸려 죽어서 문제겠지만.〉
〈어차피 이 상태로 녹화해 두면 나중에 확대해서 볼 수 있는데 뭐가 걱정임? 걍 여물고 보셈.〉
〈여물은 댁이 끼니마다 잡수시는 게 여물이고요.〉

방송사나 개인 방송인들이 인증 후 요청 시, S.A그룹은 그들과 계약을 맺고 각종 방송용 아이템을 지급해 준다.
Satisfy 관련 방송이 그토록 많은 이유다.
대표적인 예로 드론 카메라가 있다.
NPC들이 인지할 수 없는 형태를 지닌 그것은 빠르게 하늘을 날며 Satisfy의 상황을 방송으로 송출해 줬다.

하지만 크기가 워낙 작은 탓에 충격에 약하다는 단점이 있었고, 지금처럼 과격한 현장에선 기능이 제한되었다.

그래서 버니버니 등의 인기 방송인들은 직접 현장을 발로 뛰었다.

그들은 자신이 두 눈으로 보는 광경을 직접 방송에 송출함으로써 시청자들에게 높은 현장감과 확실한 정보를 제공했다. 카메라와 비교해서 대상에게 근접하기 어렵다는 한계점은 직업을 암살자 계열로 선택함으로써 극복하는 편이다.

〈어……?〉

아쉬움을 느끼며 불만을 토로하던 시청자들이 일제히 두 눈을 크게 뜨며 방송에 집중했다.

그리드가 플라이 마법을 전개했던 시점부터.

아니, 플라이와는 사뭇 다른 느낌의 방법으로 하늘에 떠올랐던 시점부터 그리드의 주변에 맴돌기 시작했던 전류들이 이제는 완전히 하얗게 작열하고 있었다.

뇌광.

마치 그리드 본인이 번개가 된 것처럼 보이는, 그런 말도 안 되는 착시가…….

──!

『……?』

 시청자 채팅창을 비롯한 각종 커뮤니티가 조용해졌다. 전 세계 인터넷이 동시에 끊긴 것처럼 게시 글과 채팅창의 갱신이 멈췄다.

 각 방송 해설진과 전문가들 또한 침묵했다.

 번쩍임과 함께 사라졌던 그리드가 테루찬의 거구를 꿰뚫고 등장하더니,

 ──콰르르르르릉!

 한발 늦게 천둥소리가 울렸고, 테루찬의 가슴으로부터 분수 같은 피가 솟구쳐 올랐다.

 "컥……! 쿨럭!"

 태산처럼 우뚝 섰던 거구가 흔들린다.

 전문가들이 '플레이어의 최대 속도를 넘어선 것 같다.'라고 분석 중인 그리드의 속도를 끈질기게 추적하던 두 눈이 갈 곳을 잃는다.

 하지만.

 "나는……! 전사! 쿠룩! 로드이기에 앞서 전사다! 쿠르륵! 나는! 싸운다!"

 손은 여전히 대도를 놓치지 않았다.

 포효한 테루찬이 허공에 마구잡이로 대도를 휘둘렀다.

 그러다가 문득.

콰작-!

등 뒤를 노리고 돌진해 오는 그리드를 포착하고 회전하며 발차기를 날렸다.

그리드의 속도가 번개처럼 빨라 보였던 것은 연출로 말미암은 착각에 불과했던 것이다.

〈뇌신〉 Lv.1
종류:조건부 발동 패시브
청룡의 기운과 동화합니다.
최대 속도에 도달 시 낮은 확률로 신체가 번개로 변합니다. 이때 모든 공격이 전격 속성으로 변경되고 대상을 타격할 때마다 마나를 대량으로 불태웁니다. (대상 총 마나의 10%)
모든 물리 공격에 면역하지만 마법 공격에는 방어력, 저항력이 적용되지 않은 2배의 피해를 입습니다. 또한 이동하는 경로에 지력의 10배에 해당하는 피해를 주는 전류를 남깁니다. 전류 지속 2초.
속도가 하락할 때까지 해제되지 않으며 최대 속도에서 벗어날 시 즉시 해제됩니다.
*뇌신 상태에서 사망 시 청룡의 분노를 삽니다.

| *신화급 아이템에 귀속된 스킬은 레벨 업이 가능합니다.

 이처럼, 뇌신이라는 스킬에는 속도 상승 버프가 없다.

 다만 '번개가 됐다.'는 설정 값에 의해서 모습이 밝게 백열하고 효과음이 뒤늦게 발생하는 연출 효과를 얻기 때문에 대상의 감각을 속일 수 있는 것이다.

 테루찬과 시청자들은 그리드가 정말로 번개처럼 빨라졌다고 착각할 수밖에 없었다.

 하지만 잠시일 뿐.

 서걱-!

 종의 정점답게 금방 본질을 간파한 테루찬의 거센 반격이 쏟아졌다.

 백열하는 그리드의 몸을 거대한 대도가 베고, 찌르기를 반복했다.

〈헐.〉
〈위험한 거 아닌가?〉

 멈춰 있던 채팅창이 다시 빠르게 갱신됐다.

 몇 년의 세월 동안 그리드를 지켜봐 온 시청자들은 본인도 모르는 사이에 그리드에게 정이 들어 있었다.

반면 테루찬은 이제야 막 알게 된 상대다.
하물며 플레이어도 아니다.
테루찬에게 큰 매력과 호감을 느껴 봤자 그리드가 그에게 패배하길 바라는 사람은 적다는 뜻이다.

〈오예, 그리드 죽는다.〉
〈속이 다 시원하네.〉

물론 사람이 다 똑같은 건 아닌지라 여전히 그리드를 시기하고 질투하는 사람들도 있었고 그들은 쾌재를 불렀으나…….

〈……?〉

그들의 환호는 길게 이어지지 못했다.
테루찬의 대도가 그리드를 무채 썰듯이 베어 가고 있는 와중에도 그리드는 단 한 방울의 피도 흘리지 않았기 때문이다.
"쿠륵?"
이것은 환영인가?
나는 이미 어떤 주술에 당한 것인가?
그리드를 몇 번이나 베어 봐도 감촉이 없자 테루찬은 당황했다. 초조해져서 더 빠르게 대도를 휘둘러 봤지만 그리드는 마치 연못에 비치는 달처럼 벨 수 없었다.

"킁! 킁킁!"

테루찬이 주변을 두리번거리며 코를 벌렁거렸다. 그리드의 본체가 어디에 있는지 찾아내고자 그의 체취를 맡는 데 열중했다.

"……!"

테루찬의 등골이 오싹해졌다.

눈앞의 환영으로부터 그리드의 체취가 진동했기에.

그렇다.

환영 따위가 아니었다.

마침.

"십만대군."

물리 공격을 무시한다는 뇌신의 특성을 이용, 테루찬의 맹공이 쏟아지는 찰나 동안 신위로 인해 재사용 대기 시간이 초기화됐던 〈아이템 합체〉 스킬을 다시 시전한 그리드는 벨리알의 지팡이+열망의 무아검으로 또 다른 궁극기를 시전 중이었다.

"학살검."

무패왕 마드라의 검술이다.

스파파파파파파파팟-!

증폭된 뇌전을 품은 30회의 베기가 테루찬을 덮쳤다.

마치 서른 명의 검사가 동시에 검을 휘두르는 것처럼 시간차 없는 베기였다.

극한의 무도를 추구해 온 테루찬조차 상상하지 못했던 묘리가 '열화판' 십만대적검에 담겨 있었다.

"놀랍다……!"

순수하게 감탄하며, 맞서기보다는 방어하는 편이 옳다고 판단한 테루찬이 황급히 피부를 강화시켜 봤으나.

"……?"

스킬이 발동이 안 됐다.

〈번개의 화신〉 패시브 효과를 얻고 있는 그리드와 싸우는 내내 마나가 불타 버렸으니 당연했다.

꽈광-! 꽝!

테루찬이 30회의 베기 중 정확히 8회의 베기를 파쇄시켰다.

순전히 육체 능력만으로, 대도 한 자루로 거둔 성과였다.

스킬을, 심지어 무패왕의 스킬을 평타로 무력화시킨다?

상대가 상대인지라 그리드는 납득했다.

이름:그리드
레벨:403

```
생명력:152,540  마나:41,844  검기:1,200
근력:3,590(+480)  체력:2,197(+800)
민첩:3,190(+430)  지력:2,657(+830)
손재주:5,167(+980)  끈기:1,632(+430)
평정:1,188(+430)  불굴:1,423(+540)
위엄:2,096(+430)  통찰력:1,986(+430)
용기:1,242(+430)  정치력:181(+430)
악마력:31,590  행운:631
신위:7
잔여 능력치 포인트:590
```

 상태창을 보면 알 수 있듯이, 각종 칭호 효과까지 더한 그리드의 현재 총 근력은 4천을 초과하고 있다. 400레벨 달성 후 근력의 공격력 계수가 상승한 것은 두말하면 잔소리다.

 또한 그리드는 공격력을 추가시켜 주는 특수 스탯 〈용기〉를 대량으로 확보한 이례적 인물임과 동시에 투기 축적으로 인한 능력치 상승 효과를 누렸다.

 거기에 추가로 +4까지 강화된 열망의 무아검을 무기로 사용했다.

 결론적으로, 그리드의 종합 공격력은 어지간한 필드 보스급인 셈이다.

하물며 전설급 스킬까지 대거 구사할 수 있었으니 보스 몬스터 이상의 공격력을 발휘한다고 보는 게 정확했다.

한데 테루찬은 그리드를 상대로 한 치의 물러섬 없이 겨뤘다.

아이템이라고는 낡아 빠진 대도 한 자루가 전부인 몸으로 말이다.

종의 정점으로서 시스템 보정을 받고 있다는 점, 그리고 순수 육체 능력이 그리드를 넘어선다는 점을 고려해 봤을 때 그가 평타로 스킬을 무력화시킨다는 건 결코 불가능한 일이 아니었다.

"점점 더 마음에 드는군."

슬슬 한계를 맞이하는 듯하다.

십만대군 학살검에 난도질당하고 눈에 띄게 초췌해진 테루찬의 호흡이 매우 거칠었다.

싸움의 끝이 다가오는 것이다.

[〈흑화〉의 지속 시간이 끝났습니다.]

[모든 능력치가 정상으로 돌아옵니다.]

[최대 속도에서 벗어나 〈뇌신〉 상태가 해제됩니다.]

스르륵.

마기와 뇌광이 거두어진다.

최초의 모습으로 되돌아온 그리드가 땀과 피로 젖은 머리카락을 쓸어 넘겼다.

잘생긴 이마와 함께 위로 솟구쳐 날카로운 눈매가 고스란히 드러났다.

'그리드는 본래 모습 그대로 마왕 토벌전에 출전했어야 한다. 그래야 더욱더 짙은 마왕의 위용을 뽐냈을 것이다.'

한 유명 할리우드 배우가 SNS에 남겼던 글귀다.
억 단위 좋아요를 받고 너무 기뻐 공중제비를 돌다가 병원에 실려 갔다는 후일담이 있지만 뭐, 중요한 부분이 아니니 생략하도록 하자.
지금 중요한 것은…
"전사의 얼굴……!"
그리드의 사나운 외모가 테루찬의 마음에 쏙 들었다는 것이다.
[칭호 〈판덕공〉의 효과가 발생합니다!]
"……?"
판덕공은 몬스터 사냥 시 일정 확률로 발동하는 효과다.
즉, 대상을 일단 죽음 직전까지 몰아넣어야 했다.
한데 왜 지금 이 타이밍에 판덕공이……?
의아해하던 그리드가 화들짝 놀랐다.
테루찬이 두 눈 뜬 채로 기절했다는 사실을 뒤늦게 눈치 챈 것이다.

아무리 스킬을 퍼부어도 10분의 2가량을 유지하던 그의 생명력이 빠르게 소실되고 있었다.
"이봐! 눈 떠! 죽지 말라고!"

〈…그냥 편히 가게 놔두지.〉
〈그리드가 새로운 취미에 눈을 뜬 듯…….〉

죽어라 패 놓은 주제에 이제 와서 죽지 말라니?
죽어 가는 오크 로드의 멱살을 붙잡고 흔드는 그리드의 모습에 시청자들은 혀를 내두르고 말았다.

제3장

오크 정복

템빨

 판덕공은 몇 년에 한 번 발동할 정도로 극악의 확률을 자랑한다.
 그리드는 판덕공을 그저 염두에만 뒀을 뿐, 실제로 판덕공이 터질 거라고 기대하진 못했었다.
 일단 싸워서 이긴 다음 '이족에게 큰 호의를 얻는다', '대상이 이족일 경우 호감도 상승 확률 2배' 효과를 지닌 〈이족의 왕〉 칭호 효과로 테루찬을 잘 구슬려 볼 계획이었다.
 한데 판덕공 효과가 발동한 것이다.
 '개꿀이군. 놀 때도 그렇고, 도리어 네임드를 상대로 확률이 오르는 건가?'
 〈신장〉 때문에 치솟았던 열불이 일시에 사그라질 정도로 큰 희열이 그리드를 엄습했다.

하지만.

"이봐! 눈 떠!"

기쁨은 찰나에 불과했다.

테루찬은 죽어 가고 있었다.

그리드의 맹공도 버텼던 천하의 오크 로드가 몸을 벌벌 떨며 각혈했다.

"일어나! 일어나라고!"

급기야 테루찬이 혼절하자 질색한 그리드가 품에서 물약을 꺼냈다. 테루찬의 멱살을 붙잡고 일으켜서 강제로 물약을 쏟아부었다.

하지만 전혀 효과가 없었다.

'치유 불가라고?'

트롤처럼 회복하던 녀석이 갑자기 왜?

그리드가 이제는 동료가 된 테루찬의 상태창을 불러왔다.

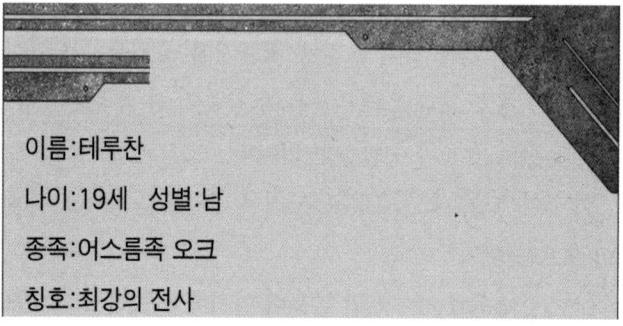

이름:테루찬
나이:19세 성별:남
종족:어스름족 오크
칭호:최강의 전사

*전투가 지속되는 시간에 비례해서 근력과 체력 스탯이 상승합니다. (최대 30%)

칭호:찬탈자

*'우두머리'와 싸울 때 공격력, 방어력, 생명력, 회복력이 상승합니다. (최대 20%)

칭호:불굴의 전사

*일정량 이상의 데미지를 최대 10회 무효화시킵니다. 10회 모두 누적 시 진원진기를 전부 소진합니다. (누적 초기화는 30일에 한 번)

레벨:500

근력:4,003 체력:6,130

민첩:2,280 지력:320

스킬:철완(A), 힘의 포효(S), 본능(S), 신념(SS)

테루찬은 여느 어스름족 오크와 마찬가지로 5살이 되던 해에 부모에게 버림받았습니다.

제국의 감시와 억압을 피해 산속 깊숙이 도망친 어스름족 오크의 터전은 터무니없이 작았기 때문입니다.

하지만 테루찬은 홀로 살아남았고, 어스름족 오크는 제국의 억압으로부터 해방되었습니다.

"앞으로 태어날 아이들에게 우리가 겪은 불행을 대물림해선 안 된다."

주장한 테루찬은 전쟁을 반대하던 전대 오크 로드에게 도전하여 승리했습니다.
로드의 자리를 찬탈한 그의 소망은 새롭게 태어날 아이들의 행복입니다.

"……."

최강의 전사, 찬탈자, 불굴의 전사.

안 그래도 높은 테루찬의 능력치를 더욱 빛나게 만들어 주는 칭호들이다.

테루찬이 그리드의 공격을 대부분 허용하고도 굳건히 버틸 수 있었던 이유들이기도 했다.

하지만 그리드는 다른 부분에 주목하고 있었다.

'19살이라고?'

흉악범처럼 생긴 이 무시무시한 거구가?

나보다 20살은 더 많아 보이는데?

"아니, 젠장!"

지금 그딴 걸 따질 상황이 아니다.

진원진기는 생명의 원천이 되는 에너지.

그것이 고갈되면 초월자라도 죽는다.

테루찬의 목숨은 경각에 달려 있었다.

'맞아! 세희한테 부탁을……!'

다급해진 마음에 동생부터 떠올리던 그리드가 이내 석상

처럼 굳었다.

칸의 최후를 상기한 것이다.

루비는 칸을 살리지 못했었다.

순리에 따라서 발생하는 죽음은, 제아무리 성녀라도 손쓸 수 있는 부분이 아니었다.

"…빌어먹을!"

루비는 부를 수 없다.

그 마음 약한 아이는 결국 테루찬을 살리지 못할 테고 죄책감에 시달리겠지.

썩은 동아줄 붙잡아 보겠답시고 동생의 마음에 돌을 얹는 짓… 못한다.

'그냥 차라리 나쁜 놈이었으면 좋았을걸.'

그리드가 죽어 가는 테루찬을 노려보며 이를 갈았다.

테루찬이 단순히 흉포한 침략자이며 약탈자였다면, 내 마음은 이처럼 무겁지 않았을 터다.

기껏 판덕공이 터졌는데 아깝게 됐다며 불운이나 원망했을 것이다.

하지만 테루찬은 악한이 아니었다.

자신이 아닌 아이들을 위해서 싸우리라 결심한 녀석이었고, 힘을 숭배하는 주제에 인간에게 그것을 강요하지 않는 녀석이었다.

차라리 몰랐다면 모를까.

오크 정복 • 103

괜히 판덕공이 터지는 바람에 테루찬에 대해서 알게 된 그리드는 무척 괴로웠다.

자신 때문에 꿈을 이루지 못하고 죽게 생긴 테루찬에게 괜한 미안함을 느꼈다. 이런 녀석을 잃게 생겼다는 사실이 안타까웠다.

"씨불… 염병……."

연신 욕설을 지껄이는 그리드의 귓가로 테루찬의 떨리는 음성이 들려온다.

"그리드. 쿠륵… 당신의 손에… 죽게… 되어… 영……."

"닥쳐!"

그리드가 버럭 소리쳤다.

안 그래도 괴로운 마당에 더 괴로워지고 싶지 않았다.

물론 그는 테루찬을 살릴 만한 가능성을 알고 있었다.

바로 〈백도〉다.

복용 시 모든 생명력과 상태 이상이 회복되는 아이템.

도원향에서만 얻을 수 있는 초특급 히든 아이템이며, 평생 1회만 복용할 수 있다는 터무니없는 조건을 고려해 봤을 때, 백도는 소모된 진원진기마저 회복시켜 주는 비약일 가능성이 높았다.

하지만 그리드는 그것을 선뜻 꺼내지 못했다.

테루찬의 가치가 낮아서?

아니다.

가치로만 놓고 보면 테루찬은 기대 이상이었다.

놀과 나란히 전장의 선두에 설 그의 모습을 상상해 보는 것만으로 가슴이 벅찰 지경이었다.

특히 그랜드마스터나 양반 같은 강적을 상대할 때는 놀보다 테루찬의 활약이 클 수도 있음을 알았다.

하지만.

'이건 안 돼. 못 줘.'

그리드에게는 이미 소중한 사람들이 너무 많았다.

아이린, 로드, 피아로, 그리고 브라함.

위험천만한 황궁에서 피아로를 소환했던 시점부터, 그리드는 그들 중 누군가에게 백도를 넘기리라 이미 다짐했었다.

나 때문에 당장 눈앞에서 죽어 가고 있는 테루찬에겐 정말로 미안한 이야기지만, 이미 내게 소중한 사람들과 테루찬의 목숨이 지닌 무게는 차원이 다르다.

"영광… 쿠륵……."

"닥치라고!"

썩을, 이게 아닌데.

상황이 이렇게 불쾌해질 거라고는 상상치 못했었다.

폴드 왕국도 구할 겸 겸사겸사 오크 로드도 회유해 보자, 딱 그 정도 마음가짐으로 이곳을 찾아왔었다.

한데 이딴 일을 겪다니 기분 참 뭣 같다.

오크 정복 • 105

꾸욱······.

괴로운 표정의 그리드가 답답한 가슴을 움켜쥘 때였다.

"템빨왕 전하!"

누군가가 달려와 소리쳤다.

베즐 후작이었다.

저 멀리, 평야를 가로질러 돌격해 오는 10만 오크 대군을 눈으로 가리킨 그가 재촉했다.

"왕을 잃은 저들이 폭주할 것입니다! 어서 피하셔야 합니다!"

그리드가 말도 안 되는 논리로 '10합의 약속'을 깨고 테루찬을 농락했을 때.

베즐 후작은 잠시 그리드를 의심했었다.

샤이닝 왕자가 그리드를 신처럼 찬양하는 이유가 사실은 그리드의 억지에 세뇌당해서는 아닐지 걱정했었다.

하지만 이내 깨달았다.

그리드가 자신의 명예가 실추되는 것을 두려워하지 않고 테루찬과의 대결을 강행한 이유, 테루찬과 '검의 대화'를 나누기 위함이었음을.

전투 내내 테루찬은 고양되어 있었고 그리드와 공방을 교환하는 과정에서 희열과 존경을 표했으니까. 그리드와 그대로 친구라도 될 기세였다.

그렇다.

그리드는 테루찬을 자신만의 방식으로 존중해 준 것이다.
무(武)를 예찬하는 어스름족 오크를 포악하다, 저열하다 비웃지 않고 교감했다.

실로 큰 그릇을 지닌 자…….

그의 의도는 테루찬을 설득함으로써 전쟁을 끝내는 것이었을 테지만 일이 틀어졌다.

테루찬은 죽어 가고 있었고, 분노한 오크 대군은 그리드를 결코 용서치 않을 것이었다.

"제가 시간을 버는 동안 서두르십시오!"

찌그러진 방패를 곧추세운 베즐 후작이 10만의 오크 대군을 홀로 마주 보았다.

"베즐 후작님!"

"각하! 피하지 않고 뭐 하시는 겁니까!"

하울 요새의 기사들이 분주해졌다.

누군가는 당장 성문을 열라고 지시했고, 누군가는 이미 성벽에서 뛰어내려 평야를 가로지르고 있었다.

그들 모두 베즐 후작을 구해야 한다는 일념이었다.

베즐 후작의 사자후가 전장에 울려 퍼졌다.

"전군, 퇴각하라! 템빨왕 전하를 모시고 반드시 무사히 왕도까지 피신하라!"

"각하!"

"명령이다!"

"……!"

베즐 후작에게 달려오던 기사들이 일제히 걸음을 멈췄다.

존경하는 상관의 마지막 명령을, 그들은 도무지 어길 수가 없었다.

그리드와 눈이 마주친 어떤 노년의 기사가 소리쳤다.

"전하! 어서 이리 오십시오! 베즐 후작의 희생을 헛되게 하지 마소서!"

'개뿔.'

쯧, 혀를 찬 그리드가 기사의 외침을 무시하며 손가락을 튕겼다.

그러자.

"엇……!"

그리드의 주변을 맴돌던 4개의 갓 핸드가 일제히 날아가 베즐 후작의 사지를 붙잡았다.

"전하?"

당황한 베즐 후작이 눈앞의 오크 대군과 그리드를 번갈아 쳐다보았다.

오크군 선두와의 거리가 이제 채 200미터도 안 남은 상황이었다.

"나는 그대들을 돕고자 이곳에 온 거지, 목숨을 구걸하러 온 게 아니다."

"전하……!"

베즐 후작의 외침은 이어지지 못했다.

그리드가 기사들이 있는 장소까지 그를 집어 던진 까닭이다.

점차 호흡이 희미해져 가는 테루찬 곁에 우뚝 선 그리드가 오크 대군을 마주했다.

단단하고 검은 피부를 지닌 거구의 오크 10만 마리가 돌격해 오는 모습은 거대한 암석의 파도를 연상시켰다.

'개떼네.'

오크족 회유는 실패다.

테루찬과 싸우는 동안 거의 대부분의 스킬과 자원을 소비했으므로 상태도 엉망이다.

이대로 도망치는 것이 옳다.

그리드는 충분히 알고 있었지만 발걸음이 떨어지질 않았다.

오크 군단의 선두에 있는 붉은 점 표범들 때문이었다.

수천 마리의 표범들이 등에 오크를 태운 채 달려오고 있었는데 그 속도가 기마의 속도를 월등히 초월했다.

이대로 그리드가 떠날 경우 하울 요새의 병사들은 저 표범대의 추격을 뿌리치지 못하고 큰 피해를 입거나 궤멸할 것이 분명했다.

기껏 원군으로 달려온 보람이 없어지는 것이다.

그리드는 상기했다.

자신의 첫 번째 목적은 폴드 왕국의 수호임을.

"씨불… 와라!"

이 끓어오르는 분노를 해소할 수단도 필요하던 참이다.

해일처럼 밀려오는 적군에게 열망의 무아검을 겨눈 그리드가 소리쳤다. 그 와중에도 욕설은 작게 중얼거리는 수준으로 카메라를 의식했다.

1 대 10만의 대치.

여기서 한 명이 그리드가 아닌 다른 누군가였다면, 사람들은 별 관심 종자가 다 있다며 콧방귀 뀌고 말았을 것이다.

하지만 그리드이기에 시청자들은 비웃지 않고 집중했다.

노에와 랜디, 티라멧과 템빨골들이 그리드의 곁으로 튀어나왔고 갓 핸드가 주작궁으로 변했으며 하늘에는 먹구름이 끼었다.

파직-!

〈전격 마기의 폭풍〉이 선두의 표범대를 휩쓸려 하는 순간이었다.

끼이이익-!

표범들이 일제히 달리기를 멈추고 제자리에 선다 싶더니 오크들이 표범에서 뛰어내렸다. 수천의 오크 전사가 검도 뽑지 않고 그리드 앞으로 달려와 부복했다.

"쿠륵! 위대한 전사여!"

"……?"

"우리는! 로드의 시신을! 쿠륵! 원한다!"

"……."

그리드가 뒤늦게 사태를 파악했다.

오크의 방침을 결정짓는 건 오직 로드.

로드가 죽게 생긴 이상 오크들은 굳이 전쟁을 강행할 이유가 없다.

그들은 어서 고향으로 돌아가 새로운 오크 로드를 선출해야 했고 새로운 방침에 따라야 했다.

또한 '전사'의 시각으로 봤을 때 그리드와 테루찬의 승부는 정당한 것이었으므로 그리드에게 복수하겠다는 생각도 품지 않았다.

'…바사라.'

이들을 해방시킨 당신의 안목은 옳았다.

이들은, 짐승이 아니다.

고개를 끄덕인 그리드가 오크들에게 길을 열어 주었다.

"데려가라."

"고맙다. 쿠륵."

주먹으로 가슴을 치며 예의를 표한 오크들이 테루찬을 부축해 표범 위에 태웠다. 피부가 파랗게 질린 채 입을 다문 테루찬은 이제 거의 시체나 다름이 없었다.

그때.

"……?"

"……?"

하늘에 빛이 번쩍였다.

매스 텔레포트가 일으키는 현상.

그리드와 오크들 모두 놀라서 하늘 위로 시선을 돌렸다.

대현자 스틱세이와 라우엘이 모두의 시야에 들어왔다.

급히 지면에 안착한 라우엘이 품에서 어떤 과일을 꺼냈다.

하얀 복숭아.

백도였다.

"너……!"

깜짝 놀란 그리드가 라우엘을 말리려고 했지만 이미 늦었다.

맹수의 것처럼 커다란 테루찬의 입을 억지로 벌린 라우엘이 그 안에 백도를 쑤셔 넣었다.

"상황은 모두 들었습니다. 제 생각에 이자를 살릴 수 있는 유일한 길은 이것뿐이군요."

"아니, 너 미쳤어? 그게 어떤 물건인데 그렇게 함부로……!"

"백도의 가치는 잘 알고 있습니다. 그렇기에 이자에게 투자하는 거죠."

"네가 먹어야……!"

"제가 먹는 건 너무 큰 사치죠. 아시다시피 이제 전 퇴물이지 않습니까?"

"그거야 나 때문에 바빠서 그런 거잖아! 언젠간 너도 다시……!"

"아니요. 제가 좋아서 선택한 길이고, 저는 이 길을 벗어날 생각이 추호도 없습니다. 저는 앞으로도 계속 템빨국의 재상으로서 전하를 보좌할 것이므로 이런 사치품은 필요 없습니다."

백도의 효과로는 레벨과 관계없이 경험치를 올려 주는 것도 있었다.

고레벨 플레이어일수록 천문학적인 효과를 누릴 수 있는 아이템인 셈이다.

그것을, 라우엘은 포기했다.

굉장히 큰 결심이 필요했으리라는 사실을 그리드가 모를 리 없다.

라우엘은 자신을 명백히 희생하고 있었다.

그리고 그 희생 덕분에…

"쿠륵……!"

숨이 멎어 가던 테루찬이 두 눈을 번쩍 떴다.

시청자들은 물론이고 오크들까지 휘둥그레졌다.

전 세계가 지켜보는 가운데.

"위대한 전사……! 생명의 은인……! 나! 테루찬은! 쿠륵! 당신을! 섬기겠다!"

오크 정복 • 113

테루찬은 맹세했다.

그리드가 정녕 생명의 은인이 맞는가…….

많은 의문이 제기되는 부분이었지만, 어찌 됐든 그리드는 강력한 부하를 새롭게 얻게 되었다.

† † †

"나! 테루찬은! 쿠륵! 당신을! 섬기겠다!"

"……!"

"……!"

테루찬의 맹세가 커다란 파장을 일으켰다.

오크 로드가 그리드를 섬긴다는 말은 즉, 오크라는 종 자체가 그리드의 수중에 떨어졌다고 표현해도 과언이 아니었으니까.

『불공정하오! 일반적인 플레이어는 작은 펫 한 마리 얻어 보겠답시고 고군분투하는 마당에 그리드는 수천만 오크들의 주인이 된다고? 다른 플레이어들이 느낄 박탈감은 누가 보상할 게요!』

『펫 한 마리 테이밍하는 것보다야 오크 로드와의 대결이 훨씬 더 어려워 보이는데……? 누가 들으면 그리드가 거저 먹은 줄 알겠소?』

『말장난 마시오! 논지는 그게 아니잖소! 지금 나는 단 한 명의 플레이어가 너무 큰 권력을 거머쥘 경우 발생할 문제점들을 지적하는 게요!』

『새삼스럽게 그런 걸 따진다고? 그리드는 이미 수천만 백성을 거느린 왕이외다. 이제 와 더 많은 백성을 거느리게 된다고 해서 문제 될 게 있소?』

『애초에 오크들이 템빨국에 편입될 가능성은 낮습니다. 그들 또한 이미 거대한 국가를 이루고 있으므로 템빨국이 수용할 여력도 없고요. 수인족의 경우처럼 동맹 관계로 끝날 텐데요.』

『그야 그렇겠지! 하지만 수인족과는 경우가 다르오! 수천만 명의 플레이어가 이미 오크로 종족을 변경했다는 사실을 간과하지 마시오! 그리드가 오크 로드와의 관계를 이용해서 플레이어들의 주권을 침해할 우려가 있음을 알아야 한다, 이 말이오!』

『맞습니다. 오크 로드는 절대적인 명령권을 지녔죠. 오크 플레이어들은 전쟁에 참전하라는 로드의 한마디 명령을 거부하지 못했었을 정도입니다. 오크 로드가 '그리드를 위해서 싸워라.'라는 명령을 내리는 순간 수천만 오크 플레이어들은 그리드의 꼭두각시로 전락하는 수가 있어요. 그리드가 오크 로드를 통해서 플레이어들에게 부당한 명령을 부여할 수도 있는 거고요.』

『일개 플레이어가 수천만 플레이어들의 권리를 침해할 것이다? 굉장한 비약이군. 그런 사달이 발생했다간 모든 플레이어가 들고 일어날 텐데 S.A그룹이 가만히 있겠소? 댁들은 S.A그룹이 무슨 동네 구멍가게로 보이오?』

『그러게. 걱정을 너무 사서들 하시네. 심지어 오크 로드의 명령은 퀘스트로 분류되며 플레이어들에게 합당한 보상을 지불하지 않수? 일단 지켜본 다음 논해도 될 문제점들을 왜 앞장서 언급하면서 분위기를 험악하게… 아, 생각해 보니까 제네럴 장하고 리태운, 당신들 중국계 인사셨지? 왜 그토록 흥분하는지 충분히 이해가 가는군.』

『여기서 출신이 왜 나오는 게요?』

『중국 정부의 선동으로 수천만 중국인 플레이어가 오크로 종족을 변경했다는 사실을 세상에 모르는 사람이 있소? 중국 정부의 궁극적인 목표는 자국인 플레이어를 오크 로드로 만들어서 오크를 지배하는 것이었을 텐데, 일이 틀어졌으니 얼마나 배알이 꼴릴까. 이거 이제 어쩌오? 중국에서 그리드를 꺾을 수 있는 인재가 나타나려면 족히 수십 년은 기다려야 할 텐데?』

『개소리! 닥치시오!』

정말 많은 방송들의 분위기가 실시간으로 험악해졌다. 패널끼리 언성을 높이거나 얼굴을 붉히는 일이 다반사였다.

시청자들은 세계 각국에 얼마나 많은 중국인들이 침투해 있는지 새삼 깨닫는 한편 작금 발생한 사태에 우려를 표하기도 했다.

〈오크들의 규칙은 오크 로드를 꺾은 오크가 새로운 로드로 등극하는 거잖아? 그럼 이대로 그리드가 오크 로드로 추대되고 오크를 완전히 수족으로 부릴 수도 있을 텐데, 그럼 정말 난리 나는 거 아닌가?〉
〈오크로 종변한 사람은 그리드한테 밉보이는 순간 망할 듯. ㅋㅋ 강제 퀘스트 이상한 거 부여하면 보상이고 나발이고 간에 시간 낭비 엄청 클 테니까.〉

그야말로 온갖 소요가 발생했다.
하지만 금방 잠잠해졌다.
일부 사람들의 걱정과 달리 그리드는 오크 로드가 되지 않았으니까.
당연하다.
그리드는 오크가 아니었으니 오크 로드가 될 수 없었다.
'로드를 꺾은 자가 로드가 된다.'라는 로드 선출 규칙은 같은 오크들 사이에서나 적용되는 것이었다.
더군다나.
"나, 테루찬은! 쿠륵! 위대한 전사 그리드에게 앞으로 영원히 충성할 것이다! 쿠륵! 이것은 로드로서가 아닌 나 개인의 맹세! 불만은 허락지 않는다!"

그리드에게 복종하는 것은 '어스름족 오크'가 아닌 '테루찬'임을 테루찬 본인이 못 박아 버림으로써 사람들의 걱정을 불식시켰다.

테루찬의 의도는 오크 내부의 반발을 잠재우려는 것이었지만, 플레이어들의 불안과 반발심까지 억눌러 버린 셈이다.

'다행이군.'

라우엘은 내심 안도했다.

오크는 무서운 번식력을 자랑하는바.

만약 그들이 템빨국에 편입됐다간 템빨국은 심각한 재정난을 피할 수 없었다.

피아로와 휴렌트를 비롯한 최고의 농부들이 있어 봤자 오크들은 오로지 육식만을 즐겼으니 그들의 배를 채워 줄 수 없었고, 또한 템빨국의 영토에는 한계가 있었으므로 오크 인구를 수용하기 힘들어질 것이었다.

더군다나 힘을 숭상하는 오크들의 특성상 기존의 백성들과 충돌을 빚을 부분이 많았는데, 그 모든 책임과 문제를 회피하고 필요할 때만 테루찬과 테루찬의 측근들을 부릴 수 있게 됐다.

매우 이상적인 결과인 셈이다.

다만 거기까진 생각 못한 그리드는 아쉬움에 입맛을 다셨다.

'오크를 통째로 집어삼키는 건가 싶었는데 아니었어?'

이런 젠장.

치를 떠는 그리드를 라우엘이 달랬다.

"오크 로드는 세습되는 자리가 아닙니다. 내일 당장 로드가 바뀌어도 이상할 게 없으며 로드가 바뀔 때마다 템빨국과 오크의 관계는 크게 바뀌겠죠. 새로운 로드가 전하께 반역을 일으킬 수도 있으니 오크를 백성으로 받아들이는 건 많은 위험을 동반하는 행위입니다."

"흠… 아쉬워하지 말라는 거지?"

"네, 지금이 딱 좋습니다. 다른 플레이어들의 질투와 경계도 피할 수 있으니 안심해도 되고."

"그래, 이해했어."

고개를 끄덕이는 그리드의 마음이 한결 편해졌다.

그가 테루찬에게 제안했다.

"네가 진심으로 내게 충성하겠다면 나하고 계약하자."

"쿠륵. 계약? 충성은 맹목적인 것. 계약은 이상하다."

"그런 의미가 아니라… 음."

말로 설명하기 어렵다.

잠시 궁리해 보던 그리드가 〈이족의 왕〉 칭호를 발동시켰다.

〈계약〉 시스템이 활성화됐다.

> 〈계약〉
> 대상이 이족일 경우 계약을 제안할 수 있습니다.
> 당신과 계약한 대상은 '각성'하여 종족 특성이 강화됩니다.
> 당신은 계약 대상의 종족 특성 중 일부를 습득합니다.
> 당신은 한번 맺은 계약을 파기할 수 없습니다.
> 단, 상대방은 언제라도 계약을 파기할 수 있으며 이때 당신이 습득했던 종족 특성은 사라집니다.
> 또한 계약 대상이 사망 시에도 계약은 파기되며 당신이 습득했던 종족 특성은 사라집니다.
> 두 경우 모두 계약 가능 횟수가 복구되지 않습니다.

하오와 계약한 그리드에게 이제 남은 계약 횟수는 2개에 불과했다.

함부로 사용해서는 안 된다는 뜻.

신중하게 고민해 봤기에, 그리드는 테루찬과의 계약을 결심했다.

근력, 체력 스탯의 계수를 올려 주는 오크의 종족 특성이 그리드는 무척 탐났으니까.

[어스름족 오크 로드 '테루찬'을 계약의 대상으로 지목하셨습니다. 대상에게 '종족을 초월하는 친애의 맹세'를 나눌 것을 제안합니다.]

[대상이 계약에 응할 시, 대상의 격이 상승하고 모든 특성이 강화됩니다. 또한 당신에게 어스름족 오크의 특성 중 일부가 개화합니다.]

[대상은 언제라도 계약을 파기할 수 있습니다. 대상이 계약 파기 시 당신이 얻었던 어스름족 오크의 특성은 상실합니다.]

그리드의 시야에 온갖 알림창이 떠올랐고…

"쿠르륵……."

계약의 내용을 확인한 테루찬은 말을 잃었다.

계약 조건이 자신에게 일방적으로 유리하다는 사실쯤, 그가 아무리 바보라도 알 수 있었기 때문이다.

"쿠륵. 위대한 전사여. 나를 이토록. 신뢰하는가."

선뜻 응하지 못하는 테루찬에게 그리드가 고개를 갸웃거렸다.

"너는 나를 신뢰하잖아? 그럼 나도 너를 신뢰해야지."

"…좋다! 쿠륵!"

[대상이 계약을 수락하였습니다!]

[계약 보상으로 어스름족 오크의 특성 중 하나를 랜덤으로 습득합니다!]

[…놀라운 행운이 작용합니다!]

[축하드립니다! 당신의 '체력' 능력치 계수가 1.8배 증가합니다!]

[체력 1당 생명력 상승률이 30에서 54로 상향 조정됩니다! 체력 1당 방어력 상승률이 1.2에서 2.1로 상향 조정됩니다!]

[오크 로드 테루찬과의 호감도가 20 상승하였습니다.]

'좋았어!'

오크로 종족을 바꾼 플레이어들은 온갖 희생을 치러야 했다

인간의 미적 관점에선 다소 흉측하게 느껴지는 외모로 살아가야 했고 지력 계수에서 엄청난 손해를 감수해야 했다.

하지만 그리드는 그 어떤 페널티도 없이 오크의 혜택 중 일부를 누리게 된 것이다.

특히 공격력에 아쉬움이 적고 〈최초의 왕〉 칭호 효과 등으로 인해 생명력이 높을수록 큰 효과를 보는 그리드 입장에서 체력 능력치의 계수 상승은 어마어마한 이득이었다.

"테루찬! 감동했다! 쿠륵! 위대한 전사여! 내가 필요할 땐! 나를 불러라! 쿠륵! 언제라도 달려가겠다!"

"일단 며칠 템빨국에 머물다가 가. 새로운 무기와 갑옷부터 만들어 줄 테니까."

"쿠륵! 좋다! 고맙다! 전사들이여! 너희는 먼저 귀환하

라! 쿠륵!"

"쿠륵! 쿠르륵!"

하울 요새 주변의 평야를 가득 둘러쌌던 10만 오크 대군이 일제히 물러났다. 썰물이 빠져나가는 광경을 연상시킬 정도로 순식간에 벌어진 일이었다.

베즐 후작과 병사들의 어안이 벙벙해졌다.

당장 며칠 내로 우리 왕국을 멸망시킬 기세였던 오크 대군이 거짓말처럼 물러나다니…….

그리드가 일으킨 기적을 처음부터 끝까지 목격한 그들이지만 도통 현실감이 없었다.

그들에게 그리드가 작별의 인사를 건넸다.

"다음에 기회가 있다면 또 봅시다. 샤이닝 왕자에게 안부 전해 주고."

"아, 예! 다시 뵙게 되는 날을 고대하고 있겠나이다!"

"충!"

베즐 후작과 3만의 군대가 일제히 경례했다.

그리드를 바라보는 그들의 눈빛에는 일말의 의심도 없었으며 오직 존경만이 가득했다.

† † †

〈충격! 수천만 중화민족이 그리드의 수중에 떨어지다!〉

〈어스름족 오크, 그리드의 영향력에서 완전히 자유롭다고 보기 어려워······.〉

중국 언론이 발칵 뒤집혔다.

단 한 번의 전투로 중국의 기세에 찬물을 끼얹은 그리드가 그들은 황당하고 괘씸했다.

급기야 화풀이라도 하듯, 중국인민해방군은 '실수'라는 명목하에 대한민국의 영공을 침범했다. 중국의 전투기 2대가 대한민국 공군의 경고를 무시하고 동해를 멋대로 누비다가 사라졌다.

명백한 무력시위였다.

별것 아닌 소국의 국민 따위가 그만 좀 설치라는 경고였다.

대한민국 국민들의 불안감을 조성함으로써 그리드를 고립시키려는 의도도 담겨 있었다.

그리고 그날.

중국은 미국을 비롯한 수십 개 국가에게 철저히 비난받았다. 특히 미국과 유럽 연합, 그리고 인도는 평화를 위협하는 중국이 세계 경제의 중심에 있어선 안 된다며 온갖 규제를 거론했다.

S.A그룹의 힘이었다.

세계 경제의 주체가 된 Satisfy를 개발하고 서비스 중인

S.A그룹의 힘은 기업이 아닌 국가의 수준에 이른바, 온갖 선진국들과 교류하고 거래하며 그들과 좋은 협력 관계를 구축하고 있었다.

임철호 회장은 S.A그룹의 본사가 위치한 대한민국을 위협한 중국의 무례를 용서할 생각이 추호도 없었으며, 여러 국가의 협력을 등에 업고 온갖 방법으로 중국에 보복하기 시작했다.

급기야 중국에 세웠던 캡슐 공장의 가동조차 멈춰 버리자 사태의 심각성을 인지한 중국 정부가 부랴부랴 성명에 나섰다. 대한민국 국민들에게 무례를 범한 것을 인정하고 사죄했다. 두 번 다시는 이런 일이 없을 거라고 맹세했다.

그리드의 행보를 지켜보며 닭발에 소주 먹는 것을 낙으로 삼는 임철호 회장이 사실은 세계 제일의 거물인 것이다.

그리드에겐 '고깔모자 쓰고 내 생일파티에 참석한 할아버지'쯤으로 인식됐지만 말이다.

† † †

"갑옷은. 쿠륵. 싫다. 답답하다."
"평소에만 입고 싸울 때는 벗어."
"……?"
그럼 굳이 입을 이유가?

그런 뜻이 담긴 눈빛을 보내오는 테루찬을 보면서 그리드는 확신했다.

얘가 쥬드보다 훨씬 더 똑똑하다.

험험, 헛기침한 그리드가 첨언했다.

"혹시 모를 암습에 대비하라는 거지."

"필요 없다. 쿠륵. 전사는 비겁한 기습 따위에 당하지 않는다."

"말 좀 들어라. 충성하겠다며?"

"그것과 이건 별개다! 쿠르륵!"

"……."

커다란 암석을 통째로 깎아 놓은 듯한 테루찬의 근육들. 그것의 팽창을 그리드는 목격한 바 있다.

특히 무기를 투척할 때 사용하는 〈철완〉 스킬의 전개 때마다 테루찬의 어깨와 팔뚝은 2배 이상 부풀어 올랐었다.

'그래서 천 갑옷하고 가죽 갑옷을 만든 건데.'

명백히 실패했다.

현재 그리드가 구할 수 있는 천과 가죽으로는 테루찬의 근육이 팽창하는 정도를 따라가지 못했다. 천은 일정량 늘어나다가 탄성의 한계를 맞이하고 찢어져 버렸고, 가죽은 도리어 테루찬의 근육을 압박해 버렸다.

'싫어하는 거 이해한다. 불편하겠지.'

아니, 불편함을 넘어서는 두려움을 느꼈을 것이다.

갑옷이 족쇄가 되어서 자신을 해칠 수도 있음을 직감했을 테니까.

'탐욕의 물량을 충분히 확보하기 전까진 갑옷을 입으라고 강요할 수 없겠어.'

탐욕의 탄성은 굉장히 자유롭다.

아다만티움으로부터 계승한 특성이다.

탐욕으로 만든 갑옷은 테루찬의 근육 팽창을 견딜 수 있으리라고 그리드는 확신했다.

하지만 당장 탐욕을 써서 갑옷을 만들기엔 무리가 있었다.

탐욕에서 파브라늄과 관련한 특성을 삭제해야 '그리드'라는 사용 조건이 사라질 텐데, 광룡 모루와 망치가 딱 원하는 특성만 삭제해 줄 거라는 보장이 없었기 때문이다. 아다만티움과 관련한 특성까지 삭제됐다간 기껏 탐욕을 써서 갑옷을 만드는 의미가 사라졌다.

'지금까지의 경험에 따르면 금속의 특성 전부가 삭제될 확률이 매우 높아. 아직은 몇 개 없는 탐욕을 소모해 가면서까지 시도할 단계가 아니다.'

우선 광룡 망치와 모루의 개량이 필요하다. 원하는 특성을 취사선택하기가 용이해지게끔.

"자, 받아."

그리드가 테루찬에게 커다란 천을 던져 줬다.

"속옷이야. 갑옷은 안 입더라도 그건 꼭 입고 다녀라."

현재 테루찬이 몸에 걸치고 있는 것은 누렇게 변색된 헝겊 쪼가리 하나가 전부였다. 간신히 중요 부위만 가리는 수준이었고 뒤에서 보면 단단한 엉덩이가 고스란히 노출됐다.

남성의 몸을 필요 이상으로 성적 대상화했다며 일부 남성 단체에서 항의하고 있을 정도로 선정적이었다.

어찌 됐든 방어구로서의 가치는 눈곱만큼도 없는 것이다.

반면 그리드가 만든 속옷은 무려 두 자릿수의 방어력을 자랑했다.

무려 10이다, 10.

없는 것보단 낫다.

특히 방어력이 퍼센트 단위로 상승하는 테루찬에겐 의외로 큰 도움이 될 수도 있었다.

"원래 입던 것보다 면적이 커서 처음엔 좀 답답할 수도 있겠지만 그래도 금방 익숙해질 거야. 피부에 최대한 밀착하게끔 만들었으니까 행동에 불편함도 없을 거고."

"……"

"아, 너무 달라붙어서 그게 툭 튀어나올 것 같은 건 걱정 마. 멋도 챙길 겸 앞에 천을 덧대 놨으니까."

"……"

촘촘한 바느질 자국이 일정한 간격을 유지하고 있다.

그리드가 건네준 속옷은 단지 멋지기만 한 게 아니라 제작자의 노력과 정성이 담겨 있었다.

멍한 표정으로 속옷을 바라보던 테루찬이 조심스럽게 질문했다.

"위대한 전사여. 이 갑옷들처럼. 쿠륵. 속옷 또한 당신이 직접 만든 것인가?"

"내가 재주가 좀 많거든."

"…쿠르륵……."

테루찬의 눈시울이 붉어졌다.

여느 오크들처럼 어린 나이에 부모로부터 버려졌던 그는 선물을 받는 일 자체가 낯설었다. 하물며 하루도 빠짐없이 매일 입고 다녀야 하는 소중한 속옷을 누군가 정성껏 만들어 준 일은 처음이었다.

"천이 다 헐 때까지. 쿠륵. 매일매일 빨지 않고. 쿠륵. 소중히 입겠다."

"뭐? 뭔 헛소리야? 여러 벌 만들어 줄 테니까 매일 갈아입고 빨아 입어라."

"아니다! 한번 입으면 안 벗을 거다! 쿠륵! 당신의 성의를! 잊지 않도록!"

"……."

말 진짜 오지게 안 듣는다.

테루찬의 피부가 보통 오크들의 것처럼 녹색이었다면 청개구리라는 별명을 붙였을 것 같다.

피식 웃은 그리드가 〈실패작〉의 제작법을 불러왔다.

백호검이나 열망의 무아검의 제작법을 꺼내지 않은 이유는 실패작이 '대검'이기 때문이다.

테루찬은 대도의 사용에 능숙했으니 실패작과의 시너지가 훨씬 더 좋을 거라는 판단이 섰다.

애초에 그리드는 실패작을 높이 평가하기도 했고.

'실패작의 공격력 기댓값은 다른 신검들과 비교해도 꿀리지 않아.'

그리드가 크라우젤과 함께 창조한 백호검의 설계도.

거기에 표기된 유니크 등급 백호검의 공격력 기본값은 493~817이다.

우연히 만들고 제작법을 얻은 열망의 무아검.

그것의 유니크 등급 공격력 기본값은 930~1,050이다.

반면 유니크 등급 실패작의 공격력 기본값은 733~1,621이었다.

물론 백호검과 무아검은 한 손 검이며, 실패작은 공격성을 극대화시킨 양손 검이라는 근본적 차이점 때문이긴 했지만, 실패작의 제작에 필요한 재료가 푸른 오리하르콘이라는 점을 간과해선 안 된다.

아다만티움, 블러드 스톤, 사신수의 숨결, 대악마의 부산물 등과 비교해서 가치가 낮은.

비교적 저등급인 재료를 사용한다는 전제가 깔려 있음에

도 실패작의 공격력 기댓값은 신검과 비견됐다. 무서운 수준이 아니라 그냥 개사기다.

그로 인해서 '터무니없는 사용 조건'이라는 페널티가 발생했고, 그렇기에 '실패작'인 거지만 테루찬은 〈최강의 전사〉다.

테루찬은 실패작의 사용 조건을 충족할 수 있었다.

'4,000의 30퍼센트면 1,200이니까 테루찬의 전투 중 근력은 최대 5,200까지 상승한다. 맞지?'

혹시 몰라 재차 계산기를 두드려 본 그리드가 테루찬에게 당부했다.

"테루찬, 나는 네게 2개의 무기를 만들어 줄 거야. 하나는 그냥 좀 많이 쓸 만한 대도고, 다른 하나는 굉장히 많이 쓸 만한 대검이지."

"쿠륵?"

"대신 대검은 평소 네 힘으론 휘두르기 힘들 거야. 평소에는 대도를 사용하고, 대검은 등에 메고 다니다가 전투 중에 교체해서 써. 무기 교체에 능숙해지게끔 늘 연습하도록 하고."

"왜 힘들지?"

테루찬이 진짜로 모르겠다는 표정을 지었다.

최강의 전사인 내가 고작 검 한 자루 못 휘두를 거라니?

이해 자체가 불가능한 눈치였다.

"나는. 쿠륵. 거목도 뿌리째 뽑아 휘두를 수 있다. 검 따위.

쿠릌. 쉽게 휘두른다."

"구조가 조악해서 그런 것 같은데… 뭐, 직접 써 보면 알게 될 거야."

그리드가 활활 타오르는 용광로에 여태껏 모아온 탐욕을 모조리 쏟아부었다. 아, 물론 증식용으로 한 개는 남겨 놨다.

"제작을 시작해 볼까."

눈을 번뜩인 그리드가 광룡 망치와 모루를 꺼냈다.

갑옷과 경우가 달라 광물의 특성이 삭제돼도 문제가 없었으니 행동에 거침이 없다.

따앙-! 따앙!

제련, 단조, 단련, 담금 등.

능숙한 몸짓으로 일련의 제작 과정을 밟아 가는 그리드의 작업 속도는 의외로 빠르지 않았다.

아니, 도리어 보통의 대장장이보다 느렸다.

주조법을 사용하지 않고 일일이 직접 망치질해서 검의 형태를 잡아 갔기 때문이다.

제작법을 보유 중인 아이템을 오토 제작 시 몇 시간 내에 양산할 수 있는 그리드였지만 여전히 중요한 아이템은 수작업을 고수하는 것이다.

더 나은 결과물이 탄생할 가능성을 0.001퍼센트라도 늘릴 수 있다면, 그리드는 자신의 몸과 정신이 혹사당하는 일쯤 개의치 않았으니까.

'강한 동료가 더 많이 필요하다.'

Satisfy에서 평화란 한시적인 개념이다.

지금 이 순간에도 열심히 게임을 즐기고 있을 20억 플레이어에 의해서 무수히 많은 에피소드가 새롭게 점화하거나 종결을 맞이하는 중일 테니까.

그것은 옆집 철수와 관련된 작은 이야기일 수도 있고, 야탄교와 대악마가 얽힌 심각한 이야기일 수도 있다.

하지만 한 가지 사실은 확실하다.

어떤 에피소드는 반드시 새로운 위기를 동반할 것이다.

현재는 서대륙에 국한된 게임의 무대가 하루아침에 동대륙까지 확장될 가능성도 있었다.

그리드는 그때에 대비할 힘이 필요했고, 그렇기에 더 많은 동료를 원했다. 동료들이 강해지길 바랐다.

아스모펠과 메르세데스의 오랜 부재와 10공신들의 이탈을 이해하고 인내할 수 있는 이유다.

'모두와 다시 만났을 때 부끄럽지 않도록.'

따앙! 따앙!

'나는 지금의 환경을 연마한다.'

대장장이의 신 헥세타이아와 승부할 당시 패시브 스킬로 변경된 전설적 대장장이의 숨결과 전설적 대장장이의 인내심.

그 저력을 기반으로 삼은 그리드의 집중력이 극한에 도

달했다.

† † †

[〈최강의 전사를 기리는 실패작〉을 완성하였습니다!]
"……?"

무아지경에 빠질 정도로 작업에 열중했던 그리드가 번뜩 정신을 차렸다.

물론 그리드는 훌륭한 결과물의 탄생을 기대했었다.

비록 대부분의 특성이 삭제됐다곤 하지만 명색이 탐욕을 재료로 사용했으니까.

하지만 수식언이 붙어 달라는 바람까진 품지 못했었다.

실패작 자체가 결함이 있는 아이템이었으므로 시스템이 완성도를 높게 평가할 가능성을 낮게 보았었다.

한데 수식언이 붙었다.

그것도 테루찬에게 딱 맞는.

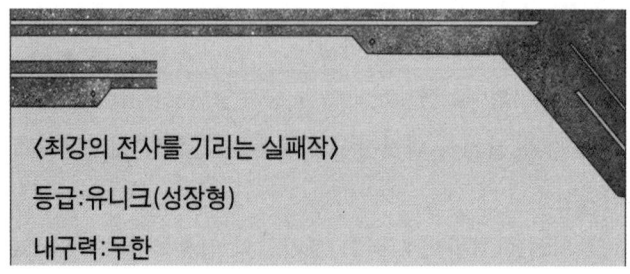

〈최강의 전사를 기리는 실패작〉
등급:유니크(성장형)
내구력:무한

공격력:1,190~2,005 방어력:80

*민첩성 +60

*낮은 확률로 적의 공격을 차단

*일정 확률로 〈5연격〉 발동

*일정 확률로 〈절단〉 발동

*스킬 〈이등분〉 생성

*공격 시 높은 확률로 〈분쇄〉 발동

*착용자보다 레벨이 10 이상 낮은 적에게 공포 효과

*'테루찬'이 착용 시 공격력 +20%

신에게 깨달음을 준 대장장이 그리드가 부족했던 시절에 만든 실패작을 재해석했습니다.

대검으로 만들어졌지만 검신 특유의 생김새 때문에 절삭력이 매우 뛰어납니다. 해양의 포식자를 닮은 모습이 적의 공포심을 유발하며, 검등에 뾰족하게 솟아 있는 작은 검날이 방어에 도움을 줍니다.

또한 모든 요소에 테루찬을 향한 배려를 담았습니다.

테루찬은 이 무기와 일체감을 느낄 것입니다.

사용 조건:테루찬, 그리드

무게:860

"기껏 이빨 털었더니……."

사용 조건이 이런 식으로 변할 줄이야.

거짓말쟁이 되게 생겼다.

19살짜리 꼬맹이(?)한테 귀감이 돼도 부족할 판국에 거짓말쟁이라니…….

절레절레 고개를 저은 그리드가 창밖으로 시선을 돌렸다.

깊은 밤이다.

초저녁쯤에 작업을 시작했으니 시간이 얼마 지나지 않았…

'…아니군.'

눈앞이 침침하다.

다리가 후들후들 떨린다.

퉁퉁 부어오른 양손에 감각이 없다.

온몸에 흘렸던 땀이 식어 가며 한기가 돈다.

스태미나 게이지가 바닥났음을 확인한 그리드가 문득 옆을 돌아보았다.

테루찬이 있었다.

눈 밑이 퀭하고 뺨이 홀쭉한 것이 병에라도 걸린 것 같다.

"뭐야? 상태가 왜 그래?"

걱정하며 묻는 그리드의 두 손을.

"쿠륵. 당신은 위대한 전사가 아니다.

덥석, 테루찬의 커다란 두 손이 감쌌다.

"당신은. 쿠륵. 위대한 대장장이가 아니다."

"……?"

영문을 모르겠다는 표정을 짓는 그리드 앞에.
"당신은."
테루찬이 무릎을 꿇었다.
"당신은, 위대한 그리드다. 쿠륵."
테루찬은 대장일에 무지하다.
그래서 그리드의 작업이 아닌 태도를 관찰했다.
그리고 몇 번이나 감격했다.
불과 며칠 전까지만 해도 적이었던 나를 위해 이틀하고도 반나절이 넘는 시간 동안 멈추지 않고 작업에 열중했던 그리드의 모습을.
나를 향한 그의 진실 된 마음을 테루찬은 앞으로 평생 잊지 못할 것이었다.
"갑옷. 쿠륵. 입겠다. 불편해도 참고 입겠다."
"이런……."
그리드가 깜짝 놀랐다.
이족의 왕의 칭호 효과 덕분일까.
테루찬과의 호감도가 최대치를 달성하고 있었다.
역대 최고 기록이다.
흐뭇하게 웃은 그리드가 자신보다 머리 하나는 더 큰 테루찬의 이마를 쓰다듬어 주었다.
"억지로 입을 필요 없어. 그게 도리어 화가 될 수도 있으니까."

"싫다. 쿠륵. 입을 거다."

"아니야. 너한테 맞는 갑옷은 내가 나중에 새로 만들어 줄 거야."

"그때까지. 쿠륵. 오늘 당신이 만들어 준 갑옷들. 쿠륵. 입겠다."

"아니, 염병! 말 좀 들어!"

"히끅! 알았다."

"화, 화내서 미안."

"쿠륵……."

젠장, 애 앞에서 욕하고 의기소침하게 만들다니.

자기 자신이 싫어지는 그리드였다.

† † †

같은 시각, 가우스 왕국의 어느 숲.

"인간이여, 나가세요. 이곳은 우리 엘프가 수호하는 영토입니다."

"죽이기 전에 검은 것의 행방이나 말해."

또 다른 이종족이 녹발 금안의 사내와 조우하고 있었다.

"검은 것……?"

"너희의 옛 동료 말이야. 그 타락한 계집의 육체가 필요하다."

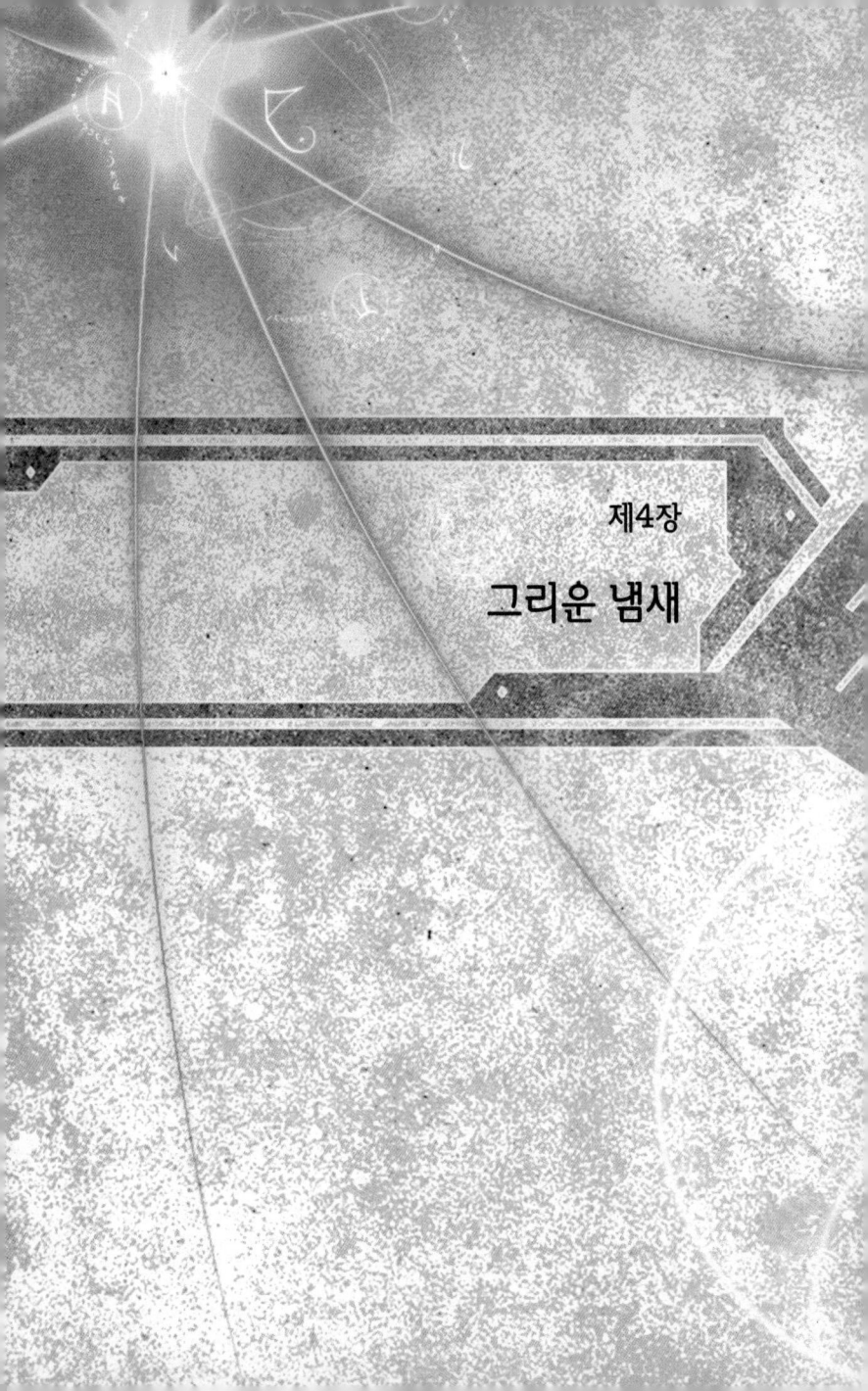

 엘프는 심각한 성비의 불균형을 앓고 있다.

 긴 수명이 무색하게도 번식력이 떨어졌고 개체수가 무척 적었다. 지상을 통틀어서 가장 숫자가 적은 종족 중 하나였다.

 한데.

 "검은 것……?"

 "너희의 옛 동료 말이야. 그 타락한 계집의 육체가 필요하다."

 "글쎄요. 무슨 말인지 모르겠군요."

 현재 엘프들은 그 적은 숫자로 대륙 전역의 숲을 점거하고 있었다.

그게 가능한 이유?

간단하다.

바로 그들이 최상위 포식자이기 때문이다.

이미 오래전에 밝혀진 바 있듯이, 엘프는 뱀파이어와 마안족을 넘어서는 상위종이다.

그들이 조화를 추구하지 않고 마음껏 힘을 휘둘렀다면.

인간에게 이용당하고 배신당하기를 되풀이할 때마다 보복을 가했다면.

"인간이여, 마지막으로 경고합니다. 당장 숲에서 나가세요."

"닥치고 검은 것의 행방이나 불어."

"사살하겠습니다."

만약 그랬다면, 지상은 인간과 엘프가 양분했으리라.

스파앗-!

거목 위에 몸을 숨긴 채 침입자를 주시하고 있던 5명의 엘프들.

그들이 재차 경고를 무시하는 침입자에게 활을 쏘았다.

망설임 따위 없었다.

키르라는 인간에게 또 한 번 배신당하고 12테 중 하나가 타락한 사건이 엘프들을 일깨웠으니까.

인간과의 조화는 불가능하다는 것이 엘프들이 내린 결론이었다.

차라리 인간 위에 군림해 우리의 권리와 자연을 수호하겠 노라는 것이 엘프족의 새로운 방침이었다.
"인간은 깨달아야 할 것입니다."
"이제 우리는 당신들에게 휘둘리지 않아요."
엘프들의 목소리가 숲에 메아리친다.
푸푹-! 푸푸푸푸푸푹!
이미 수십 발의 화살이 녹발 사내를 고슴도치로 만들어 놓고 있었다.
엘프들의 화살에는 바람의 정령의 가호가 깃들어 있었으니 섬전처럼 빨랐다.
"쿨럭……"
피를 토하는 사내.
그의 머리 위에 떠올라 있는 〈아그너스〉라는 이름이 흔들린다 싶더니 그대로 쓰러졌다.
바닥을 기는 그를 수풀에서 튀어나온 수십 마리의 맹수들이 덮쳤다.
물고, 뜯고, 할퀴는 녀석들에 의해서 아그너스의 살점이 찢겨졌고 뼈가 부러졌으며 내장이 파괴됐다.
콸콸 쏟아지는 피가 숲을 붉게 적셨다.
"돌아간다."
간단하게 침입자를 처치한 엘프들이 나무에서 내려와 맹수들을 수습했다. 그리고 원래 있던 자리로 복귀하려다가 흠칫 놀라며 뒤를 돌아보았다.

"아프잖아."

이미 죽은 줄 알았던 침입자가 몸을 일으키고 있었다.

기이한 방향으로 꺾인 목을 돌려 엘프들을 노려보는 그의 입가가 뒤틀렸다.

"너희가 나무 위에 숨으면 귀찮단 말이지."

"당신… 인간이 아니군요."

모든 생명에는 끝이 있다.

죽음으로써 기회를 만든다는 개념은 섭리에 어긋나는 것이다.

등골이 오싹해진 엘프들이 뒷걸음치기 시작했다.

죽음을 초월한 존재로부터 그들은 강력한 거부감을 느꼈다.

콰르르륵-!

엘프들의 흰 피부와 대조되는 새카만 손들이 땅을 꿰뚫고 나왔다.

아그너스의 시야에 보이는 모든 엘프와 짐승들의 발목을 거머쥔 손들은 생명의 정기를 흡수하며 점차 크게 부풀어 올랐고 더 강한 악력을 발휘했다.

"으… 끄으윽……."

영원한 젊음을 자랑하는 엘프들이 급격히 노화되기 시작했다. 짐승들은 모든 털이 뽑혀 나가며 죽어 갔다.

반면 아그너스는 모든 상처를 회복하고 있었다.

죽음의 손들이 엘프와 짐승들로부터 빼앗은 정기를 아그너스에게 옮겨 준 덕분이다.

"수명이 긴 만큼 오래 버티는군."

짐승들과 달리 금방 죽지 않는 버티는 엘프들의 모습이 아그너스를 기쁘게 만들었다. 이제 완전히 노인이 된 엘프들 앞으로 성큼 다가선 그가 한 백발 엘프의 주름진 목을 낚아챘다.

"머리색으로 보아 그 검은 것과 같은 혈통일 테지. 역시 제대로 찾아왔어."

"끄… 끄윽……."

"어서 검은 것의 행방을 말해. 그럼 고통 없이 죽여 줄 테니까."

"…닥치세요. 나는… 모르는 일입니다."

"그래? 그럼 이 숲을 모조리 불태워서 찾아내는 수밖에."

꾸욱…….

그대로 엘프를 목 졸라 죽이는 아그너스의 금안에 광기는 없었다.

꿈을 이루기까지 단 한 걸음만을 남겨 놓은 그는 종전과 달리 신중하고 침착했다. 그렇기에 더욱더 잔인해질 수 있었다.

남은 엘프들을 모조리 척살한 그가 기이할 정도로 고요한 숲의 중심부로 시선을 돌렸다.

"나와라, 베니야루."

다크 엘프.

마기를 받아들인 최초의 엘프.

그녀의 특별한 육신은 생명의 돌과 결합하여 훌륭한 그릇이 될 것이다…….

여러 정보를 근거로 확신한 아그너스가 깊은 숲속으로 걸음을 옮겼다.

그의 메마른 손에는 옛 연인의 초상이 들려 있었다.

[대련에서 패배하였습니다.]

[대련에서 패배하였습니다.]

[대련에서 패배…….]

그리드 덕분에 특성이 강화되고 새로운 무기까지 얻은 테루찬은 이전과 비교가 안 될 만큼 강했다.

근력과 체력이 올려 주는 공격력, 방어력, 생명력 계수가 훌쩍 상승했을뿐더러 마나 소모 없이 발동하는 '5연격'과 '절단', 그리고 '분쇄' 스킬까지 얻었으니 약점을 찾기 힘들 정도다.

"와, 진짜 이기기 힘드네."

탐욕의 증식도 기다릴 겸, 테루찬이 떠나기 전 대련을 신청한 그리드는 연속적인 패배를 겪었다.

불쾌하냐고?

그럴 리가.

그리드는 너무 기뻐서 만세라도 외치고 싶은 심정이었다. '최강의 적은 아군이 되는 순간 약해진다.'라는 빌어먹을 게임 공식이 최초로 깨졌으니까.

그리드는 새로운 동료 테루찬의 뛰어난 실력이 너무 반갑고 감사했다.

'플레이어든 NPC든 얘를 이길 수 있는 사람은 정말 손에 꼽히겠어.'

수인족 왕 맥스옹이 이미 앞서 증명한 바 있듯이 '종의 정점'은 보통의 네임드 NPC보다 높은 레벨을 자랑한다.

실제로 테루찬의 레벨은 무려 500이었다.

테루찬이 '착용자보다 레벨이 10 이상 낮은 적에게 공포'를 주는 실패작을 휘두르는 이상 테루찬과 제대로 맞설 수 있는 사람 자체가 세상에 몇 없었다.

'다만 피아로와 메르세데스는 테루찬을 쉽게 제압할 수 있을 것 같군.'

두 사람은 공포에 면역할뿐더러 테루찬의 기술을 모조리 꿰뚫어 볼 테니까. 심지어 두 사람은 스탯도 높아서 테루찬의 스탯에 크게 꿀리지 않는다.

물론 '오크'라는 종족 특성상 힘과 체력만큼은 테루찬이 앞서겠지만.

"그만하자. 힘들어서 손가락 하나 꼼짝 못하겠다."

대자로 뻗은 그리드가 항복을 선언했다.

반면 테루찬은 팔팔했다.

과연 오크 로드답게 지칠 줄을 몰랐다.

"그리드가. 쿠륵. 진심을 다했다면 내가 졌을 것이다."

"하하, 위로해 줄 필요 없어. 난 도리어 너한테 진 게 기쁘다고."

19살 연하치고 배려심이 깊구나.

생각하며 피식 웃은 그리드가 갓 핸드의 정보를 불러왔다.

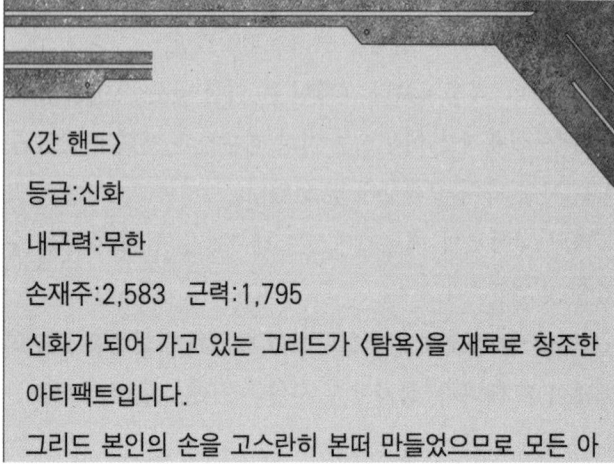

〈갓 핸드〉
등급:신화
내구력:무한
손재주:2,583 근력:1,795
신화가 되어 가고 있는 그리드가 〈탐욕〉을 재료로 창조한 아티팩트입니다.
그리드 본인의 손을 고스란히 본떠 만들었으므로 모든 아이템을 제약 없이 착용, 사용할 수 있고 대장일 또한 가능합니다.

그 경이로운 성능에 놀란 대장장이의 신 헥세타이아가 탐내고 있습니다.

*주인의 순수 근력과 손재주 수치를 50% 적용받습니다.

*주인의 '고유 스킬'을 재현할 수 있습니다. 단, 스킬의 위력은 30%로 제한되며 스킬 사용 시 주인의 마나를 소모합니다.

하지만 착용한 아이템에 귀속된 스킬들은 자원 소모 없이 완벽하게 발현합니다. 버프 스킬의 경우 영향을 주인에게 줍니다.

*고급 대장장이 기술을 마스터하고 있습니다.

*고급 웨폰 마스터리와 실드 마스터리를 마스터하고 있습니다.

*공격 시 높은 확률로 〈분쇄〉 발동

*피격 시 높은 확률로 〈재구성〉 발동

*지형이 협곡인 장소에서 방어력 10% 상승

*지형이 협곡인 장소에서 광역 스킬의 위력이 20% 상승

*22위 이하의 대악마와 조우 시 대상의 방어력과 마법 저항력을 10% 저하

*파괴에 이를 정도의 손상을 입을 시 5초 동안 내구력이 최소치로 고정. 이 효과가 끝난 후 내구력 10% 복구. (재사용

> 대기 시간 24시간)
> *현재 귀속된 마법이 없습니다.
> *사용법에 따라서 이성의 호감을 쉽게 얻을 수 있습니다.
> 사용 조건:그리드
> 무게:21

 새로운 갓 핸드는 기존의 갓 핸드와 비교해서 성능이 대폭 강화됐다.

 그래, 강화됐을 뿐이다.

 어떤 특별한 변화는 없었다.

 당연하다.

 갓 핸드는 그리드의 손을 '고스란히' 본떠 만든 아이템이니까.

 갓 핸드의 본질은 그리드의 손을 그대로 재현하는 것에 있었으니 어떤 변화를 줄 이유가 없었다. 변화를 주는 순간 갓 핸드는 갓 핸드가 아니게 된다.

 '본질을 흐려선 안 되지.'

 그리드는 헥세타이아가 갓 핸드를 탐내고 있다는 문장을 몇 번이고 흐뭇하게 되새겼다.

 자신의 손을 고스란히 재현했을 뿐인 아이템을 신조차 탐내고 있다는 점이 그는 무척 뿌듯했다.

신화.

다름 아닌 신의 영역에 도달하고 있음이 실감이 난다고 할까.

'신화가 되면 정말로 신이 되는 건가?'

과거에는 이런 식의 의문을 품지 않았다.

하지만 신의 실체를 알게 된 지금은 진지하게 궁금해졌다.

Satisfy에서 신이란 전지전능한 존재가 아닌바.

그렇기 때문에 도리어 플레이어 또한 신이 될 수 있지 않을까…….

그리드는 생각해 보면서 고민했다.

'갓 핸드의 수량을 늘리고 싶은데.'

갓 핸드를 일일이 컨트롤하는 건 4개가 한계다.

하지만 갓 핸드는 애초에 스스로 판단하고 움직이는 아이템이다.

굳이 일일이 컨트롤할 필요 없이 방치해도 충분히 도움이 됐다.

'100개쯤 만들면 무적이 되는 건… 당연히 아니겠지.'

밸런스.

그놈의 밸런스를 핑계로 어떤 페널티가 발생할 게 뻔하다.

몇 개의 갓 핸드를 보유할 수 있을지는 직접 만들어서 확인해 보는 수밖에 없다.

'좋아, 일단 투구를 만든 다음 한동안 갓 핸드만 생산해 보자.'

그리드는 여전히 '퇴화형 아이템' 〈고깔 투구〉를 사용 중이다. 사신의 숨결도 남았겠다, 찝찝해서라도 빨리 투구를 바꾸고 싶었다.

물론 어디까지나 탐욕을 증식시킨 다음 실행할 수 있는 계획이었다.

'그때까지 수인족 왕의 눈물의 사용처나 결정해 볼까? 아니, 역시 이대로 보관하는 편이 좋을지도.'

수인족 왕의 눈물.

기존에는 갓 핸드에 〈매직 미사일〉을 귀속하는 용도로 사용했었지만 현재 그리드의 지력은 3천을 초과하고 있다.

세컨드 클래스 〈대마법사〉가 〈지공〉으로 바뀌지만 않았어도 진즉에 〈파이어볼〉을 익혔을 그리드 입장에선 조금 다른 희망을 품어 보고 싶었다.

'브라함이 깨어나면 내 지력이 오른 거 보고 새로운 마법을 가르쳐 줄 수도 있으니까 그때를 대비해서 이대로 보관하는 게……'

수인족 왕의 눈물은 정말로 희귀한 아이템이다.

안 그래도 5개월에 하나밖에 못 구했는데 최근에는 1년에 하나만 구할 수 있었다.

수인족 왕 맥스옹이 눈물을 흘리는 횟수가 줄었기 때문

이다.

 왕으로서 자각을 갖춘 그는 이미 죽은 딸을 그리워하며 울 시간에 백성을 보살피겠다고 선언해 버렸다.

 '아쉽지만 좋은 일이지. 음, 눈물은 역시 놔두자. 일단 대충 쓰다가 분해하면 그만이지만 분해 과정에서 손상될 가능성을 간과해선 안 되니까.'

 새로운 마법 습득.

 브라함이 깨어나야 한다는 전제가 필요하긴 했지만 그리드는 희망을 걸어 보기로 결심했다.

 자신의 지력이 상승할수록 브라함의 영혼이 회복됐으니 언젠간 반드시 브라함이 깨어날 거라고 믿었으니까.

 '좋아, 이런 고민할 시간에 사냥을 하자. 브라함을 위해서라도 열심히 렙업해야지.'

 결심한 그리드가 자리에서 벌떡 일어나는 순간이었다.

 "이봐."

 "……?"

 기척도 없이 웬 소녀가 나타났다.

 용맹무쌍한 테루찬조차 얼어붙게 만드는 존재감을 내뿜는 소녀.

 드래곤 새끼.

 전문 용어로 해츨링이라고 불리는 네펠리나의 등장이었다.

 "이, 이런 귀한 곳에 누추한 분께서 찾아오셨습니다?"

너무 당황한 나머지 말까지 꼬이는 그리드였다.

눈살을 찌푸린 네펠리나가 곧바로 본론을 꺼냈다.

"이종족들의 활동과 대행자를 내세운 거악의 태도가 그녀를 자극했다."

"네?"

잠꼬대인가?

네펠리나의 말에는 두서가 없었고 그리드는 어리둥절했다.

"깊이 잠들어 있던 존재."

"……?"

"뱀파이어의 왕을 자처해도 좋을 여자 말이다."

"……!"

"아무래도 그녀가 속세에 흥미를 품은 듯하다."

이 무슨 청천벽력 같은 말인가.

차원이 다른 절대자가 갑자기 언급되자 그리드는 말문이 막혀 버렸다.

네펠리나가 경고했다.

"나는 지금의 보금자리를 잃고 싶지 않구나. 너는 그녀를 잘 달래야 할 것이다."

그걸로 끝이었다.

네펠리나는 더 이상 어떤 설명도 없이 자리를 떠나 버렸고, 덩그러니 남겨진 그리드는 한동안 석상처럼 굳어 있었다.

† † †

사람의 유형은 매우 다양하다.

많은 사람이 모일수록 별의별 갈등과 사건이 발생하게 마련이다.

대도시의 관리가 힘든 이유였다.

인구가 적은 소도시야 시설물의 종류를 늘리고 기술을 발전시키는 것만으로 백성들이 충분히 만족하고 민심과 치안이 유지됐지만, 이미 모든 것을 갖춘 대도시는 별 괴상한 이유로 민심이 떨어지고 치안이 악화되는 경우가 빈번했다.

대도시의 영주는 보다 여러 사람을 만족시킬 수 있는 정책을 끊임없이 궁리해야만 했고, 정책의 시행에는 세금이 소모됐으며, 세금의 지출은 민심과 치안의 하락을 유발했으니 대도시의 관리는 살얼음판을 걷는 것과 같았다.

"골치 아프군. 뭐만 했다 하면 자꾸 선동하는 무리들이 있군요."

"모두를 만족시킬 수 있는 정책은 없으니까요. 다수가 만족할지라도 소수는 손해를 보게 마련이니, 민심과 치안을 완벽히 유지한다는 건 사실상 불가능합니다."

"크리스가 영주로 있을 때는 잘 관리되지 않았어요?"

"크리스 님은 조력자가 많았으니까요. 자이언트 길드 시절부터 함께했던 동료들 말입니다."

"개인의 기량도 나보다 뛰어났을 테고."

"그건······."

"신경 쓰실 거 없어요. 크리스 그 양반, 진짜 엄청난 괴물이었구만."

템빨국 제2의 왕도 레이단.

크리스의 후임으로 새 영주가 된 제드노스는 무척 고단했다.

도시의 발전은커녕 현재 규모를 유지시키는 일도 그의 능력으로는 벅찼다. 툭하면 떨어지는 민심과 그로 인한 시위 탓에 도시 경제가 위기를 겪었을 정도다.

귀족들과 둘러앉아 서류를 보거나 의논할 때면 지금 내가 게임을 하는 건지 직장에 출근을 한 건지 의문이 들었고, 사냥할 시간이 줄어든 만큼 랭킹 유지가 힘들어졌다.

지친다. 힘들다. 재미없다.

제드노스의 솔직한 심정이었다.

지난 몇 년 동안 레이단의 발전을 주도하는 한편 랭킹 1위까지 찍었던 크리스가 얼마나 대단했던 것인지 그는 새삼 깨달았다.

'세간의 평가보다 훨씬 더 뛰어난 기량을 지닌 사람이었어. 그런 괴물을 초라하게 만든 그리드 님은 거의 신이고.'

크리스.

하이 랭커인 제드노스가 봐도 놀라운 천재인 그조차도 그리드와 점점 더 커지는 격차를 좁히진 못했다.

적어도 그리드의 발목을 붙잡지 않으려면 시간을 온전히 자신에게 투자해야 한다며 모든 업무를 내려놓고 템빨국을 떠났다.

'있을 땐 몰랐는데 없으니까 많이 아쉽네.'

제드노스는 크리스를 비롯한 10공신의 부재가 매우 크게 와닿았다. 10공신 한 명의 공백을 메우려면 적어도 10명에서 많으면 수십 명에 이르는 템빨단원이 필요했으니 여러 분야에서 인력이 부족함을 느꼈다.

천만 다행인 사실은 시국이 평화롭다는 점.

외세의 견제와 침략까지 있었다면 10공신의 부재를 더욱 절실히 느꼈을 테지만, 다행히 그 어떤 외세도 템빨국을 위협하지 않았다.

제국이 뒤를 봐주고 있으니 당연하다.

대륙 각지의 숲을 점거하고 있는 엘프조차도 제국에게 억압받던 시절에는 세계수의 숲에 꽁꽁 숨어 지내지 않았던가.

제국의 권세는 여전히 절대적이었고, 템빨국은 가장 큰 수혜자였다.

"후, 바람 좀 쐬고 올게요."

귀족들을 뒤로하고 집무실을 떠난 제드노스가 거리로 나섰다.

요즘 그의 유일한 낙은 식도락.

맛있는 음식이 즐비한 레이단의 거리에서 유명한 음식들을 모두 맛보는 게 그의 목표였다.

'여기서 아무리 먹어 봤자 현실 체중이 증가하는 것도 아니니까 참 좋단 말이지.'

음식을 너무 좋아하는 나머지 비만이 된 사람들에게 있어서 Satisfy의 출시는 축복과 같았을 것이다.

Satisfy는 플레이어에게 완벽한 미각을 제공했으니까.

"냠냠."

가장 가까운 노점상으로 향한 제드노스가 애피타이저로 노에빵을 선택했다.

이름 그대로 노에의 모양을 본떠 만든 빵이다.

노에는 템빨국의 마스코트이니만큼 인기가 무척 많았다.

표면은 바삭하고 빵은 촉촉하며 속에는 달콤하고 부드러운 크림이 한가득이었으니 맛도 일품이었다.

'라인하르트에서 이단의 요리를 먹을 때는 밥 먹기가 싫을 정도였는데 말이지.'

맛있는 음식을 먹으니까 행복하다.

업무로 받은 스트레스가 한 번에 풀리는 기분이다.

"……?"

싱글벙글 웃으며 노에의 앞발, 아니 노에빵의 앞발을 뜯어 먹던 제드노스가 문득 석상처럼 굳었다.

한 여성이 곁으로 다가왔는데 미모가 굉장해서 넋이 나간 것이다.

웃기는 사실은, 여성이 터번과 마스크로 얼굴을 꽁꽁 감싸고 있다는 점이다.

그렇다.

여성이 노출하고 있는 부분은 고작 두 눈과 콧대의 일부뿐이었다.

그럼에도 불구하고 제드노스는 그녀가 여태껏 본 누구보다 아름답다는 감상을 느꼈다.

유라, 지슈카, 아이린, 수애, 메르세데스 등의 세계적인 미녀들을 매일같이 보아 왔음에도 말이다.

여성이 말해 왔다.

"그대가 이 도시에서 가장 강한 인간이로구나."

"아……."

제드노스의 얼굴이 붉게 달아올랐다. 수백 미터를 전력으로 질주한 것처럼 심장이 쿵쾅쿵쾅 뛰었다.

여성의 고혹적인 음성에 매료된 것이다.

목소리에 반하는 경험, 제드노스 일생에 처음이었다.

태양에 물든 우주를 담아 놓은 듯한 여성의 크고 붉은 눈동자에 제드노스의 얼빠진 얼굴이 투영됐다.

"힘의 섭리에 따라서 그대가 이 도시를 책임지고 있겠지?"

정체불명의 여성.

그녀는 무척 즐거운 눈치였다.

"그대의 권한으로 마차를 대령하도록 해라. 햇빛을 차단하는 커튼이 달려 있는 마차면 좋겠구나. 그리고 가장 가까운 숲으로 나를 인도해 다오."

"…아."

상태 이상 '매혹'에 당해 있음을, 제드노스는 뒤늦게 자각했다.

하지만 그것을 위험하다고 인지하진 못했다.

매혹은 대상의 정신을 혼탁하게 만들고 이지를 상실시키는 강력한 상태 이상이므로 일단 매혹에 당한 이상 냉정한 판단이 불가능한 것이다.

제드노스가 일단 고개를 끄덕였다.

"알겠습니다."

제드노스는 열망했다.

여성의 이름을 알고 싶다.

맨얼굴을 보고 싶다.

그녀를 섬기고 싶다.

내가 세상에 태어난 것은 지금 이 순간 그녀와의 만남을 위해서가 아니었을까?

진지하게 생각하며, 여성을 데리고 성으로 돌아온 제드노스는 병사들에게 마차를 대령하라고 지시했다.

그리고 때마침 들려오는 어떤 외침과 함께 정신을 차렸다.

"정결한 빛!"

레베카교 성직자 중에서도 고위 성직자만이 사용할 수 있는 상태 이상 회복 스킬.

그것이 제드노스의 몸을 감싼 것이다.

"제드노스, 정신 차려!"

잠시 전.

레이단에 상주하는 템빨단원 중 치안대에 속한 인원들은 돌발 퀘스트를 획득했다.

정체불명의 여성이 나타나 백성들을 미혹하고 있으니 레베카교의 성직자들과 협조하여 혼란을 잠재우라는 내용의 퀘스트였다.

그래서 퀘스트를 수행하는 중이었는데 그 과정에 우연히 목격한 제드노스가 소란의 주범과 동행하고 있는 게 아닌가?

"야! 정신 차리라고!"

정결한 빛에 감싸이고도 잠시 멍하니 있는 제드노스에게 템빨단원들이 재차 소리쳤고.

"플라이!"

이를 악문 제드노스는 우선 하늘로 떠올랐다.

정체불명의 여성으로부터 일단 거리를 둬야겠다고 판단

한 것이다.

그는 혼란스러웠다.

'저 여자의 정체가 뭐지?'

사람이 자각할 틈조차 주지 않고 상태 이상을 부여하다니? 이런 경우는 듣도 보도 못했다.

결코 평범한 여자가 아니다.

판단하며 경계하는 제드노스와 템빨단원들의 행동은 신속했다. 급히 병사들을 호출하는 동시에 성직자들과 함께 여성을 포위했다.

그때였다.

콰아아앙-!

높은 상공에서부터 폭격이 발생했다.

운석이라도 맞은 것처럼 레이단 성 전체가 흔들렸고 제드노스와 템빨단원들의 시야가 어지럽게 돌아갔다.

"뭣……."

모두가 뿌연 흙먼지를 일으키는 폭격지로 시선을 돌렸다.

그곳에는 운석이 아닌 한 사내가 서 있었다.

그의 머리 위에 떠올라 있는 이름은 펜릴.

템빨단원 모두가 익히 아는 이름이었다.

"직계……?"

시조 베리아체의 자식들.

그중에서도 펜릴은 후작으로, 뱀파이어 서열 2위다.

베리아체로부터 단 하나의 힘밖에 계승하지 못한 다른 직계들과 달리 그는 3개의 힘을 계승했다고 알려진다.

"여기에 있었군."

직계답게 엄청난 미모를 자랑하는 펜릴은 템빨단원들에게 관심을 보이지 않았다. 어깨까지 기른 금발을 찰랑이며 걷는 그의 시선은 터번과 두건으로 얼굴을 꽁꽁 싸매고 있는 정체불명의 여성만을 주시하고 있었다.

"네가 잠에서 깨어나기만을 기다리고 있었다. 자, 일단 나의 도시로 가자. 의논해야 할 일이 많다."

"……?"

템빨단원들의 시선 또한 여성에게 집중됐다. 그들은 펜릴의 태도를 통해서 여성의 정체를 유추하고 있었다.

믿기지 않지만, 그녀의 정체는…

"…마리로즈?"

브라함이 알려 준 바에 따르면, 시조 베리아체는 본래 대악마였다.

심지어 '한 자릿수' 서열에 속하는 최상위권 대악마.

그녀가 자신의 목숨까지 바쳐 가며 낳은 마지막 자신이 바로 뱀파이어 공작 마리로즈였다.

"펜릴, 너는 여전히 햇볕을 두려워하지 않는구나."

"나약한 뱀파이어만이 태양을 두려워하는 법이지. 조금 따끔거릴 뿐이다. 마리로즈 너는 아무렇지도 않겠지만."

"나도 따가워. 그리고 이 느낌이 너무 싫다고."

희고 가녀린 손.

그 끝에 붉게 칠한 손톱이 인상적이다.

펄럭-

쓸데없이 요염한 동작으로 터번과 마스크를 벗어 던진 여성이 온전한 얼굴과 이름을 드러냈다.

동시에.

[뱀파이어 공작 마리로즈와 마주하였습니다.]

[이지를 초월하는 사기가 당신의 마력을 혼탁하게 만듭니다. 모든 종류의 마법과 스킬을 사용할 수 없습니다.]

[뱀파이어의 시선은 하등한 종족을 굴종시킵니다. 의지를 상실하며 신체의 자유를 빼앗깁니다.]

[마리로즈의 매력은 절대적입니다. 이성을 무조건 매혹하며 동성조차 높은 확률로 매혹합니다.]

제드노스와 템빨단원들은 물론이고 모든 사악한 존재에게 강한 면모를 보이는 레베카교의 성직자들조차도 제자리에 석상처럼 굳어 버렸다.

비단처럼 물결치는 흑발.

엉덩이까지 내려오는 그것을 한 번 쓸어 넘긴 마리로즈가 힐끔, 제드노스를 바라보았다.

순수와 퇴폐의 공존.

다양한 매력을 겸비하고 있는 마리로즈의 얼굴이 제드노

스의 심장에 화살을 박았다.

"그대, 이 도시에서 가장 강한 인간이여."

"……?"

"내가 그대에게 굳이 말을 걸었던 이유는 사실 따로 있어. 그대에게 그리운 냄새가 났거든."

"……?"

냄새?

킁킁, 제드노스가 자신의 체취를 맡아 보았다.

달콤한 노예빵 냄새가 배어 있었다.

마리로즈가 펜릴에게 턱짓했다.

"말했다시피 나는 햇볕이 싫어. 네가 마차를 운전해서 나를 모시도록 해. 우선은 가장 가까운 숲으로 가자. 엘프는 예전부터 꼭 만나 보고 싶었거든."

"흥."

콧방귀 뀐 펜릴이 겁에 질려 있는 성직자 한 명의 목덜미를 잡아 마차의 운전석에 태웠다.

직계인 자신이 마차 따위를 운전할 순 없으니 인간에게 맡기겠다는 것이다.

그 태도가 화를 일으켰다.

푸카카-!

"……?"

과거, 뱀파이어 백작 엘핀스톤이 필살기 중 하나로 선보인 바 있는 블러드 쏘른.

그것을 압도하는 규모의 핏빛 가시가 허공에 거미줄처럼 생성되더니 펜릴을 고슴도치로 만들어 버렸다.

쿨럭, 눈을 부릅뜨며 피를 토하는 펜릴에게 마리로즈가 무심한 표정으로 경고했다.

"내게 거역하지 마."

"……"

펜릴은 감히 대꾸하지 못하고 고개를 끄덕였다.

마리로즈의 힘이 어머니를 초월한다는 사실을 상기하자 깨달은 것이다.

그녀 또한 새로운 직계를 낳을 수 있음을.

나를 대체할 수 있는 존재 따위, 그녀는 언제든지 만들어 낼 수 있었다. 대악마 출신인 어머니와 달리 '성별'을 부여 받은 이상 혼자서는 힘들겠지만 말이다.

"출발하자."

"……"

마리로즈가 마차에 올라탔고, 순식간에 상처를 회복한 펜릴이 운전석에 앉았다. 이미 운전석에 앉아 있던 성직자가 어찌할 줄 모른 채 벌벌 떨었지만, 펜릴은 그녀를 개미인 양 신경 쓰지 않고 채찍으로 말의 엉덩이를 때렸다.

바로 그때였다.

"멈추시오!"

일단의 무리가 나타나 마차의 앞길을 가로막았다.

"마리로즈여! 당신이 잠에서 깨어날 거라는 신탁을 듣고 달려왔소!"

무리의 선두에서 외치는 사내.

그는 대륙에서 가장 큰 상징성을 지닌 옷을 입고 있었다.

금색실로 성스러운 문양을 수놓은 백색의 의복.

바로 교황의 옷이었다.

"본 교는 그대의 등장을 허락할 수 없소!"

교황 데미안이 소리치자 3명의 여성이 지면을 박차고 도약했다.

리파엘의 창, 미카엘의 검, 이브리엘의 방패.

아주 먼 옛날, 마리로즈를 봉인하는 데 일조했던 레베카교의 삼신기를 무장한 여성들이었다.

태양보다 찬란하게 빛나는 극강의 신성력이 일대를 장악하며 템빨단원들과 성직자들의 상태 이상을 치유해 주었고 펜릴의 눈살이 찌푸려지게 만들었다.

데미안은 이미 풀 버프를 두르고 있었다.

"인류의 평화를 위해 다시 관으로 돌아가시오!"

재차 외치는 데미안.

그는 신탁을 통해서 생성된 이번 히든 퀘스트, 〈마리로즈 봉인〉의 성공률을 높게 점치고 있었다.

교단의 삼신기는 빛의 여신 레베카가 직접 하사한 것이

며, 이미 한 번 마리로즈를 봉인했다는 '역사'까지 보유하고 있었으니 마리로즈에게 상극으로 작용할 것이 분명했기 때문이다.

제아무리 마리로즈가 최강의 뱀파이어라고 해도 상성상 우위에 있으니 결코 꿀릴 게 없다고 믿었다.

한데.

콰작-!

"커억!"

데미안은 마리로즈와 대면하기도 전에 죽음의 문턱에 서고 말았다.

홀로 레베카의 딸들과 호각을 겨루던 펜릴이 혈류의 창을 투척해 데미안에게 치명상을 입힌 것이다.

"애송이 교황 따위가 미쳤군. 크레이슐러가 유난히 특별했음을 모르는가?"

말은 그렇게 하지만, 펜릴은 마리로즈를 봉인했던 레베카교의 저력을 충분히 경계하고 있었다. 그렇기에 결코 방심하지 않고 레베카교의 우두머리인 교황을 우선 표적으로 삼았다.

수차례의 공방 끝에 이사벨의 창격을 흘리고, 린의 검격을 막아 내고, 루나의 방패를 돌파하는 데 성공한 그가 데미안의 목덜미를 거머쥐는 순간.

"죽이지 마."

마차 안에서 마리로즈의 목소리가 들려왔다. 다소 들뜬 음색이었다.

"그자에게도 그리운 냄새가 배어 있구나. 후훗, 괜히 미움 받고 싶지 않으니 살려 두도록 해."

"……?"

마리로즈의 말뜻을 해석할 수 있는 사람은 단 한 명도 없었다. 펜릴조차도 이해하기 힘들다는 표정을 지었다. 하지만 굳이 질문하지 않고 순순히 데미안을 놔줬다. 그리고 운전석으로 돌아가는 그를 레베카의 딸들은 제지하지 못했다.

지독히도 아름다운 마리로즈의 음성에 담긴 사기를 토대로 그녀의 힘을 추량했기 때문이다. 그녀의 힘은 레베카의 딸들의 예측을 아득히 넘어서고 있었다.

달그락. 달그락.

마리로즈를 태운 마차가 유유히 지나간다.

데미안과 레베카의 딸들, 그리고 제드노스와 템빨단원들. 그들 모두가 멀어지는 마차의 뒷모습을 그저 지켜만 보았다.

《(속보)뱀파이어 공작 출현!》

〈교황과 레베카의 딸들이 압도당해······.〉

공교롭게도 목격자가 있었다.

레이단 성에서 발생한 펜릴과 데미안 일행의 전투 영상이 인터넷에 급속도로 확산됐다.

뱀파이어 후작 펜릴의 강력한 힘이 사람들을 경악시켰다.

하지만 대악마나 오크 로드의 출현 때와 달리, 사람들은 별 불안을 표출하지 않았다.

템빨국 내에서 벌어진 사건이니만큼 이번에도 역시 그리드가 알아서 해결할 것으로 생각했고, 그보다는 펜릴의 외모와 마리로즈의 음색에 호감을 느꼈기 때문이다.

이미 마리로즈와 펜릴의 팬 카페가 성황을 누리고 있을 지경.

외모지상주의 사회답게 뱀파이어와 인류는 화합을 이뤄야 한다고 주장하는 사람들이 속출했다.

그리고 마리로즈가 말한 '냄새'의 정체가 무엇인지 20억 플레이어 모두가 궁금해했다.

"킁킁."

그리드는 자신의 겨드랑이 냄새를 맡아 보는 습관이 생겼다.

샤이, 스니퍼, 커브.

악명 높은 PK 3인방인 그들은 몇 번이나 그리드를 해치려고 시도한 바 있다.

한데 재미있게도, 그리드는 그들에게 은근한 호감을 품고 있었다.

그들에게 빼앗은 아이템 덕분에 교황 드레비고와의 싸움에서 선전할 수 있었고, 최강의 어쌔신 카심을 얻었으며, 제국과의 전쟁에선 직접적인 도움까지 받았으니까.

행운을 물어 오는 파랑새라고 할까.

지극히 결과론적인 이야기이지만, 샤이 일당의 도전은 그리드에게 늘 이롭게 작용해 온 것이다.

하지만 단 한 번의 예외가 있었으니.

그건 바로 마리로즈와의 만남이었다.

샤이 일당의 함정에 빠져 마리로즈의 봉인처에 입장했던 그리드는 의도치 않게 마리로즈의 봉인을 풀어 버렸고 마리로즈에게 눈도장이 찍혔다.

그리고 그리드는 그것을 '악연'으로 간주했다.

절대적인 힘을 지닌 마족.

레베카 교단이 사활을 걸고 봉인해야만 했던 악당에게 눈도장이 찍혀 봤자 좋을 일이 어디 있겠는가. 그녀와의 만남은 언젠가 반드시 해롭게 작용할 것이다…….

그리드는 그렇게 믿었다.

하지만 이젠 생각이 바뀌었다.

모든 마족이 사악한 것은 아니며, 뱀파이어와도 친구가 될 수 있고, 레베카 교단은커녕 레베카 여신부터가 무조건 정의롭고 신성한 것이 아님을.

여러 인연과 사건을 통해서 그리드는 알게 되었으니까.

"쿵쿵. 쿵쿵쿵."

마리로즈가 말한 그리운 냄새의 정체는 나의 체취다.

그 사실을 모를 리 없는 그리드가 자신의 겨드랑이 냄새를 맡으면서 생각했다.

'마리로즈는 내게 호의를 품고 있다. 내가 봉인에서 풀어 줬으니 은혜를 갚아야 한다고 생각하는 건가?

브라함과 놀을 포함한 여러 직계들을 만나며 알게 된 사실은, 직계가 의외로 순수하다는 점이었다.

인간의 피를 주식으로 삼는 만큼 인간에게는 잔학한 면이 있었지만 그것은 생리에 불과할 뿐.

성격 자체가 사악하거나 괴팍하다고 보긴 어렵다.

또한 기본적으로 직계는 악신 야탄과 대악마들을 증오했다.

시조 베리아체가 그들로 인해 추방당하고 뱀파이어 전체가 나태의 저주를 받았으니 철천지원수로 여겼다.

그리드는 확신했다.

'네펠리나의 우려와 달리 마리로즈를 적대할 상황은 오

지 않을 거야. 도리어 그녀는 우군이 될 확률이 높아.'

그게 개연성에도 맞다.

마리로즈와 적대하는 순간 템빨국은 며칠 내로 멸망할 테니까.

마리로즈의 강함은 상위 대악마아와 비견될 수준.

차라리 우군으로 적합하다.

"땀 냄새가 너무 심한데요. 안 씻으십니까?"

오늘의 대장일을 마치고 집무실로 돌아온 그리드.

겨드랑이에 코를 박은 채 생각에 잠겨 있던 그가 목소리를 듣고 상념에서 깨어났다.

코를 막고 있는 라우엘의 모습이 보였다.

그리드가 어깨를 으쓱였다.

"씻어서 냄새가 날아가면 마리로즈가 나를 못 알아볼까 봐."

"흐음… 마리로즈가 그리워하는 냄새가 과연 정말로 전하의 냄새일까요?"

"……?"

"마리로즈와 만날 당시 전하께서는 말락서스의 망토를 입고 계시지 않았습니까? 그녀가 깨어난 이유도 망토에 배어 있는 혈향 때문이었고요."

"……."

"그 짙은 혈향에 가려져 있었을 전하의 체취를 그녀가 그리워한다는 건 다소 억지 같습니다. 그녀가 그리워하는 냄새는 전하의 체취가 아니라 말락서스의 망토에 배어 있는 혈향일 테죠."

일리가 있다.

그럼, 마리로즈가 은인으로 여기며 호감을 품고 있는 대상은 내가 아니라 말락서스의 망토인 셈인가?

그리드가 당황하자 라우엘이 후훗 웃었다.

"농담입니다. 전하께서 말락서스의 망토를 입는 건 사냥터에서 몹몰이를 할 때뿐이잖습니까? 데미안 님과 제드노스 님의 몸에 밴 그리운 냄새란 당연히 전하의 체취를 뜻하는 게 맞겠죠."

"이런 젠장. 식겁했잖아. 왜 안 어울리게 농담이야?"

"경각심을 심어 드리기 위함이지요. 마리로즈를 너무 긍정적으로 생각하지 마시라고요."

"……?"

"너무 거대한 존재입니다. 감당할 수 없어요. 전하께서는 그녀와 얽히는 일 자체가 없어야 좋을 겁니다."

의외다.

마리로즈의 등장에 누구보다 들뜰 사람이 라우엘일 거라고 생각했었는데.

"부정적일 이유가 있어? 처음엔 적이었던 브라함과 놀조차도 지금은 우리의 동료가 된 상황이야. 반면 마리로즈는 처음부터 내게 호감을 보이고 있으니 쉽게 동료가 돼 줄 것 같은데?"

"브라함과 놀은 결여되어 있었죠."

"……?"

"그들은 강하지만 정서적으로 불안한 상태였고 무의식 중에 의지할 사람을 찾고 있었습니다. 전하의 배려와 애정이 통하는 대상이었던 것이죠. 반면 마리로즈는 어떻습니까? 브라함의 증언에 따르면 그녀는 완전한 존재입니다."

완전하다는 것은 아쉬울 게 없다는 뜻이다.

누군가의 도움을, 애정을 갈구할 필요가 없다는 뜻이기도 했다.

"제가 추측하기로 그녀가 전하께 보이는 호의는 호감보다 호기심에서 기인한 것일 겁니다. 자신의 봉인을 풀었을 뿐더러 매혹에도 걸리지 않았으니 제법 신기한 인간이다, 라는 느낌으로 전하를 인지하고 있겠죠."

"……."

"그녀가 전하와 조우하고 전하께 품었던 호기심을 해소하는 순간 호의는 사라질지 모릅니다. 그리고 곧바로 돌변하겠죠. 전하를 그대로 잡아먹을 수도 있어요."

"아니, 그건 너무 극단적……."

"그녀가 펜릴에게 폭력을 행사했다는 제드노스의 증언을 토대로 생각해 봤습니다. 그녀는 타인을 배려하지도, 존중하지도 않아요. 잔인하고 난폭한 여성입니다."

"……."

"그녀의 아름다움에 매몰되지 마시고 객관적으로 생각해 보세요. 그녀는 여태까지 전하께서 만나 왔던 다른 직계들과 다릅니다. 요행을 바랄 상대가 아니에요."

요행.

그리드는 그 말이 크게 와 닿았다.

브라함과 친구가 될 수 있었던 이유도, 놀을 동료로 삼을 수 있었던 이유도 모두 행운 덕분이었음을 부정할 수 없었기에.

"잘 알아들었어."

고개를 끄덕인 그리드가 자리에서 일어나 욕실로 향했다. 그리고 몸에 밴 땀 냄새가 모조리 사라질 때까지 비누로 온몸을 빡빡 문지른 다음 물로 몇 번이나 헹궜다.

체취를 지우기 위한 노력이었다.

라우엘의 표정은 여전히 어두웠다.

'마리로즈가 숲으로 이동한 의도는 엘프와 만나기 위함일 터.'

고작 소꿉놀이나 하자고 엘프를 만나는 건 아닐 것이다.

애초에 마족과 엘프는 서로에게 반감을 느끼므로 마리로즈는 엘프와 충돌할 공산이 컸다.

'난감하군.'

라우엘은 엘프를 유용한 정치 도구로 인식하고 있었다.

그들의 행보가 템빨국과 제국을 제외한 모든 국가에게 손실을 끼치고 있었으니 엘프들의 활동을 지지해 주고 싶은 것이 라우엘의 솔직한 심정이었다.

한데 마리로즈가 엘프들의 행보에 초를 치게 생긴 것이다.

라우엘은 간절히 바랐다.

'하늘에서 대악마라도 떨어지게 해 주세요.'

마리로즈의 시선을 끌 정도의 대사건이 발생하기를.

† † †

[치명적인 피해를 입었습니다!]

[사망하였습니다.]

[마계 군주의 자격을 갖춘 당신은 죽음의 개념을 초월합니다.]

[생명력이 최소치로 고정되며 죽지 않습니다. 종족이 언데드로 변합니다.]

[치명적인 피해를 입었습니다!]

[오른쪽 팔이 부러졌습니다!]

"빌어먹을 것이……!"

[치명적인 피해를 입었습니다!]

[왼쪽 발목이 부러졌습니다!]

"빌어먹을!"

[치명적인 피해를 입었습니다!]

[목이 돌아갔습니다!]

"빌어먹······!"

[치명적인 피해를 입었습니다!]

[두개골이 박살났습니다!]

언데드는 죽음과 고통을 초월하는 종족이지만 치명적인 약점을 지니고 있다.

신체 내구력 자체가 부족하다는 점.

파손에 대한 면역이 매우 떨어진다.

[신체가 완전히 손상되어 기능이 정지됩니다.]

[당신의 영혼이 바알의 안식처에 보관 중인 새로운 육신으로 전송됩니다.]

[전송 과정에서 영혼이 심대한 타격을 입었습니다.]

[38.1퍼센트의 경험치를 잃었습니다.]

[아이템 〈섭혼의 망토〉를 잃었습니다.]

"빌어먹을!"

벌써 나흘째, 매일 죽고 있다.

심지어 어제까진 하루 두 번씩 사망하고 접속 제한 페널티까지 얻었다.

오늘도 마찬가지일 것이다.

아그너스는 그 사실을 알고 있었지만 포기할 수 없었다.

새로운 육신으로 부활한 그가 배양실을 뛰쳐나와 다시 인계로 향하는 포탈을 여는 그때.

"한심하도다. 위대하신 바알 전하께 그토록 많은 힘을 얻고도 고작 엘프 한 마리 감당 못하는 게냐. 인간의 나약한 천성은 어딜 가지 않는구나."

누군가의 조롱 섞인 음성이 들려왔다.

꽈득, 이를 간 아그너스가 고개를 돌리자 왕관을 쓴 커다란 개구리가 눈을 껌뻑이고 있었다.

우스꽝스러운 생김새.

하지만 〈체파르데아〉라는 녀석의 이름은 흑적색으로 물들어 있었다.

"많은 힘을 줘? 고작 사령술이나 알려 준 주제에 생색내지 말라고 전해라."

체파르데아는 바알의 4천왕 중 하나.

혓바닥 한 번만 슬쩍 내밀어도 아그너스를 죽일 수 있는 지옥의 최강자 중 하나다.

하지만 세상에 두려울 게 없는 아그너스는 체파르데아에게 겁먹지 않고 도리어 으르렁거렸다.

웃기지도 않는 촌극에 개굴, 개굴, 울음을 토해 낸 체파르데아가 턱을 부풀렸다.

"네가 무능하기 때문이다. 본래 바알 전하와 계약하는 자

그리운 냄새 • 179

는 절대적인 검술과 마법, 그리고 만물을 꿰뚫어 보는 지혜를 얻게 마련이건만 네놈은 역량이 부족해 그 축복들을 온전히 받아들이지 못하는 게지."

"비린내 나니까 닥쳐."

개구리 따위나 상대하면서 시간 낭비할 때가 아니다.

어서 인계로 돌아가 다크 엘프에게 재차 도전해야 한다.

또 종적을 감춰 버리면 찾기 힘들어질 테니.

체파르데아를 무시한 아그너스가 포탈에 손을 뻗는 순간이었다.

휘리릭-!

체파르데아의 기다란 혀가 날아와 아그너스의 코앞에 멈췄다.

돌돌 말린 혀의 끝에는 낡은 서책 한 권이 매달려 있었다.

"나태의 서다."

"……?"

"시건방진 추방자의 후손들이 네게 접근할 게야. 그때 그 책을 펼치면 놈들은 꼼짝없이 관짝으로 돌아가는 수밖에 없지."

"추방자의 후손?"

"뱀파이어 말이다. 네놈이 엘프에게 짓밟히는 건 상관없다. 하지만 뱀파이어에게 당해서야 바알 전하의 체면이 훼손되므로 놈들에겐 결코 빈틈을 보여선 안 된다. 알았느냐?"

"흥."

콧방귀 뀐 아그너스가 나태의 서를 받아 챙겼다. 개구리는 싫었지만 준다는 걸 굳이 마다할 이유가 없었기 때문이다.

† † †

야탄교 소속 플레이어 전원에게 새로운 퀘스트가 발생했다.

잠에서 깨어난 뱀파이어 공작 마리로즈를 다시 봉인하라는 내용의 퀘스트였다.

등급이 SSS+로 표기될 정도로 터무니없는 난이도의 퀘스트였으나, 야탄교 소속 플레이어의 숫자는 무려 5백만인바.

퀘스트가 알려 주는 행선지로 이동 중인 야탄교 신도들의 얼굴에 그늘은 없었다.

퀘스트 등급이 아무리 높아 봤자 이 정도 규모의 인원이 모인 이상 실패할 리 없다는 게 그들의 확신이었다.

"뱀파이어도 마족이잖아요? 실제로 레베카 교단과도 적대하고 있고요. 그럼 우리와 같은 편 아닌가요? 왜 그녀를 봉인해야 하는 거죠?"

흑마술사 랭킹 1위이자 여덟 번째 야탄의 종.

그리운 냄새 • 181

대악마 소환 때마다 개입하여 큰 이익을 취해 왔던 플레이어 '로제'는 이제 한 손에 꼽히는 강자로 거듭난 상태였다.

템빨왕 그리드를 비롯한 최고 실력자 5명을 제외하면 누구를 상대해도 질 자신이 없을 정도.

로제의 질문에 대답해 주는 사람은 그녀와 나란히 걷고 있던 야탄의 네 번째 종, 프로도였다.

교황청 습격 도중 사망한 실베나스의 후임인 그는 고작 아그네스에게 당한 실베나스보단 훨씬 더 강했다.

"뱀파이어는 추방자 베리아체의 후손. 악신 야탄께 적의를 품고 있는 괘씸한 일족이다. 그들의 수장은 필히 처단함이 옳다."

"하지만 우리가 굳이 나서지 않아도 레베카 교단이 나설 텐데요? 차라리 레베카 교단이 그녀를 봉인하게끔 유도하는 편이 일거양득 아닌가요?"

"아직까지도 템플러의 지지를 못 받고 있는 현 교황은 반푼이나 다름없지. 놈에게는 마리로즈를 봉인할 능력이 없다."

"……?"

그 반푼이에게 당한 게 바로 우리입니다만?

이거, 혹시 못 깨는 퀘스트 아니야?

'세계관의 대격변에 야탄교의 멸망도 포함되는 건가?'

눈치 빠른 로제가 의문을 품었다. 그녀는 일단 전선에서 이탈해야 한다고 판단했지만 공교롭게도 늦고 말았다.

이미 그녀는 커다란 숲 앞에 당도해 있었으니까.

"가자."

프로도가 로제를 비롯한 야탄교 플레이어들을 재촉했다.

그리고.

"거기까지."

적색 갑주를 무장한 기사들이 나타나 야탄교 신도들의 앞길을 가로막았다.

그들의 정체를 알아보지 못하는 사람은 단 한 명도 없었다.

"적기사단?"

제국의 기사들이 왜 이곳 가우스 왕국령에?

당황하는 야탄교 신도들의 시야로.

"숲에 발을 들이는 순간 적으로 간주하고 처단하겠다."

전혀 예상치 못한 인물이 모습을 드러냈다.

적기사단의 중심에 선 사내.

그는 플레이어였고 아이디는 '지발'이었다.

로제가 자신보다 위라고 판단하는 5명의 최상위 플레이어 중 하나.

바로 마장기의 주인 말이다.

"당신이 왜······?"

"나의 새로운 주인께서 귀한 손님을 영접하고 계셔서 말이지."

 새로운 주인의 정체가 그랜드마스터라는 사실을 지발은 굳이 알려 주지 않았다.

 레베카교와 야탄교, 그리고 바알의 4천왕과 그랜드마스터에 이르기까지.

 마리로즈의 출현이 세계에 큰 영향을 끼치고 있었다.

 물론 그리드에게도…

 "낭군님, 오늘따라 향수 냄새가 너무 진하시군요? 마치 다른 여자의 냄새를 지우려고 노력하신 흔적 같아요."

 "아이린, 오해하지 마시오. 여기엔 다 이유가 있소."

 "오해하지 않습니다. 저는 전하께서 수천 명의 첩을 거느린다 하실지언정 존중하고 지지할 테니까요."

 "아니, 어차피 한 달에 한 번밖에 못하는데 무슨 수천 명… 웅? 아이린? 어디 가시오? 아이린!"

템빨

지발은 에단 황자를 섬겼었다.

전 황제 쥬앙데르크를 시살하고 자신 역시 처형당한 반역자 에단 말이다.

사람들은 지발이 당연히 제국에서 쫓겨났을 줄 알았다.

한데 적기사단과 행동을 함께하다니?

반역자의 부하가 여전히 황실에 적을 두고 있다는 사실이 놀랍다.

"연좌제로 처형당해도 이상하지 않을 입장이셨을 텐데……? 저 대단한 제국조차도 그쪽의 능력을 높이 사는 모양이네요?"

제국 황실은 그랜드마스터와 얽힌 이야기들을 세상에 공

표하지 않았다.

사람들은 단지 에단 황자가 반역을 일으켰고 그 과정에서 황제가 교체됐다고만 알고 있었다.

야탄교 또한 마찬가지다. 빌어먹을 에단이 도중부터 교류를 차단한 까닭에 자세한 내막을 파악하지 못했다.

야탄교 신도들은 눈앞의 적기사단이 당연히 제국 소속인 줄 알았다.

"새로운 황제는 세계의 화합을 이루겠노라 천명하지 않았던가요? 일방적인 군사 개입은 없을 거라고 약조한 것으로 아는데, 뒤에서는 무력을 위시해 타국의 영토를 점거하고 있으니 제국은 이전과 바뀐 것이 없군요. 도리어 더 음흉해졌어요. 본 교와 크게 다를 바 없달까? 이참에 본 교를 국교로 삼는 게 어때요?"

로제는 여유가 있었다.

전국 각지의 야탄교 신도들이 이곳으로 집결하고 있는바.

끊임없이 증원될 병력과 함께라면 적기사단쯤 쉽게 돌파하고 임무를 완수할 수 있으리라는 것이 그녀의 판단이었다.

"황제와 제국을 욕하는 건 상관없어. 하지만 여기서는 물러나 줘야겠다."

연신 떠드는 로제에게 한 기사가 검을 겨눴다.

그녀의 이름은 수잔.

상당히 아름다운 미모를 지녔으나, 안타깝게도 이마에 큰 상처가 있는 여기사였다.

"어머……? 반응이 이상하군요? 황제와 조국을 향한 적 기사단의 충성심은 바다와 같이 깊다고 들었는데 헛소문이었나요?"

"야탄 따위나 섬기는 오물이 나와 언제까지 말을 섞을 심산이지? 어서 발길을 돌리거나 죽어라."

"이마의 흉터만큼이나 흉측한 말투네요. 못 배워 먹은 티가 나요."

"죽음을 선택한 거지?"

스파앙-!

수잔이 직선으로 검을 뻗었다.

어지간한 랭커는 반응조차 못할 정도의 쾌검이었지만 로제는 충분히 반응하고 다이아몬드 실드를 펼쳤다.

로제는 최상급 랭커이기도 했고, 금색으로 빛나는 수잔의 이름을 목도한 순간부터 철저히 대비하고 있었으니까.

하지만 수잔의 실력이 로제의 예상보다 위였다.

'다이아몬드 실드를 일격에 파괴한다고?'

실드를 산산조각 낸 수잔의 검.

짧게 회수되었다가 다시 쏘아지는 그것은 전보다 더 빠른 쾌속을 담고 있었다.

이번엔 막기 힘들다고 판단한 로제가 고통에 대비해 이

를 악무는 순간.

쩌엉-!

로제의 곁에 잠자코 서 있던 프로도가 창을 휘둘러 수잔의 검을 막았다.

"네겐 상성이 나쁜 상대다. 후방으로 물러나서 엄호해라."

"알았어요."

"오물 따위가 나를 막을 수 있겠느냐!"

채챙-! 채채채채챙!

수잔이 더욱 세차게 검을 휘둘렀다.

그녀의 계획은 눈앞 야탄의 신도들을 일거에 소탕하는 것이었지만 의외로 쉽지가 않았다.

프로도의 창술이 대단히 수준 높았다.

"종?"

"그렇다. 너는 솔로 넘버로군."

콰쾅-!

쿠콰콰콰쾅!

전투가 전쟁 규모로 확대되기 시작했다.

로제를 비롯한 수천 명의 야탄교 신도들이 흑마술을 전개해 프로도를 엄호했고, 적기사들은 수잔이 시간을 버는 동안 야탄교 진형으로 돌진해 신도들을 학살했다.

고작 20명 대 수천 명의 싸움이었지만 호각지세를 이루는 형국이 적기사단의 높은 명성을 납득시켰다.

'아니, 듣던 것 이상인데?'

로제의 낯빛이 어두워졌다.

적기사들이 검술의 달인일 뿐만 아니라 마법까지 사용하고 있었기 때문이다. 심지어 발동 속도가 무척 빠른 보호 마법과 버프 마법들 위주였기 때문에 흑마술을 쉽게 무력화시켰다.

'적기사가 왜 마법을? 더군다나 처음 보는 마법들인데?'

로제가 조금 더 후방으로 물러났다.

눈치 하나로 여기까지 올라온 인물답게 그녀의 판단력은 무척 훌륭한 것이었다.

'평균적인 실력 차이가 너무 커. 원군이 도착하기도 전에 병력의 반 이상을 잃을 거야.'

적기사들과 지발이 말하는 '주인'의 정체조차 모르는 상황이다.

만약 저들의 주인이 칠공작급 이상의 거물이라면 원군이 도착할지라도 승산이 적어진다.

그리고 간과해선 안 되는 부분이 있었다.

'저들의 주인이 만나고 있는 사람이 마리로즈라면?'

만에 하나 그들이 협력 관계를 맺는다면?

야탄교는 적기사단과 마리로즈에게 협공을 당하고 궤멸하리라.

거기까지 생각이 미친 로제가 플라이 마법을 전개했다.

그대로 도망칠 생각이었다.

퀘스트?

그냥 포기다.

대악마를 소환한 대가로 얻은 아이템을 무장한 그녀 입장에서 죽음은 반드시 피해야 하는 최악의 변수였으니까.

'어쩐지 예감이 안 좋더라니. 쯧, 괜히 시간만 버렸네.'

로제의 몸이 두둥실 떠올랐다.

프로도와 다른 신도들이 적들의 시선을 집중시키고 있는 만큼 그녀는 무사히 퇴각할 자신이 있었다.

오판이었다.

콰아아앙-!

"컥……!"

뭐에 맞은 거지?

하늘에서 운석이라도 떨어진 건가?

등 전체를 덮쳐 오는 충격을 감당 못하고 지면에 처박힌 로제가 격심한 혼란에 빠졌다. 땅에 깊숙이 얼굴을 묻은 그녀의 시야가 붉게 점멸하고 있었다.

'이게. 무슨?'

고오오오오오-

거대한 그림자가 덮쳐 온다.

산이라도 다가오는가 싶다.

"…무슨……."

내게 무슨 일이 벌어지고 있는 건지 모르겠다.

혼란한 정신을 수습하지 못한 로제가 덜덜 떨리는 목에 간신히 힘을 줘 고개를 돌려보았다.

그러자 보였다.

자신의 몸과 대지를 동시에 관통하고 있는 거대한 기둥과 그것을 아주 천천히 뽑아내고 있는 백색 거신의 모습이.

"내가 제일 싫어하는 사람이 누군지 알아?"

지발의 목소리가 들려왔다.

창을 회수하는 마장기 레이더스의 어깨 위에 비스듬히 기대어 선 그가 로제에게 손가락을 겨누고 있었다.

"바로 너처럼 이기적인 놈이야."

"끅… 쿨럭……."

"네가 브누아 황자를 도와서 대악마를 소환할 때마다 얼마나 많은 사람들이 고통 받았는지 알아?"

"궤변… 이네요. 저는 단지 퀘스트를… 쿨럭, 쿨럭. 진행했을 뿐이에요. 대악마의 출현은 필연적인 스토리. 쿨럭. 제가 아니었어도 결국 다른 누군가가… 쿨럭, 쿨럭. 같은 일을 벌였을 거라고요."

"맞아. 그랬겠지. 하지만 그 다른 누군가도 너처럼 철면피였을까?"

"……?"

"템빨단이 너를 척살하겠다고 선언했을 때. 방송에 나와서 눈물로 호소하던 네 모습을 보면서 나는 소름이 돋았었다."

"무슨……."

"쥐 죽은 듯이 있었어야지. 너로 인해서 죽거나 소중한 것을 잃었던 수백, 수천만 명의 사람들에게 눈곱만큼의 죄책감이라도 품고 있었다면 네 고통을 호소하지 말았어야지."

"당신, 미쳤어요? 나는 단지 퀘스트를 진행했을 뿐이라니까요? 내가 왜 죄책감을 느껴야 하죠? 그리고 나도 사람이에요. 억울한 일을 당하면 하소연할 수 있는 권리쯤 있다고요."

몰래 물약을 복용한 로제가 슬그머니 마법을 캐스팅하기 시작했다.

그녀는 마음속으로 초를 세고 있었다.

지발의 마장기가 가동을 멈추는 순간을 기다리고 있었다.

지발이 치를 떨었다.

"네 퀘스트 때문에 죽은 사람들도 억울한 일을 당한 거라고. 그들의 입장은 전혀 고려하지 못하는 거냐?"

"아… 그랬군요. 그것참 마음이 아프네요는 무슨. 알게 뭐야? 죽은 자들의 고통? 정말 소름 돋는군요. 고작 게임 따위에 너무 과몰입하는 거 아닌가요? 오타쿠세요?"

억울한 표정을 짓고 있던 로제의 입꼬리가 한껏 치켜 올라갔다.

그녀가 지발을 높이 평가하는 이유는 단지 마장기 때문.

마장기 없는 지발 따위 두렵지 않았다.

그리고 이제 지발의 마장기는 가동 한계 시간에 도달해 있었다.

"블랙홀!"

로제의 궁극기가 전개됐다.

범위 내 모든 대상에게 강력한 데미지를 입히는 것은 물론이고 다섯 종류 이상의 디버프를 동시에 거는 최강의 흑마법이었다.

꽈과과과과곽-!

로제가 지정한 공간 전체가 종잇장처럼 일그러지기 시작했다. 그리고 그 중심에는 지발이 있었다.

고통에 몸부림치며 비명을 토해 낼 지발의 모습을 상상하는 로제였으나…

서걱-!

"……?"

백색 거신.

마장기 레이더스가 창을 휘둘러 블랙홀을 양단해 버렸다.

넋 나간 표정을 짓는 로제를 지발이 비웃어 주었다.

"아직도 조루일 줄 알았어?"

에단이 죽었던 그날.

얼떨결에 그랜드마스터 일행과 함께 황궁을 탈출했던 지발은 그랜드마스터에게 함께하지 않겠느냐는 제안을 받았고, 수락했다.

세계관을 통틀어 가장 큰 기연을 놓칠 순 없던 것이다.

그 결과가 지금이다.

지발은 그랜드마스터의 도움을 받아 발전했다.

"자, 잠시만요. 사실은 저도 슬퍼요. 저로 인해 피해를 입으신 분들께 늘 사죄하는 마음으로 살아가고 있다고요. 다만 부끄러워서 솔직히 말하지 못했을 뿐이에요!"

사색이 된 로제가 소리쳤다. 그녀는 정말로 슬픈 표정으로 닭똥 같은 눈물을 흘렸다. 오직 진실만을 말하는 것 같았다.

하지만 부질없었다.

레이더스의 창이 로제의 몸을 다시 한 번 관통했고, 그녀는 잿빛으로 산화해 버렸다.

마침.

퍼어어어어어어어엉-!

숲이 있는 방향에서 거대한 폭발이 발생했다.

화기와 마기가 뒤섞인 폭발이 숲의 절반 이상을 날려 버리고 있었다.

지발의 얼굴이 굳었다.

'대화가 잘 안 풀린 건가?'

스스로를 칠악성의 화신이라고 밝힌 그랜드마스터 지크프렉터는 지발에게 많은 진실을 알려 주었다.

자신의 목적은 '쫓겨난 신들'을 만나 '타락한 신'들의 권위를 박탈하는 것이며, 그것은 타락한 신들과 대악마 모두가 싫어하는 일이라고 말했다. 그들과 대적할 수 있는 힘을 모아야 한다고 주장했다.

그러던 중 뱀파이어 공작 마리로즈가 깨어난 것이다.

지크프렉터는 마리로즈에게 큰 기대를 품었다.

대악마에게 원한을 품고 있는 그녀의 힘을 빌려 협력할 수만 있다면 목적을 이룰 가능성이 높아질 것으로 보고 그녀의 행적을 쫓아 이곳에 도달했다.

하지만 근본적으로 사악한 마족인 마리로즈가 과연 지크프렉터에게 협력할까?

지발은 의심했었는데 역시나였다.

수잔의 외침이 들려왔다.

"지발! 이곳은 우리에게 맡기고 어서 마스터를 도우러 가라!"

"이런 빌어먹을."

왜 하필 가장 약한 나를 보내는 거야?

난이도가 경악스러울 정도로 높은 히든 퀘스트가 떠오르자 혀를 내두른 지발이 급히 숲속으로 달려갔다.

† † †

활활 타오르는 불길이 숲을 침식해 나간다.

충격파로 벌거벗은 숲의 중심에 세 사람이 있었다.

뱀파이어 공작 마리로즈와 후작 펜릴, 그리고 그랜드마스터 지크프렉터였다.

마리로즈의 홍옥 같은 눈동자가 지크프렉터를 빤히 주시했다.

"그대는 굉장히 강하구나. 그대를 보고 있자니 크레이슐러가 떠오를 지경이야."

"그자와는 조금 다르다. 내 육신은 비록 인간이나 영혼은 인간이 아니니까."

"두루뭉술하게 말하는구나. 아주 고약한 말버릇이네."

"나는 칠악성의 화신."

"……?"

"나태의 죄로 물든 6악 지크의 영혼이 윤회 끝에 도달한 모습이 바로 지금의 나다."

"……."

"나는 타락한 신들은 물론이고 그들과 결탁했던 대악마들에게 복수하기를 꿈꾼다. 우리들 일곱 선인을 죄로 물들인 신들을 끌어내리고 모든 진실을 세상에 알리는 것이 나의 숙원이다."

"이봐, 헛소리하지 마라."

펜릴이 끼어들었다.

그는 지크프렉터의 말이 너무 허무맹랑해서 거짓말 같았다.

지극히 정상적인 반응이었다.

그를 무시한 지크프렉터가 오직 마리로즈를 응시한 채 말해나갔다.

"숙원을 이루기 위해서는 쫓겨난 신들의 행방을 찾아야 한다. 그리고 나는 그들의 행방과 밀접한 관계가 있는 것으로 추정되는 장소를 발견했다."

"그럼 그곳을 조사하면 되겠네."

"그렇다. 하지만 여러 방해가 들어와서 혼자만의 힘으로는 쉽지가 않아. 신에게 호의를 얻어 그들의 의심을 피할 수 있는 인물. 혹은 대악마를 압도하는 힘을 지닌 인물의 협조가 필요하다."

"후자가 나로구나."

마리로즈가 흥미를 보였다.

그녀는 지크프렉터가 진실을 말하고 있다는 가정하에 질문했다.

"그럼 전자에 속하는 인물도 실존하는 것이냐?"

"그렇다."

"그게 누구지?"

"그건……."

대답하려던 지크프렉터가 입을 다물었다.

마리로즈와 펜릴의 시선 또한 이미 다른 방향으로 향해 있었다.

하늘에 검은 포탈이 열리고 있었다.

지옥의 냄새가 흘러나오는 포탈이었다.

지옥과 인계를 잇는 지옥문의 출현이었다.

펜릴이 격하게 반응했다.

지옥문을 자유자재로 열 수 있는 존재는 지옥 전체를 통틀어도 흔치 않았으니까.

한 자릿수 대악마도 쉽게 해내지 못할 일을 도대체 누가?

단 한 명밖에 떠오르지 않는다.

"바알……!"

지옥의 절대 군주.

떠올리는 것만으로도 역겨운 증오의 대상을 펜릴이 입에 담자 마리로즈와 지크프렉터 둘 모두 표정을 굳혔다.

급기야 완전히 개방되는 지옥문에 시선을 고정시킨 그들이 마력을 끌어모으기 시작할 때였다.

"너희는 뭐야?"

지옥문에서 녹발의 사내가 유유히 걸어 나왔다.

아그너스의 등장이었다.

마리로즈, 펜릴, 지크프렉터의 면면을 대충 한 번 훑어본 그가 으르렁거렸다.

"검은 것은 어디로 갔지? 사지를 찢어 죽이기 전에 어서 말해."

"…바알의 계약자?"

마리로즈가 눈을 반짝였다.

그녀가 귀찮음을 무릅쓰고 잠에서 깨어난 가장 큰 이유 중 하나가 바로 바알의 계약자였으니까.

"펜릴, 놈의 심장을 뽑아서 바알의 각인을 지워."

같은 시각, 템빨국 왕도 라인하르트.

"어머님께서 당신을 찾으십니다."

대현자 스틱세이가 그리드를 찾아와 말했다.

스틱세이의 나이를 알고 있는 그리드는 무척 놀랄 수밖에 없었다.

"어머니가 아직도 살아 계셨어?"

"……."

"세계수 말입니다, 세계수."

할 말을 잃은 스틱세이를 대신해서 라우엘이 설명해 줬다.

† † †

"……?"

쇄도해오는 펜릴을 목도한 아그너스가 흠칫 놀랐다.

상대방의 강함을 간파한 것이다.

펜릴이 몸에 두른 혈기(血氣)에 스치기만 해도 위험할 거라는 생각이 들었다.

'뱀파이어?'

쩌어어엉-!

데스 나이트가 나타나 펜릴에 맞섰다.

아그너스의 데스 나이트는 각자의 시대를 풍미했던 존재들.

하이 랭커를 압살함은 물론이고 어지간한 보스 몬스터를 상대로도 충분히 딜탱의 역할을 수행한다.

하지만 펜릴 앞에선 무력했다.

콰작-!

데스 나이트의 두개골을 낚아챈 펜릴이 단지 악력만으로 그것에 균열을 일으켰다.

비틀, 휘청거린 데스 나이트가 휘두른 검이 펜릴의 가슴을 베었지만 펜릴의 수도가 한발 앞서 데스 나이트의 갈비를 관통했다. 위력을 잃은 데스 나이트의 검은 펜릴에게 별 타격을 입히지 못했다.

퍼펑-!

혈류의 기둥이 솟구쳐 금이 간 데스 나이트의 두개골을 완전히 부숴 버렸고, 데스 나이트는 머리를 잃은 상태로도 펜릴에게 저항했지만 눈먼 검에 맞아 줄 펜릴이 아니었다. 녀석을 손쉽게 뿌리친 펜릴이 다시금 아그너스에게 도약했다.

하지만 또 새로운 데스 나이트가 나타나 그의 앞길을 가로막았다.

"저항은 무의미하니 귀찮게 굴지 마라."

펜릴이 외쳤다.

그를 무시한 아그너스는 뒤늦게 알림창을 살피고 있었다.

[뱀파이어 공작 마리로즈와 마주하였습니다.]

[뱀파이어 후작 펜릴과 마주하였습니다.]

[…….]

[…….]

"……."

이제 보니 개구리의 선견지명이 무척 뛰어났다.

놈이 말한 추방자의 후손들과 이렇게 곧바로 마주칠 줄은 꿈에도 몰랐다.

왜 하필 지금…….

빠드득, 이를 간 아그너스가 마리로즈를 죽일 듯이 노려봤다.

"검은 것은 이미 너희가 사냥한 거냐?"

검은 것.

다크 엘프 베니야루는 무척 강하다.

레벨은 500에 육박했고 궁술, 암습, 정령술, 흑마술 모든 분야에 능통했다. 특히 공격력이 발달해 일반적인 엘프보다 훨씬 더 뛰어난 전투력을 발휘했다.

아그너스가 일곱 번이나 패배한 이유가 있는 것이다.

하지만 그녀조차도 이들은 감당하지 못했으리라.

펜릴 하나만 해도 그녀와 수준이 비슷했고, 마리로즈는 펜릴보다 몇 배 이상 강할 게 분명했기에.

더군다나 저 '지크프렉터'라는 놈도 심상치 않아 보였다.

"대답해. 검은 것을 죽였느냐고 물었다."

재차 묻는 아그너스의 눈빛이 혼란과 분노로 물들었다.

연인을 부활시키기 위한 마지막 퍼즐 조각.

그것이 증발했을 수도 있다고 생각하자 그는 이성을 유지하기 힘들었다. 눈앞이 핑핑 돌았다. 목이 찢어질 때까지 소리치며 세상 전체를 때려 부수고 싶었다.

"왜……! 왜 너희가……! 크아아아아!"

급기야 이성을 잃은 아그너스가 모든 데스 나이트를 동시에 소환, 그들과 함께 마리로즈에게 달려들었다.

승산이 전혀 없음을 알고도 그는 두려워하지 않았다.

용감해서가 아니다.

단지, 잃을 게 없기 때문이다.

"죽어! 죽어! 죽어엇!"

힘의 안배는 없었다.

아그너스는 정말 모든 스킬을 동원해서 마리로즈에게 총공세를 날렸다.

하지만 도중에 몸이 말을 듣지 않았다.

"······?"

문득 정신을 차린 아그너스는 자신의 사지가 구속되어 있음을 깨달았다.

거미줄처럼 펼쳐진 혈류의 가시가 아그너스는 물론이고 그의 데스 나이트들까지 꽁꽁 묶어 결박시켜 놓고 있었다.

"바알의 계약자가 고작 이 정도야? 교황도 그렇고, 이 시대는 수준이 낮네."

혈류의 가시를 일으킨 장본인.

마리로즈가 무표정한 얼굴로 아그너스를 응시했다.

이런 하찮은 녀석을 해친다고 해 봤자 바알에게 복수가 될까?

바알은 눈 하나 깜빡 안 할 것 같은데?

그런 의문이 생겼지만, 마리로즈는 펜릴에게 눈짓했다.

"끝내. 바알에게 조금은 타격이 되겠지."

야탄과 대악마를 멸하는 것.

염원 같은 거창한 것은 아니지만 어머니에 대한 최소의 의리다.

어머니를 지옥으로부터 추방시킨 그들을 굳이 찾아다니면서 복수할 생각은 없지만, 복수의 기회를 굳이 마다할 이유도 없다.

푸욱-!

마리로즈의 명령을 받은 펜릴이 아그너스의 가슴에 손을 쑤셔 박았다.

"쿨럭……!"

검붉은 피를 토해 내는 아그너스의 허리가 크게 꺾였다.

가죽과 살이 파헤쳐지고, 내장과 뼈가 끄집어내지는 고통 속에서, 그는 스스로를 돌이켜 보았다.

힘 있는 자들에게 유린당하는 연인을 돕지 못한 채 그저 울부짖었던 과거의 나.

힘 있는 자들이 무자비하게 휘두르는 폭력에 저항하지 못하는 지금의 나.

똑같다.

지독히도 무력하다.

변하겠노라 다짐해 놓고도 결국 변하지 못했다.

"끄……! 큭큭……! 킥! 킥킥킥……!"

연인을 부활시키는 방법을 알게 됐다.

이제 엘프 한 마리만 사냥하면 된다.

오직 그 일념만을 품었던 최근의 아그너스가 잃었던 광기를 되찾았다.

"캬하핫……! 켁!"

"……?"

아그너스의 심장을 뿌리째 뽑아내고 있던 펜릴이 움찔 놀랐다.

아그너스가 갑자기 광소를 터뜨린다 싶더니 혀를 깨물고 자결했기 때문이다.

동시에.

쏴아아아아아-

아그너스의 육신이 빠르게 풍화했다.

피가 증발하더니 가죽과 살의 일부가 썩어 먼지가 되어 사라졌다. 심장도 마찬가지였다.

급기야 약간의 살점과 뼈만 남은 앙상한 몸이 혈류의 가시에 꿰인 채 덜렁거렸다.

"같잖은 수를!"

심장을 지키겠답시고 자결해 스스로를 언데드화시키다니?

산 채로 심장이 뽑혀 나가는 고통과 공포 속에서도 그런 판단을 내렸다는 게 놀랍다.

뻐억-!

치솟는 화를 감당 못한 펜릴의 팔꿈치가 반밖에 남지 않은 얼굴 가죽을 뒤집어쓰고 있는 아그너스의 두개골을 내리찍었고,

"…킥킥."

아그너스는 웃었다.

리치 무무드가 그의 머리 위에 떠올라 있었다.

"시간을 벌어."

쩌어억-

아그너스가 명령하자 무무드가 아가리를 벌렸다.

고작 리치 따위가 발악해 봤자 무슨 소용이 있겠는가?

콧방귀 뀐 펜릴은 무무드를 무시했지만 마리로즈의 표정은 굳고 있었다.

퍼어어어어어엉-!

무지갯빛의 마력이 폭사했다.

처음으로 유의미한 상처를 입은 펜릴이 피를 토했고, 아그너스와 데스 나이트를 구속하고 있던 혈류의 가시가 산산조각 나 흩어졌다.

"놀라운 마력이군."

그랜드마스터 지크프렉터의 감탄사가 숲의 혼란에 스며든다.

펜릴의 비명이 메아리치는 가운데 마리로즈의 시선은 무무드에 고정됐다.

"살아생전에 무엇을 하던 녀석이지?"

마리로즈조차도 무무드의 마력에 놀라고 있었다.

살아생전 브라함을 초월했던 천재 마법사의 위용이라는 것이다.

그래 봤자 이미 죽은 자.

마리로즈 앞에선 무력했지만.

따악-

마리로즈가 손가락을 퉁기자.

퍼퍼퍼퍼펑-!

혈류의 덩어리가 날아가 무무드와 데스 나이트들을 폭파시켰다.

마침.

"지크프렉터!"

뒤늦게 숲에 도착한 지발이 화마 속에 서 있는 지크프렉터를 발견하고 소리쳐 왔다.

그는 지크프렉터가 마리로즈에게 화를 입었다고 오해하고 있었으니 마음이 무척 급했다.

"괜찮……?"

지발에게 대꾸해 주려던 지크프렉터가 갑자기 석상처럼 굳었다.

늘 무표정했던 그의 얼굴이 경악으로 들어찬 채 하얗게 질렸다.

여유로 점철되어 있던 마리로즈도, 수치심에 이를 갈던 펜릴도 비슷한 반응을 보였다.

그들 모두 아그너스의 손에 들려 있는 한 권의 책에 시선을 사로잡혔다.

그것은 어떤 신의 원죄를 서술한 고서.

시조 베리아체와 6악 지크를 나태의 죄에 물들게 만든 원흉이었다.

"나태의 서……!"

펜릴과 지크프렉터가 다급히 손을 뻗었다.

하지만 늦었다.

이미 아그너스는 책을 펼치고 있었다.

"키햐하하핫!"

광소가 숲을 격동시켰다.

단련에 단련을 거듭해 온 정신력으로 나태를 간신히 외면하고 있던 마리로즈, 펜릴, 지크프렉터가 동시에 제자리에 주저앉았다.

"만사가 귀찮아. 잠이나 자야… 드르렁."

이미 포기한 펜릴은 벌써 코를 골기 시작했고,

"바알의 준비성이 대단하군……."

지크프렉터는 허벅지에 단도를 꽂아 가며 눈꺼풀이 닫히려 하는 것을 참았다.

절레절레 고개를 저은 마리로즈는 마법을 발동 중이었다.

"나누던 이야기는 다음으로 미뤄야겠구나."

스파앗-!

마리로즈의 마법이 전개되며 그녀와 펜릴이 숲에서 사라졌다.

상식에 위반될 정도로 빠른 전이 마법이었다.

아그너스의 붉게 충혈된 눈이 홀로 남은 지크프렉터에게 돌아갔다.

"킥, 킥킥킥… 사지를 토막 내서 죽여 주마."

"……."

본래라면 콧방귀도 안 나왔을 선언이다.

하지만 나태의 저주는 무섭다.

먼 옛날, 일곱 선인이던 시절의 지크는 나태의 저주를 극복하지 못하고 동료들을 외면하는 죄악을 범했다. 신들과의 전쟁에서 피눈물을 흘려 가며 죽어 가는 동료들을 돕지 않고 홀로 잠에 들었다.

저벅, 저벅, 저벅.

급기야 졸기 시작하는 지크프렉터에게 아그너스가 한 걸음, 두 걸음 천천히 다가섰다.

뼈만 앙상하게 남은 손에 검을 쥐고 있는 모습이 공포 영화의 한 장면을 연상시켰다.

그의 앞을.

"그만둬라."

땀에 흠뻑 젖은 지발이 막아섰다.

동시에 지크프렉터가 잠에 빠졌다.

그를 힐끗 확인한 지발이 아그너스에게 단언해 보였다.

"이자는 지금 죽어선 안 돼. 이자가 네게 어떤 실수를 범했는진 모르겠지만 한 번만 넘어가 줘라."

아그너스를 바라보는 지발의 눈빛에는 동정심이 가득했다.

그 또한 알고 있는 것이다.

아그너스의 과거를.

아그너스가 품고 있는 상처를.

"큭… 큭큭……."

실소하는 아그너스의 얼굴이 종잇장처럼 일그러졌다.

지발이 보내오는 시선.

아그너스는 그런 시선을 세상에서 가장 싫어했기에.

"너부터 죽어."

채애애애앵-!

아그너스의 검과 지발의 검이 허공에서 얽혔다.

아그너스는 지쳤고, 지발은 마장기 소환 스킬을 소모한 입장.

둘 모두 온전치 못한 상태로, 아무런 목격자도 없는 고요한 숲에서 매가리 없는 전투를 펼쳤다.

"아그너스! 이 싸움에 무슨 의미가 있냐! 지금 우리의 상태론 승부를 맺을 수 없다는 걸 알고 있을 텐데?"

"닥쳐! 닥쳐어!"

"제길! 제발 좀 진정하라고, 이 미친 개새끼야!"

"캬아아아악!"

"히이익!"

정말 솔직한 심정으로, 지발은 아그너스가 무서웠다.

안 그래도 제정신이 아닌 놈이 좀비 같은 모습으로 덤벼왔으니 자꾸만 소름이 돋았다.

적기사들이 어서 바깥 상황을 정리하고 달려와 주길 바랄 뿐이었다.

바로 그때.

"토네이도."

퍼어어어어엉-!

강력한 폭풍이 휘몰아쳤다.

아그너스와 지발을 해치려는 의도가 담긴 마법은 아니었다.

그 마법은 단지 아그너스와 지발 두 사람이 서로 떨어지게 만들었을 뿐이다.

"……?"

아그너스와 지발의 시선이 마법의 발현지로 돌아갔다.

금발의 소녀가 보였다.

"그만… 그만둬요."

슬픈 표정으로 말하는 소녀.

그녀의 이름은 유페미나였다.

"너, 왜 자꾸 나를 졸졸 따라다니는……?"

악귀처럼 얼굴을 일그러뜨린 아그너스가 소리치다가 입을 다물었다.

푸욱-!

갑자기 날아온 한 발의 화살.

그것이 유페미나의 심장을 꿰뚫고 있었기에.

"아……."

아그너스는 뭔가가 뚝, 끊어지는 듯한 느낌을 받았다.

† † †

어눌하고 느린 말투.

근육 하나 없이 말랑한 살.

조금만 걸어도 가빠지는 숨.

개미 한 마리조차 짓밟지 못하는 유약한 심성.

사람들은 나의 모든 면을 싫어했다.

한심하고 답답하다며 나를 무시하고 조롱하는 사람들 틈에서, 나는 늘 죄의식을 느껴야만 했다.

내가 잘못된 줄 알았다.

내 존재 자체가 민폐라고 생각했다.

그러던 중 그녀를 만났다.

"네가 잘못된 게 아니야."

그녀는 말해 주었다.

너는 느린 게 아니라 신중한 거라고.

너는 약한 게 아니라 남들과 다를 뿐이라고.

네가 개미를 해치지 못하는 이유는 배려와 존중을 알기 때문이라고.

"너는 죄가 없어. 너를 둘러싼 다른 사람들이 못된 거야."

그녀는 나의 등대였다.

그녀는 나의 유일한 보금자리였다.

나는 그녀의 품에 의지했고, 그녀는 나를 지켜 주었다.

짐승 같은 놈들이 그녀를 욕보일 때도.

제발 그만두라고 울부짖는 내게 그녀는 웃으며 괜찮다고 나를 안심시켰다.

나보다 백 배, 천 배.

아니, 억만 배는 더 두렵고 고통스러웠을 텐데도 그녀는···

"아······."

이번에도 닿지 않는다.

창가에서 몸을 날리던 그녀를 붙잡지 못했던 내 팔과 다리는 지금도 여전히 느렸다.

슬픈 표정으로 미안하다 말하던 그녀에게 나야말로 미안하다고 외치지 못했던 내 둔한 입은 이번에도 떨어지지 않았다.

푸우욱-

내 마음처럼 새카만 화살은 이미 유페미나의 심장을 꿰뚫고 있었다.

앞으로 고꾸라지는 그녀의 모습은 창밖으로 떨어지던 옛 연인의 모습을 고스란히 닮아 있었다.

"아아……!"

알고 있다.

현실과 게임은 다르다.

게임에서의 죽음은 현실의 죽음과 달라서 하찮다.

애초에 그녀들은 서로 다른 존재이다.

한데.

한데 왜 나는 이토록…….

"크아아아아악!"

쩌렁쩌렁!

아그너스의 절규가 불타는 숲에 메아리쳤다.

쓰러지는 유페미나를 통해서 옛 연인의 최후를 떠올린 그가 이성을 완전히 상실했다.

"인간은… 용서 못한다."

유페미나에게 활을 쏜 장본인.

그리고 아그너스가 그토록 찾아 헤맸던 존재, 다크 엘프 베니야루의 음성이 아그너스의 귓전에 스며들었다.

"네놈……! 네노옴!"

증오로 물든 아그너스의 시선이 베니야루에게 꽂힌다.

이 순간 아그너스는 다른 누군가가 아닌, 자기 자신을 원망하고 있었다.

왜 나는 같은 실수를 반복하는가.

왜 그녀에게 여지를 주었는가.

나 같은 쓰레기 때문에 희생당하는 사람이 있어선 안 된다는 사실을 알고도, 왜.

나는 역병이다.

누구도 내게 가까이 다가와선 안 된다.

"죽인다!"

짐승처럼 포효하는 아그너스의 신형이 베니야루에게 날아갔다.

하지만 마리로즈 일행과 지발을 연달아 상대하며 한계를 맞이한 아그너스의 상태는 평범한 플레이어보다 못했다.

느리고 무딘 그의 공격을 가뿐히 피해 낸 베니야루가 화살을 쏘자 아그너스의 갈비뼈가 박살 났다.

휘청!

아그너스의 볼품없는 육신이 앞으로 고꾸라졌다.

그의 안면으로 베니야루의 단도가 쇄도해 오고 있었다.

"아그너스!"

"꺼져!"

미간에 박힌 단도를 뽑아낸 아그너스가 엉겁결에 나서는 지발에게 으르렁거렸다.

그는 혼자이고 싶었다.

새로운 인연 따위, 필요 없었다.

다만 옛 연인을 부활시켜 그녀에게 평생토록 속죄하며 살아가고 싶을 뿐이다.

붉게 점멸하는 시야 속에서, 그는 여태껏 외면해 왔던 스킬 하나를 떠올렸다.

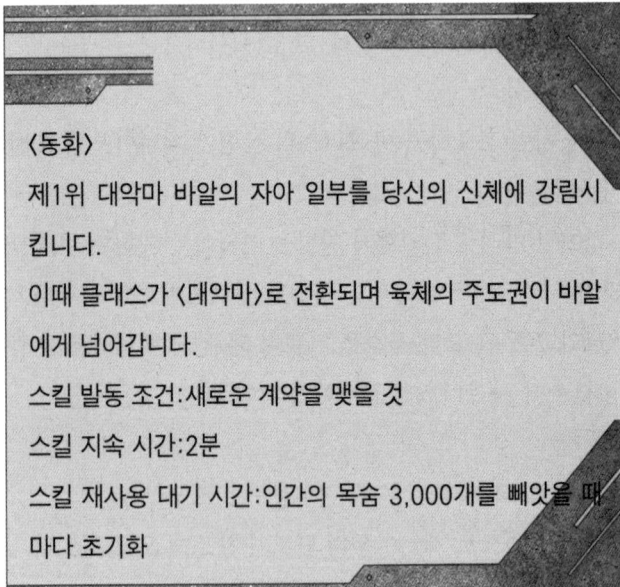

〈동화〉
제1위 대악마 바알의 자아 일부를 당신의 신체에 강림시킵니다.
이때 클래스가 〈대악마〉로 전환되며 육체의 주도권이 바알에게 넘어갑니다.
스킬 발동 조건:새로운 계약을 맺을 것
스킬 지속 시간:2분
스킬 재사용 대기 시간:인간의 목숨 3,000개를 빼앗을 때마다 초기화

외면해 올 수밖에 없었다.

타인에게 신체의 주도권을 넘긴다는 것부터가 무척 큰 거부감이 생겼다.

세상에 어떤 등신이 자신의 신체를 타인에게 양도하겠는

가? 어지간한 바보나 미친놈도 꺼려 할 일이다.

게다가 더 큰 문제는 따로 있었다.

스킬 발동에 필요한 '계약의 내용'이 진짜 문제였다.

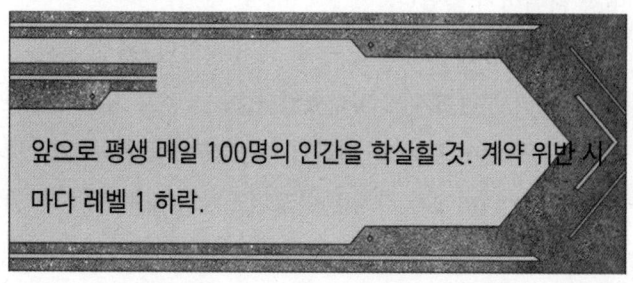

앞으로 평생 매일 100명의 인간을 학살할 것. 계약 위반 시마다 레벨 1 하락.

매일 100명의 인간을 해친다는 건 결코 쉬운 일이 아니다.

특히 상대가 강할수록 쉽게 해칠 수 없으니 하루 종일 인간 사냥만 하고 다녀도 시간이 부족할 수도 있었다.

물론 해결책은 존재했다.

상대적 약자들을 학살하면 된다.

작은 마을을 방문해 그곳을 파괴하거나 초보자 플레이어들이 모인 사냥터에 대마법 하나만 떨구면 100명의 목숨쯤이야 순식간에 앗아갈 수 있었다.

하지만 아그너스에게는 약자를 괴롭히는 취미가 없었다.

특히 죄 없는 어린아이를 해치는 일을 그는 극도로 꺼려 했다.

특별히 착해서가 아니라 인간의 당연한 본성이다.

아그너스가 동화 스킬을 외면해 온 결정적인 이유다.

하지만 이제 상황이 바뀌었다.

이성을 잃은 아그너스는 알량한 양심과 같잖은 가식에 더 이상 얽매이지 않았다.

나는 약하다는 이유로 모든 걸 잃지 않았던가.

최소한의 존엄마저도 짓밟혔었다.

세상에 똑같이 갚아 줄 권리가, 나에게는 있다.

부정적인 의미에서 각성한 아그너스가 소리쳤다.

"바알!"

[〈동화〉를 전개합니다.]

[지옥의 절대 군주 바알이 유쾌하게 웃습니다.]

-으응~? 뭐냐, 아그너스. 착하디착한 네가 이런 선택을 내릴 줄은 몰랐는데?

"비꼬지 마라!"

-크크큭, 비꼬려던 게 아니야. 칭찬해 주려던 것이다. 아주 잘했다. 드물게 올바른 선을 내렸구나.

[바알의 자아 일부가 당신의 육신에 강림합니다.]

구오오오오오오오오-

하늘에 먹구름이 끼었다.

하나같이 피처럼 붉은 먹구름이었다.

숲의 모든 식물들이 빠르게 썩어 갔고 대지는 검게 오염됐다.

역한 공기가 상처 입고 쓰러져 있는 유페미나는 물론이고 지발과 베니야루의 숨통마저 옥죄었다.

호흡할 때마다 밀려오는 독기가 그들의 칠공으로부터 피를 분출시켰다.

"뭣……."

갑자기 이 무슨 일이란 말인가?

혼란에 찬 유페미나와 지발의 시선이 아그너스에게 향했다.

온몸이 마기로 뒤덮인 아그너스가 보였다.

검게 물든 흰자위가 그의 차가운 금안을 더욱 도드라지게 만들었다.

"크큭, 크하하하하핫!"

뿌득!

크게 웃은 아그너스.

아니, 아그너스의 육신을 통해서 강림한 바알의 자아 파편이 자신의 이마에 솟아난 뿔을 뽑아내 검처럼 쥐었다.

동시에 베니야루가 털썩, 쓰러졌다.

그녀의 가슴에 커다란 구멍이 뚫려 있었다.

바알이 뽑아 손에 쥐었던 뿔이 어느새 그녀의 가슴을 관통하고 지나간 것이다.

"타락? 숲의 그늘에 쥐새끼처럼 숨어 지내는 것을 타락이라 할 수 있나?"

성큼.

베니야루와의 거리를 한걸음에 좁힌 바알이 조소했다. 베니야루의 머리카락을 포악하게 거머쥔 그가 그녀의 귓가에 대고 속삭였다.

"사춘기 소년처럼 소심한 엘프여, 명심해 둬라. 타락한 자가 범해야 할 의무는 복수와 파괴, 그리고 혼돈뿐이다."

콰아아앙-!

"뭐, 네게는 그 의무를 수행할 기회가 없다만."

"……."

바알의 주먹에 얻어맞고 거목에 처박힌 베니야루가 움찔움찔 경기를 일으켰다.

피칠갑한 채 눈이 뒤집힌 그녀의 모습이 너무나도 처참해서 지발은 차마 똑바로 쳐다보지 못했다.

심장에 치명상을 입고 상태 이상 '기절'에 걸려 있던 유페미나가 드디어 정신을 차리고 소리쳤다.

"아그너스, 진정해요! 나는 괜찮아요!"

"흐음."

바알의 시선이 유페미나에게 돌아갔다.

"네가 그녀로구나."

저벅. 저벅.

유페미나에게 다가온 바알이 싱긋 웃었다. 정말로 상쾌한 미소였다.

하지만 그의 손끝은 비수로 변하고 있었다.
"같잖은 호의로 내 장난감을 종종 먹통으로 만든."
"아그너스……?"
푸욱-!
유페미나의 가녀린 목덜미에 비수가 꽂혔다. 그녀의 푸른 눈이 빛을 잃었고, 그녀의 작은 몸은 실 끊어진 인형처럼 쓰러지며 바알의 품에 안겼다.
"머리가 울리니까 그만 소리쳐. 자, 자. 진정하고 기뻐하라고. 지금부터 네 꿈을 이뤄 줄 테니까."
잿빛으로 산화하기 시작하는 유페미나를 쓰레기처럼 내팽개친 바알이 혼잣말하며 자리에서 일어났다. 그리고 여전히 거목에 박힌 채 움찔거리고 있는 베니야루에게 유페미나의 피로 흠뻑 젖은 비수를 꽂아 넣으려다가 멈췄다.
흑금색의 손이 그의 안면을 덮쳐 오고 있었다.
쩌엉-!
비수가 손을 쳐 냈지만 손은 3개나 더 남아 있었다.
각자 검을 거머쥔 그것들이 동시에 어떤 검술을 펼쳤다.
연(聯), 살(殺), 극(極).
바알에게도 익숙한 검술이었다.
다름 아닌 전대 계약자의 성명절기였으니까.
"크하핫! 재미있게 됐군!"
누가 나타났는지 눈치챈 바알이 크게 들떴다.

3개의 갓 핸드가 펼치는 검무를 비수 한 자루로 막아 낸 그가 하늘 위로 시선을 돌렸다.

번쩍-!

벼락이 떨어지고 있었다.

"아그너스으!"

"파그마의 후예!"

콰르르르르르르릉!

열망의 무아검과 바알의 비수가 충돌하며 충격파가 발생했다.

나부끼는 머리카락 틈새로 엿보이는 그리드의 눈동자는 분노와 증오가 점철돼 있었다.

"개자식! 네가 어떻게……! 네가 어떻게 유페미나를!"

그리드가 이곳에 날아온 이유는 세계수의 부탁 때문이었다.

베니야루를 구해 달라는 부탁이었다.

한데 이곳에 도착한 그리드가 처음으로 목격한 장면은 유페미나의 죽음이었다.

내가 남을 신경 쓰고 있을 때 동료는 외로운 죽음을 맞이하고 있던 것이다.

"X발!"

치를 떤 그리드가 열망의 무아검을 재차 휘둘렀다.

자신은 초월자.

플레이어, 하물며 근접전에 비교적 약한 아그너스쯤이야 쉽게 제압할 수 있다는 것이 그리드의 판단이었다.

한데.

채챙-! 채채채채채챙!

아그너스는 작은 비수 한 자루로 그리드의 공격을 모조리 쉽게 막아 냈다. 중간중간 폭발하는 검은 불꽃과 붉은 뇌전마저도 마기의 장막으로 쉽사리 소멸시켰다.

'이렇게 강해졌다고?'

시간은 누구에게나 공평하다.

내가 성장하고 발전하는 동안 남들 역시 똑같이 성장하고 발전한다.

그리드도 당연히 알고 있는 사실이었다.

하지만 상성이라는 게 있지 않은가?

아직 데스 나이트와 리치조차 소환하지 않은 아그너스와 호각세라는 건 그리드 입장에서 납득이 안 됐다.

"흑화!"

〈벤타오의 조롱〉처럼 또 특별한 스킬을 얻어서 사용 중인 건가?

생각해 본 그리드가 마기를 이끌어 냈다.

그는 커다란 분노를 표출하고 있었지만 의외로 냉정한 상태였다.

속전속결로 싸움을 끝내야만 중상을 입은 베니야루를 구

출할 수 있다고 판단했다.

한데.

피시식…….

"……?"

흑화의 영향으로 끓어오르던 마기가 거짓말처럼 소멸해 버렸다.

흑화의 발동이 멈추며 스킬 효과가 발생하지 않았다.

당황하는 그리드에게 바알이 웃어 보였다.

"내 앞에서 마기에 의지하는 건 멍청한 짓이지."

"……?"

"하핫! 이래도 눈치채지 못하는 거냐? 파그마와 달리 둔한 면이 있구나."

자꾸 뭔 개소리야?

아그너스가 연달아 헛소리를 지껄이자 이해하지 못하고 눈살을 찌푸리던 그리드가 뒤늦게 깨달았다.

하얗게 질린 피부와 길게 솟아난 송곳니, 그리고 검게 물든 흰자위.

아그너스의 생김새가 평소와 달랐다.

마치 흑화 상태의 나를 연상시키는…….

[투기가 최대치에 도달하였습니다.]

"……?"

투기가 벌써 다 찼다고?

역대 최고 속도다.

"누구냐, 너?"

피부 위로 소름이 돋는다.

차가운 식은땀이 등을 타고 흘러내리는 감각이 불쾌하다.

떨리는 목소리로 묻는 그리드에게 바알이 대답해 주었다.

"나는 지옥의 옥좌에 앉은 자."

"신들과 인간의 허세를 지켜보는 재미로 하루하루를 연명하는."

"아~ 주 아주 무료한 자다."

설명은 이걸로 충분할 터.

나의 정체를 알게 된 파그마의 후예는 과연 어떤 표정을 지을까?

"큭큭……?"

그리드의 얼굴에 떠오를 절망을 기대한 바알이 득의양양한 미소를 짓다가 굳었다.

그리드의 표정에 별 변화가 없었기 때문이다.

애초에 크게 놀란 기색이 아니었다.

'나를 두려워하지 않는다고?'

왠지 모를 불쾌감에 휩싸이는 바알에게 그리드가 재촉했다.

"그래서 네가 누군데?"

"……."

바알은 거악 중의 거악.

시대의 주역들이 반드시 토벌하기를 꿈꾸는 최종 보스 같은 존재였다.

그만큼 바알은 많은 영웅들을 만나 왔고 그가 본 영웅들에게는 공통점이 있었다.

능력의 고하와 관계없이 지혜롭다는 점이었다.

여태껏 바알이 만나 온 영웅들은 과연 그 시대의 주인공답게 영민했다. 한마디 대화로 10개의 뜻을 서로 교환하는 게 가능했으니 때때로 교감마저 되었었다.

'근데 얘는 왜……?'

너무 예상치 못한 반응에 당황한 바알이 한동안 넋이 나갔다가 아뿔싸, 낭패를 외쳤다.

"역시 파그마의 후예답군. 여태껏 본 그 어떤 영웅보다 영민하면서 동시에 비열한 것이 파그마와 꼭 닮았어."

"……?"

"내가 시간으로부터 자유롭지 못하다는 사실을 즉시 간파하고 쓸데없이 시간을 낭비시키다니……. 후훗, 덕분에 조금 아쉽게 됐다. 네 실력을 감상할 기회는 다음으로 미뤄야겠군."

"……?"

자꾸 뭐라고 떠드는 거지?

어리둥절하던 그리드가 흠칫 놀랐다.

초월자의 감각으로도 따라잡기 힘든 속도로 움직인 바알이 어느새 베니야루의 곁에 도달해 있었기 때문이다.

"그래도 일을 마무리할 시간은 남아서 다행이군."

"잠깐!"

그리드가 다급히 검무를 밟았다.

4개의 검무를 하나로 승화시킨 절기가 순식간에 완성되어 바알을 위협했다.

하지만 이미 바알은 베니야루의 숨통을 거두고 있었다.

"하핫, 다음에 또 보자고."

푸우욱-!

그리드의 검이 바알의 몸통에 꽂히는 순간.

[〈동화〉의 지속 시간이 끝났습니다.]

바알의 자아가 지옥으로 되돌아갔고 아그너스는 육체의 주도권을 되찾았다.

코앞에 직면해 온 죽음.

반사적으로 벤타오의 조롱을 전개하려던 아그너스가 이내 관두고 베니야루의 시신을 챙겼다.

쏴아아아아아-

아그너스가 잿빛으로 산화했다.

"베니야루를 구하려면 어차피 한 번 죽여야 한다고 했으니 이걸로 된 건……? 응?"

썩어 문드러진 숲에 멍하니 남은 그리드가 중얼거리다

가 문득 입을 다물었다. 뒤늦게 지발을 발견한 것이었다.

지발은 여러 가지 의미에서 감탄하고 있었다.

"너도 참 대단하다."

"뭐가? 아니, 잠깐."

그리드가 깜짝 놀랐다.

"그랜드마스터? 걔가 왜 여기에 있어?"

자기가 숲속의 잠자는 왕자야, 뭐야?

왜 여기서 자고 있냐?

황당해서 혀를 내두른 그리드가 지크프렉터에게 다가가려 하자 지발이 막아섰다.

"어차피 못 일어나니까 깨워 봤자 소용없어. 그것보단 우선 피하는 게 좋을걸? 곧 네오 적기사들이 몰려올 텐데, 아무리 너라도 그들을 혼자서 감당하긴 힘들 거다."

"응, 피아로 부르면 돼."

"재수 없는 놈… 어차피 때가 되면 그랜드마스터 쪽에서 먼저 너를 찾아갈 거다."

"흠… 너는 그랜드마스터와 함께 행동하고 있는 거야?"

"어쩌다 보니 그렇게 됐다."

"줄 잘 섰네."

그리드가 피식 웃었다.

마침 타이밍 좋게도 적기사들이 달려오고 있었다. 다들 기진맥진한 것을 보아 야탄교와의 전투가 쉽지 않았던 눈치다.

"네가 그렇게까지 말하니까 오늘은 이만 물러나도록 하지. 바쁘기도 하고."

귀환 주문서를 꺼낸 그리드가 그것을 미련 없이 찢어 버렸다. 세계수를 만나기에 앞서서 유페미나의 상태부터 살피고 싶은 것이었다.

"무서운 놈……."

그리드가 사라지자 홀로 남은 지발이 절레절레 고개를 저었다.

비록 본체는 아니었다지만, 아무리 그래도 제1위 대악마 바알을 만나고도 저토록 태연한 그리드가 그는 놀랍고 신기했다.

† † †

템빨국 왕도 라인하르트.

그리드가 숲에서 겪었던 일들을 털어놓자 라우엘의 두 눈이 휘둥그레졌다.

"그거 바알 아닙니까? 아니, 의심의 여지 없이 바알인데요?"

"말도 안 돼."

그리드는 라우엘의 추측을 단칼에 부정했다.

"바알은 거의 최종 보스 같은 존재야. 녀석이 등장하기엔 아직 타이밍이 너무 이를뿐더러 포스도 없었다니까?"

그리드가 제시하는 근거는 결코 빈약하지 않았다.

대악마 벨리알과 베리드 모두 무시무시한 포스를 자랑하지 않았던가.

다른 플레이어들은 물론이고 그리드조차도 그들에게 절망의 편린을 엿봤을 정도다.

숲에서 조우했던 악마의 정체가 지옥의 절대 군주 바알이었다면, 그리드는 이성을 유지하기 힘들 정도의 공포감을 체험해야 마땅했다.

하지만 그리드는 별반 두려움을 느끼지 못했다.

"애초에, 명색이 최종 보스가 일개 유저의 몸에 빙의하는 형태로 등장한다는 점도 말이 안 되지. 특정 플레이어만 최종 보스의 힘을 빌릴 수 있으면 너무 언밸런스잖아. 백날 밸런스 외치는 S.A그룹이 그런 사태를 허락할 리 없어."

"전하께서도 브라함의 힘을 빌려 오지 않았습니까?"

"브라함은 최종 보스급이 아니고."

"보통 사람이 보기엔 브라함이나 바알이나 똑같이 사기일 것 같은데요."

"어쨌든 다르잖아. 그게 바알이었을 리 없어."

그리드가 재차 단언해 보였다.

"심지어 그랜드마스터보다 실력이 아래로 보였다고."

대충 감 잡아 말하는 게 아니다.

아그너스의 몸에 빙의했던 악마가 내뿜던 마기는 대악마 베리드, 아니 벨리알보다 훨씬 못했다.

그랜드마스터가 잠들어 있지만 않았어도 이미 그랜드마스터에게 수세에 몰려 있을 가능성이 높다.

플레이어의 몸에 빙의하는 형태로 강림했기 때문에 여러 가지 페널티를 동반한 상태였음을 감안할지라도 제1위 대악마 바알이라고 보기엔 너무 약했다는 뜻이다.

물론 그리드의 마기를 소멸시켰다는 점과 투기를 최대 속도로 채운 점, 그리고 순보를 자유자재로 구사했다는 점을 보아 상위급 대악마일 가능성은 높았지만 바알이라는 건 확대 해석이다.

"하지만 본인을 지옥 옥좌의 주인이라고 말했다면서요?"

"지옥에 옥좌가 한 개냐? 지옥은 영토가 33개로 나뉘어져 있고 33마리의 대악마가 각자 영토를 다스리고 있는데 당연히 옥좌도 33개지."

"하지만 아그너스는 바알의 계약자입니다."

"아그너스가 바알의 계약자라고 해서 바알하고만 엮인다고 보는 건 무리가 있지. 나는 벨리알, 베리드랑 계약 안 했는데도 걔네 힘 쓸 수 있잖아. 아그너스도 룬 등의 다른 효과로 다른 대악마의 힘을 빌리게 됐어도 이상하지 않아."

"하지만 그 악마는 파그마를 아주 잘 알고 있는 눈치였다면서요? 파그마가 전대 바알의 계약자였으니 대악마 중에서 파그마를 잘 아는 존재는 역시 바알 아닙니까?"

파그마.

바로 그게 핵심이다.

아그너스의 몸에 강림했던 악마는 그리드와 파그마를 놓고 비교할 정도로 파그마에 대한 이해도가 높았다.

라우엘이 악마의 정체를 바알이라고 보는 이유다.

하지만 이 또한 그리드에게 부정당했다.

"파그마는 번헨 열도에서 농성하면서 지옥 군단의 침공을 홀로 막아 낸 위인… 이야. 파그마와 직접 싸우고 파그마에게 엿 먹어 본 대악마가 한둘이 아니라고. 비단 바알뿐만 아니라 당시 전쟁에 참가했던 대악마들 대부분이 파그마에 대해서 잘 알고 있을 거다."

"흠… 그렇군요."

라우엘이 한 수 접었다.

그리드는 번헨 열도를 정화한 영웅왕이며 직접 아스가르드에 올라 신을 만난 존재.

대악마와 신들에 대한 그의 이해도는 라우엘의 지식을 초월하고 있었다.

라우엘이 백날 추측해 봤자 그리드가 아니라면 아닌 것이다.

"그럼 전하께서는 아그너스에게 강림했던 악마의 정체를 뭐라고 보십니까?"

"아모락트 아닐까?"

"브라함이 말했던 야탄의 첫 번째 종 말씀이시군요."

"응, 인계에 개입하려는 의지가 제일 적극적인 놈이지."

"하지만 배후에서 야탄교를 운영할 정도면 꽤 부지런한 성격 같은데……."

"……?"

"신들과 인간의 허세를 지켜보는 재미로 하루하루를 연명하는 아~ 주 아주 무료한 존재라고 하기엔 조금 무리가 있지 않을지……."

"그럼 다른 놈인가 보지. 애초에 그놈의 정체가 뭐든 뭐가 중요해?"

결국 아이템이나 스킬이라는 매개를 통해서 발현되는 악마에 불과하다.

룬의 힘에 귀속된 대악마의 힘은 살아생전 대악마의 힘과 비할 바 없이 약하며, 동화 상태의 브라함 또한 명백한 한계를 지녔었다.

아그너스의 몸을 빌려 등장했던 악마도 마찬가지일 거라는 뜻이다.

단지 아그너스의 힘의 일부라고 생각하면 되는데, 고작 그 정도 사안에 집착하며 시간을 낭비할 필요가 있을까?

그리드는 더 이상 논하고 싶지 않았다.

아그너스를 떠올리는 것만으로도 치가 떨려서 불쾌했다.

"당장 신경 써야 할 문제는 따로 있어."

그리드가 퀘스트 정보를 공유했다.

세계수로부터 받은 퀘스트였다.

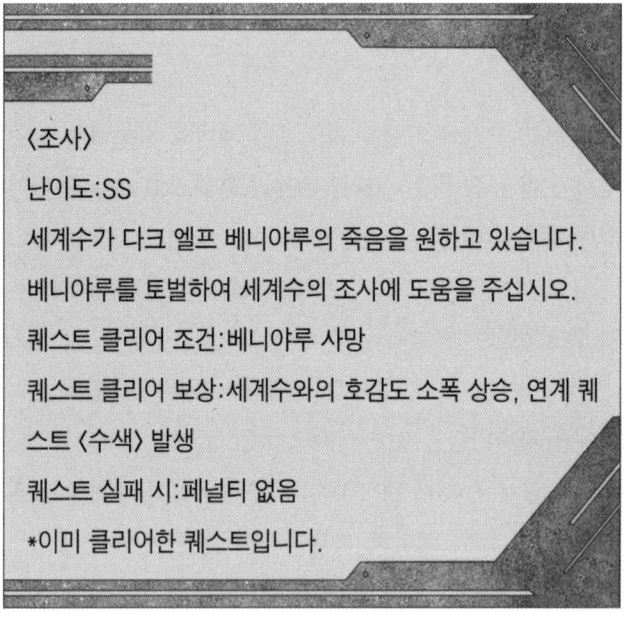

〈조사〉

난이도:SS

세계수가 다크 엘프 베니야루의 죽음을 원하고 있습니다.

베니야루를 토벌하여 세계수의 조사에 도움을 주십시오.

퀘스트 클리어 조건:베니야루 사망

퀘스트 클리어 보상:세계수와의 호감도 소폭 상승, 연계 퀘스트 〈수색〉 발생

퀘스트 실패 시:페널티 없음

*이미 클리어한 퀘스트입니다.

"……?"

라우엘이 당황했다.

태초부터 존재해 온 세계수는 만물을 포용하는 어머니 같은 존재.

그녀, 혹은 그가 엘프의 죽음을 원하고 있다는 문장은 기

이하게 느껴질 정도로 낯설고 거부감이 느껴졌다.

그리드가 설명해 주었다.

"세계수는 베니야루가 어둠에 물든 원인을 외부에 있다고 판단하더군."

엘프는 필요 이상으로 순수하나 고집이 강한 종족.

스스로 정도를 정하고 철저히 따르니 쉽게 타락하지 않는다.

만약 그리드가 엘프들을 구해 주지 않았다면, 그래서 상왕 키르에게 그대로 끌려가 노예가 되는 절망적인 상황에 처했다면 또 모를까, 그리드 덕분에 위기로부터 벗어나 놓고도 베니야루가 스스로 원해서 어둠과 동화했을 리는 없다는 것이 세계수의 주장이었다.

"다음 퀘스트 내용을 보라고."

〈조사〉는 베니야루가 죽은 시점에서 이미 종료된 퀘스트다.

그리드는 이후 연계된 새로운 퀘스트의 정보를 불러왔다.

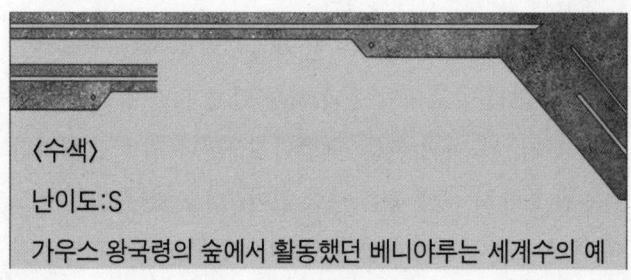

〈수색〉
난이도:S
가우스 왕국령의 숲에서 활동했던 베니야루는 세계수의 예

상대로 의태에 불과했습니다.

세계수는 이번 사태의 원인이 고대의 종 〈라플레시아〉에 있다고 의심하고 있습니다.

라플레시아는 마음에 어둠을 품은 존재들을 현혹해 양분으로 삼는 종족으로 예로부터 숲을 방문하는 사람들과 마족에게 큰 위협이 되곤 했습니다.

베니야루의 본체를 품고 있을 라플레시아의 위치를 수색해 주십시오.

퀘스트 클리어 조건:라플레시아 발견

퀘스트 클리어 보상:세계수와의 호감도 소폭 상승, 베니야루와의 호감도 최대치

퀘스트 실패 시:페널티 없음, 베니야루 사망

"아… 세계수는 활동 중인 베니야루가 의태에 불과하다는 사실을 간파하고 있었던 거군요. 과연 태초부터 있어 온 존재답게 남다른 안목입니다."

"애초에 고대의 종이라는 건 세계수의 숲에만 서식하고 있잖아? 그래서 고대의 종과 얽힌 일에 유난히 해박한 걸 수도 있지. 뭐 어찌 됐든, 템빨단 2군이나 템빨 그림자단 소속원 중에서 실력 좋은 사람 없어? 너도 알다시피 난 수색 관련 스킬이 없으니까 탐험가나 어쌔신을 지원받고 싶

은데."

 라플레시아를 토벌해야 하는 것도 아니고 단지 찾아내기만 하면 되는 퀘스트다.

 실제로 난이도도 S로 무난한 편.

 큰 위험을 감수할 필요 없이 베니야루를 구출할 수 있는 기회이니 그리드 입장에선 마다할 이유가 없었다.

 베니야루를 구출하려는 이유?

 엘프 중에서도 강한 '12테' 중 하나인 그녀와 호감도를 쌓고 계약을 맺기 위해서- 같은 계산 따위, 그리드의 안중에 없었다.

 베니야루는 함께 싸우며 슬픔과 분노를 공유했던 인연.

 그녀를 돕고 싶은 그리드의 마음은 봄날의 개나리처럼 당연히 피어난 것이었다.

 그 사실을 뻔히 아는 라우엘이 피식 웃고 말았다.

 "세계수의 숲을 수색하는 건 쉽지 않은 일이죠. 공교롭게도 수색 그 자체에 특화된 인재가 템빨단엔 아직 부족합니다."

 "이런 젠장, 역시 그렇지? 어쩐지 딱 하고 떠오르는 사람이 없더라."

 "하지만 이번 일에 딱 적합한 인재가 외부에는 한 명 있어요."

 "외부?"

"네."

라우엘의 손가락이 그리드의 가슴을 겨누었다.

"전하께 반한 사람."

"……?"

"탐험가 랭킹 1위 스컹크 말입니다. 그자라면 필시 전하를 도와줄 것입니다."

† † †

'카일을 얻은 뒤부턴 세상 무서울 게 없다는 듯이 행동하는군.'

한숨이 습관이 되어 버렸다.

2황자 듀란달을 섬기는 기사, 레쉬는 하루하루 살얼음판을 걷는 기분이었다.

여전히 황좌에 대한 야욕을 버리지 못한 듀란달이 은밀한 협상을 진행하고 있었기 때문이다.

"내가 그대들 나라의 숲을 해방시켜 주겠다."

듀란달은 여러 왕국에 서신을 보냈다.

제국 황자의 힘과 권한으로 너희가 엘프들에게 빼앗긴 숲을 되찾아 줄 터이니 너희는 이후 나와 긴밀히 협력해야 할 것이다, 라는 내용의 서신이었다.

황좌를 빼앗을 무력을 외부로부터 공급받기 위한 초석을

다지는 것이다.

 매우 뻔한 의도가 담긴 제안이었지만 의외로 많은 왕실들, 아니 제안을 받은 모든 왕실들이 듀란달의 제안을 수락하고 구원을 요청했다.

 그들은 한시라도 빨리 숲을 되찾고 싶었으며, 현재의 세력 정세에도 큰 불만을 품고 있었으니까.

 우리는 자멸하게 생긴 이때 제국과 제국을 등에 업은 템빨국은 무사히 꿀이나 빨고 있었으니, 불만과 불안감이 커질 수밖에 없었다.

 그들은 오직 템빨국만 편애하는 제국이 싫었다. 화합이라는 명목하에 이종족들을 우리 밖으로 풀어 놓고 우리를 방임하는 제국을 증오했다.

 제국이 우리를 말려 죽이기 위해서 화합이라는 망상을 논한 게 분명하다는 의심마저 품을 지경이었다.

 그러던 차에 듀란달 황자가 제안해 온 것이다.

 새로운 제국에 우리 이상의 불만을 품고 있으며 우리를 구원해 줄 수 있는 무력을 지닌 존재가.

 '다른 왕국들의 입장은 이해가 간다. 하지만 듀란달의 욕심은 도가 너무 지나쳐.'

 여전히 듀란달을 지지하는 세력은 많았다.

 아니, 도리어 전보다 더 많아졌다.

 전 황제와 달리 정치와 경제에 의욕적으로 개입하는 바

사라의 태도에 위협을 느낀 부패한 귀족들이 듀란달의 곁에 모여든 까닭이다.

더군다나 최근 무신의 유적지로부터 귀환한 카일이 듀란달의 회유에 넘어갔으니, 듀란달의 세력은 이제 공작과 비교해도 손색이 없다 해도 과언이 아니었다.

이제 그가 다른 왕국들의 힘까지 등에 업게 되면 황제로서도 좌시할 수 없는 세력 구도가 갖춰질 것이 뻔했다. 제국은 커다란 전화의 소용돌이를 겪을 수도 있었다.

'이 사실을 바사라 황제가 모를 리 없는데……'

바사라가 당장 나서서 화근의 싹을 잘라 주는 게 이상적일 터.

하지만 바사라는 이상할 정도로 듀란달을 방임했다.

세간의 소문에 의하면 조카들을 잘 챙겨 달라고 부탁한 황제의 유언 때문이라는데……. 고인의 유언을 지키려다가 도리어 조카를 자신의 손으로 죽이는 상황이 오게 되면 본말전도 아닌가?

'아니, 황제 입장에서도 듀란달은 눈엣가시일 것이다. 유언을 어길 명분을 챙기려고 고의적으로 듀란달을 방임하고 있는 걸 수도 있겠군.'

결정해야 할 때다.

뻔히 역적이 될 듀란달의 곁에 남았다가 반란군의 일원이 되어서 온갖 위험과 손해를 겪느냐, 아니면 듀란달의 반역이 성공했을 때 챙길 이득을 생각해서 위험을 감수하느냐.

'제길, 충성의 서약을 어기는 순간 얻게 될 페널티가 너무 크니 일단 곁에 남는 수밖에 없나?'

기사의 충의는 의무다.

서약을 어기는 기사는 무척 큰 손실을 입게 된다.

플레이어 기사들이 주인에게 버림받을지언정 주인을 쉽게 배신하지 못하는 이유다.

무거운 마음으로 고민에 고민을 거듭하는 레쉬의 시야로 알림창이 떠올랐다.

[주인 '듀란달'이 모든 기사에게 새로운 지령을 내렸습니다.]

[퀘스트가 발생합니다.]

〈숲의 탈환〉

난이도:S

더러운 이종족이 우리 인류의 숲을 불법으로 점거하고 있으니 짐은 통탄을 금할 길이 없다.

지금은 인류의 평화와 권리, 그리고 존엄을 위해서 싸워야 할 때.

우리는 무고한 희생자들과 협력하여 대륙 각지의 숲을 해

> 방할 것이다.
> 퀘스트 클리어 조건:3개의 숲을 해방할 것
> 퀘스트 클리어 보상:무공 훈장, 연계 퀘스트 〈숲의 탈환Ⅱ〉 발생
> 퀘스트 실패 시:듀란달의 신임 하락

"끄응……."

일단은 조금 더 추이를 지켜봐야 한다.

선임 기사의 인도하에, 레쉬는 무거운 마음으로 제국을 떠났다.

제6장

2인자의 저력

템빨

"아, 진짜 더럽게 짜증 나네."

날이 너무 더워서 그런가? 라는 생각을, 그리드는 금방 관뒀다.

그리드가 애용하는 혜성그룹의 다이아몬드 캡슐은 이상적인 체온 유지를 도왔으니까.

대한민국이 36도의 폭염을 맞이했을지언정 Satisfy에 접속해 있는 그리드의 체감 온도는 완벽했고 불쾌지수는 0이었다.

하지만 그리드는 계속 짜증이 치밀고 불쾌했다. 자기도 모르게 계속 욕이 튀어나올 지경이었다.

가우스 왕국을 다녀온 후로 쭉 이 상태다.

머리가 띵한 것이 귀에 자꾸 이명이 울리는 듯한 기분도 든다.

왜?

도대체 이유가 뭘까?

생각해 보던 그리드는 이 분노의 원인이 유페미나에게 있음을 깨달았다.

"젠장."

도무지 집중이 안 된다.

스컹크를 기다리는 동안 아이템을 제작하려던 그리드가 결국 관두고 대장간을 벗어났다. 그리고 유페미나에게 귓속말을 보냈다.

-야.

2시간 전.

그러니까 아직 라우엘을 만나기 전.

라인하르트로 귀환한 그리드는 가장 먼저 유페미나에게 연락했었다.

괜찮느냐고.

그리드는 걱정되는 마음으로 몇 번이나 되물었고 유페미나는 웃으면서 괜찮다고 답했다.

그래서일까.

-아직도 걱정하고 계시는 건가요? 저는 정말로 괜찮아요.

멋대로 착각한 유페미나는 최대한 밝은 목소리로 대답해 왔다.

-아이템 떨군 것도 없고, 경험치야 금방 복구할 수 있어요. 당신에 비하면 아직 전 저렙이라서 경험치가 잘…….

-너 괜찮다는 이야기는 아까 들었으니까 됐고.

그리드가 유페미나의 말을 도중에 끊었다.

그의 목소리가 약간 떨리고 있었다.

분노로부터 비롯된 떨림이다.

-도무지 못 참겠어서 좀 따져야겠다.

-……?

-너, 강해져서 나를 돕겠다고 자리를 비웠던 거잖아?

-…….

-그거 거짓말이었어? 사실은 아그너스를 쫓아다닐 시간이 필요했을 뿐이고, 강해지기는커녕 걔를 위해서 목숨을 바치고 싶었던 거야?

-그리드.

유페미나가 매우 놀랐다.

늘 동료를 배려하고 봉사하는 그리드.

동료의 선택과 행동을 무조건적으로 존중하고 이해해 줬던 그가 갑자기 자신을 비꼬고 짜증을 부리자 당황스러웠다.

-아그너스가 그렇게 좋냐? 반하기라도 했어?

-그런 게 아니에요. 저는 단지…….

-불쌍하다는 핑계도 한두 번이지!

-…….

-걔가 너 없으면 못 사는 너희 집 애완견이냐? 단순한 동정심만으로 생판 남한테 간이고, 쓸개고 다 빼 주려는 태도가 정상이야? 너는 이미 그 새끼를 몇 번이나 도와줬어! 그 새끼가 아이린과 로드를 도와준 바람에 나도 몇 번이나 그 새끼를 이해하려고 노력했고 은혜를 갚았다고! 하지만 돌아온 결과가 뭐야? 그 새끼가 널 죽였어! 죽였다고!

-저를 죽인 건 아그너스가 아니라 아그너스에게 빙의된 다른 존재…….

-닥쳐! 매번 그렇게 마음을 이해받지 못하고 배신만 당하는 주제에 왜 자꾸 녀석을 챙기는 거야? 네가 개 가족이야? 애인이야? 아니면 애인이 되고 싶은 거냐?

-…….

-……!

분노를 주체 못하고 소리치던 그리드가 문득 놀라서 입을 다물었다.

동료, 친구, 가족.

지금의 내가 있을 수 있도록 이끌어 준 그들에게 나는 늘 감사와 애정을 느껴 왔다.

유페미나도 그중 하나다.

그녀가 없었다면 수인족을 얻지도 못했고 템빨국 건국 과정에서 그토록 많은 승전을 거두지도 못했을 테니까.

나는, 앞으로 영원토록 유페미나에게 감사하고 배려할 거라고 무의식중에 다짐해 왔다.

한데 그녀에게 이토록 분노하며 심하게 지껄이다니?

내가 미쳤나?

…아니, 미친 게 아니다.

이건 아주 저열한 감정이다.

질투.

내 동료가 나보다 타인을 챙기는 것 같아 속 좁은 마음에 투정을 부리는 거다.

감사와 다짐이 무색하게도 말이다.

'젠장.'

자기혐오를 느끼며 얼굴을 감싸 쥐는 그리드의 귓가로 유페미나의 음성이 들려왔다.

-죄송해요.

-아니, 아니야. 나야말로 미안하…….

-아니요. 제 잘못이에요. 제가 당신의 마음을 헤아리지 못했어요. 저는 단지 아그너스가 불쌍하고 가엽다는 이유로 그에게 집착했고 정작 소중한 당신은 배려하지 못했죠. 아그너스가 몇 번이나 당신과 대적하고 피해를 입힌 적이라는 사실을 알고도, 그리드 당신은 워낙 배려심이 깊은 사

람이니까 당연히 나를 이해해 줄 거라고 생각하고 멋대로 행동했어요.

-…….

-제 이기심에 몇 번이나 실망하고 화가 나셨죠? 미안해요. 당신은 화내도 돼요. 아니, 화내야 해요. 정말… 정말로 미안해요.

유페미나의 목소리가 떨리고 있었다.

분노가 아닌 슬픔으로부터 비롯된 떨림이었다.

그녀는 그리드에게 정말로 너무 미안했다.

지난 몇 년 동안 멋대로 행동해 온 나를 묵묵히 지켜봐 주고 이해하려고 노력했던 그에게 나는 끝까지 멋대로 기대 왔다.

그는 강하니까.

마음이 넓으니까.

언제까지고 당연히 나를 이해해 줄 거라고 믿으며.

'멋대로 구는 나를 볼 때마다 얼마나 분했을까……'

유페미나의 마음이 찌릿찌릿 저려 왔다.

그녀는 자각했다.

그리드에게 자신이 얼마나 가혹하고 이기적인 잣대를 겨눠 왔는지.

그리고 깨달았다.

그동안 그리드가 얼마나 인내하고 희생해 왔는지.

-미안해요… 그리고 고마워요.

-…….

-감정을 희생하고, 상처를 감추며 늘 웃는 모습만 보여 주려고 애쓰지 않고 솔직하게 화내 줘서 고마워요.

솔직한 감정의 표출은 아무에게나 할 수 있는 것이 아니다.

그 사실을 알기에 유페미나는 기뻤다.

-이제야 당신에게 친구로 인정받은 것 같아요.

-…알겠지만 나는 늘 너를 친구로 생각해 왔어. 하지만 그렇게 말해 줘서 고마워.

-쿡쿡… 그거 알아요?

-뭘?

-당신과 대화할 때면 마음이 따뜻해져요. 든든하고 포근해서 행복해지는 기분이 들어요.

-앞으로는 아닐 거야. 마음에 안 드는 일 생길 때마다 바로바로 솔직하게 화내거나 혼낼 테니까.

-좋아요. 회초리라도 들고 다니세요. 언제라도 엉덩이 내밀어 드릴 테니까.

-참 나, 누굴 야만인으로 아나.

묵은 때가 벗겨지는 기분이다.

나도 모르는 사이에 마음속 깊은 곳에 묵혀 뒀던 서운함이 씻겨 나가며 마음과 정신이 청량해진다.

때때론 솔직한 표현이 필요한 거구나······.

상대가 소중하답시고 무조건 배려하고 좋은 말만 해서는 혼자 지치게 마련이구나.

새로운 사실을 알게 된 그리드의 입가에 상쾌한 미소가 번졌다.

순간.

'아.'

그리드가 흠칫 놀랐다.

불쾌하고 답답한 마음에 굳었던 머리가 유연하게 풀어지자 자신이 몇 가지 사실을 간과했었음을 깨달은 것이다.

그가 라우엘에게 귓속말을 보냈다.

-라우엘!

-······크크큭, 과연 마왕이라는 이름으로 세계에 공포를 떨쳤던 존재답군요. 목청이 얼마나 크신지 외침만으로 제 고막에서 붉은 블러드가 흘러내리······.

-아그너스가 다크 엘프의 시신을 챙겨 갔었어.

-······흠, 아그너스의 목적은 처음부터 다크 엘프였다 이거군요.

-그래, 이유가 뭘 것 같아?

-이유야 뻔하죠.

생명의 돌 사건 때 밝혀진 바 있다.

아그너스의 행동 목적은 단 하나.

옛 연인의 부활이다.

말인즉.

-다크 엘프의 시신을 '옛 연인과 닮은 인형'의 '제작' 재료로 삼으려는 거군요.

-망할……!

아그너스가 가져간 다크 엘프의 시체는 진짜가 아니다.

의태에 불과하다.

그것은, 아그너스가 원하는 결과물을 만들어 줄 수 없다.

분명 다른 존재로 탄생할 것이다.

기껏 부활시킨 연인이 자신의 예상과 다른 괴물이라면……?

'폭주한다.'

그리드는 아그너스의 광기를 몇 번이고 목도했었다.

그것이 과연 진짜인지, 연기인지 알 수 없을 정도로 종종 이성적인 모습을 보이긴 하지만 어쨌든 정상인은 아니었다.

폭주한 아그너스가 '가짜 다크 엘프의 시신'을 획득한 장소에 있던 인물이 그리드와 유페미나였음을 떠올리며 그들에게 괜한 원한의 화살을 돌릴 경우 템빨국에 어떤 위해를 끼쳐도 이상하지 않았다.

다급해진 그리드가 판단했다.

-라우엘, 아무래도 아그너스에게 빙의했던 악마의 정체

가 뭔지 정확히 파악해야 할 것 같다.

-아모락트일 거라면서요?

-그냥 대충 아는 이름을 지껄였을 뿐이야. 알잖아?

-네. 아그너스에 대해서 말하는 것 자체가 짜증 나고, 불쾌하고, 귀찮다는 눈치셨으니 생각 자체도 제대로 안 해 보셨겠죠.

-너무 한심한가?

-아니요. 싫어하는 상대를 논할 때면 때때로 흥분할 수도 있죠, 뭐. 저도 옆집 고양이를 떠올릴 때면 종종 이성을 잃곤 합니다.

-옆집 고양이……?

-그 녀석이 산책을 나올 때마다 꼭 저희 집 정원에 똥을 싸지르고 가거든요. 처음에는 인분이라고 착각했을 정도로 양이 푸짐하고 냄새도 심해서 스트레스가 이만저만이 아닙니다. 방향제 한 통을 다 뿌려 봐도, 그 자리 흙을 아예 한 번 뒤집어엎어 봐도 소용이 없더군요.

-그, 그렇군.

-아, 그리고 아그너스에게 빙의했던 악마의 정체는 바알이 맞습니다.

-어?

-아무래도 전하께서 상태가 안 좋아 보이시기에, 그 후 스틱세이에게 찾아가 대화를 나눠 보았습니다. 스틱세이

는 그 악마의 정체가 바알일 거라고 확신하더군요.

-확신?

-네, 단지 정황 증거를 놓고 추측하는 게 아니라 명확한 근거를 가진 확신이었습니다. 창세기에서 이르길, '지옥 옥좌의 주인'임을 자처할 수 있는 존재는 대악마 중에서도 바알이 유일하다고 하더군요.

-……놀랍군. 바알이라기에는 포스가 너무 없었는데…….

-다음에 만날 바알은 다를지도 모릅니다. 인간의 몸에 강림하는 바알은 자아의 편린에 불과하다고 하니까.

-자아의 편린?

-네, 아그너스에게 강림했던 바알은 단지 힘을 제약당한 바알이 아니라, 바알의 한 단면에 불과했던 거죠. 다음에 강림하는 바알의 자아가 무엇이냐에 따라서 말투와 성격도 완전히 바뀔지 모릅니다.

-…….

-어쨌든 아그너스는 무서운 힘을 갖게 됐어요. 어쩌면 우리는 그자가 제대로 된 인형을 제작할 수 있게끔 도와줘야 할 수도 있겠군요.

라우엘은 아그너스의 폭주를 막아야 한다는 결론까지 이미 도달한 상태였다.

그저 감탄밖에 못하는 그리드를 라우엘이 안심시켰다.

-제가 알아서 손을 쓰도록 할 테니 전하께서는 신경 쓰실

필요 없습니다. 전하께서는 전하의 일에 집중해 주십시오.

마침 약속된 시간이 다가오고 있었다.

저 멀리서 익숙한 얼굴들이 다가오는 모습을 확인한 그리드가 고개를 끄덕였다.

-고맙다, 라우엘.

† † †

흑기사단과 적기사단이 제국 최강의 기사단임을 모르는 사람은 없다.

하지만 세상일은 겉으로 드러나는 게 전부가 아니다.

제국에 존재하는 수백 개의 기사단 중 99프로는 흑기사단 선에서 정리될지 몰라도 드물게 예외가 존재했다.

그 예외가 바로 듀란달 황자의 검은 발 기사단이다.

막대한 자금과 노력을 기울여 육성한 최고의 기사단.

자신을 뽐내길 즐기는 듀란달 황자가 입이 간지러운 것을 참고 '적당한 친위대'쯤으로 세간에 인식시켜 온 조직.

그 안에선 하이 랭커 레쉬도 말단에 불과했다.

'…훈장 얻기 참 쉽군.'

레쉬와 검은 발 기사단은 벌써 7개의 숲을 순회하고 있었다.

클리어할 때마다 무공 훈장을 획득할 수 있는 〈숲의 탈환〉

퀘스트가 벌써 3단계로 연계된 상태였다.

숲의 탈환 과정이 지극히 수월하다는 뜻이다.

각 숲을 지키고 있는 고작 10명 내외의 엘프와 수백 마리 짐승들로는 검은 발 기사단의 상대가 되지 않았다.

"……."

선임 기사와 함께 도망치는 엘프를 추적, 잿빛으로 산화시킨 레쉬가 깊은 한숨을 쉬었다.

모든 능력치를 +2 상승시켜 주는 무공 훈장을 벌써 2개나 얻고도 그는 조금도 기쁜 기색이 없었다.

기쁠 리 없다.

제국의 해방 선언을 믿고 각지의 숲으로 진출했던 엘프들.

수백 년 동안 인간에게 시달리다가 드디어 자연의 권리를 수호할 수 있게 됐던 그들은 영문도 모른 채 제국의 기사들에게 학살당하고 있다.

그들 입장에선 또다시 배신을 겪게 된 것이다.

그동안 진행해 온 여러 가지 퀘스트를 통해 엘프의 역사를 알고 있는 레쉬는 가슴이 무거웠다. 자신이 지독한 악당이 된 기분이었고 손이 오물로 더럽혀진 느낌이 들었다.

"인류를 위한 성전이다."

레쉬의 어두운 표정을 읽은 선임 기사가 어깨를 두드려 주었다.

하지만 레쉬는 조금의 위안도 얻지 못했다.

이 학살은 성전 따위가 아니었으니까.

오직 듀란달 황자의 야욕을 충족시키기 위한 참극임을 알고 있었으니까.

'물론 숲을 점거한 엘프들의 행동부터가 잘못되긴 했어. 하지만 그들은 대화를 원했던 게 아닐까?'

우리가 숲을 점거한 이유를 알고 싶다면.

숲을 다시 해방시킬 수 있는 방법을 알고 싶다면 우리에게 대화를 요청하라.

엘프가 앞뒤 없는 바보들이 아닌 이상에야, 그들의 행동에는 분명 이와 같은 뜻이 담겨 있었다.

하지만 엘프에게 숲을 빼앗긴 왕국들은 엘프와 대화할 시도 자체를 안 했다.

이종족 따위에게 숲을 빼앗긴 것도 모자라 그것을 되찾기 위해 대화를 한다?

수치라고 생각했겠지.

"……?"

자괴감에 빠진 채 수통에 담긴 물을 벌컥벌컥 들이켜던 레쉬가 두 귀를 의심했다.

전 다섯 기둥 카일.

무신의 유적지를 다녀온 뒤 전광을 내뿜는다 하여 듀란달에게 '뇌신'이라는 별명을 얻은 그가 헛소리를 지껄인 까닭이었다.

"이런 소모전을 되풀이해 봐야 끝이 없다. 어차피 엘프들은 대륙 전역의 숲으로 흩어진바. 지금쯤 텅텅 비어 있을 세계수의 숲을 점령하는 편이 차라리 낫겠군."

'미친 건가?'

물을 삼키는 것도 잊고 주르륵, 흘리는 레쉬를 대신해서 선임 기사가 반발했다.

"카일 공, 세계수의 숲은 이름 그대로 세계수가 자리 잡고 있는 성역입니다. 그곳에 창칼을 차고 들어가는 것은 신성을 모독하는 행위가 될 수도… 컥."

레쉬는 선임 기사를 동경해 왔다.

답답할 정도로 고지식하긴 하지만 그만큼 충직해서 레쉬가 이상으로 그려 왔던 기사 그 자체였던 인물이었다.

한데 그가 목이 잘려 죽었다.

"……?"

갑자기?

상황을 인지 못하고 멍하니 있는 레쉬의 시야에 선임 기사의 머리를 움켜쥔 카일의 모습이 들어왔다.

두 눈의 혈관에 붉은 피 대신 전류가 흐르고 있는 그의 모습은 도무지 인간 같지가 않았다.

좋게 말하면 천상의 신이 강림한 듯했고, 나쁘게 말하면 지옥의 악마가 기어 올라온 듯했다.

"황자 전하의 기사 중에 이단이 있었을 줄은 몰랐군."

"……?"

"제국이 인정하는 신은 빛의 여신 레베카와 무신 제라툴 등 아스가르드의 신들뿐이다. 세계수? 고작 나무 따위를 신성하게 여기는 건 어떤 이단의 발상이지?"

"……."

"듀란달 황자께서는 내게 너희를 통솔할 권한을 주셨다. 그러니 잔말 말고 나를 따르면 된다. 가자. 내가 세계수의 숲의 위치를 알고 있다."

이 순간 레쉬는 확신했다.

안 된다.

만에 하나라도 듀란달이 황좌에 오른다면 그의 오른팔이 될 카일의 폭정을 제국은 감당할 수 없다.

'만에 하나라도 듀란달을 지지하는 플레이어가 발생하지 않게끔 촬영을 해 놔야겠군…….'

눈물로 젖은 레쉬의 시야가 목격하는 모든 광경이 동영상으로 녹화되기 시작했다.

탁… 탁탁탁.

설렘과 흥분 탓에 손이 벌벌 떨린다.

몇 년 동안 매일같이 눌러온 캡슐 조작 버튼을 누르기 힘들 정도다.

딸칵.

1분간의 방황 끝에 자리 잡는 손가락.

치이이이익-

SF 영화의 효과음을 연상시키는 기계음과 함께 캡슐의 뚜껑이 열렸다.

그것은 안식처.

지옥보다 못한 현실로부터 유리될 수 있는 유일한 공간이다.

"루나……."

아그너스가 휘청, 쓰러지듯이 캡슐에 앉았다.

'곧… 이제 곧…….'

전날, 2회 연속 사망으로 강제 로그아웃 당했던 아그너스.

그가 밤새 잠들지 못한 이유는 격한 환희와 감동 때문이었다.

연인과의 재회.

그 유일한 염원이 이제 곧 이루어진다.

'…이 세계에서만큼은.'

내가 너를 지킨다.

공허한 다짐과 함께, 아그너스의 의식은 Satisfy로 전송

됐다.

지옥의 심처에서 깨어난 그를 기다리는 것은…

-드디어 시작하는 것이냐?

옥좌에 기대어 앉은 바알이었다.

새카만 그늘에 가려진 그의 얼굴을, 아그너스는 엿볼 수 없었다.

하지만 알 것 같았다.

놈은 웃고 있다.

나를 비웃는 중이다.

조롱하고 경멸할 준비가, 놈은 이미 되어 있었다.

알면서도.

"사자(死者) 창조."

아그너스는 스킬을 전개했다.

그것은 그리드의 아이템 창조, 크라우젤의 검술 창조와 같은 궁극의 스킬.

아그너스는 시스템을 상대로 여러 질의 과정을 거쳐야만 했다.

급기야.

"나는… 나는 루나 카롤린을……."

꾸욱…….

연인의 초상을 쥔 아그너스의 메마른 손에 힘이 들어갔다.

차마 말을 잇지 못하는 그의 시야가 뿌옇게 번지고 있었다.

시스템이 요구하는 대답은 '부활시킨다.'가 아닌, '만든다.'였으니까.

그래, 시스템은 계속해서 알려 주고 있었다.

너는 옛 연인을 부활시키고 있는 게 아니다.

그저 옛 연인의 모습을 빌렸을 뿐인 시체를 창조하고 있을 뿐이다.

그들은 전혀 다른 존재다.

네가 만들 시체에는 그 어떤 기억도, 추억도 없을 것이다.

몸도, 마음도 차가울 것이다.

시체의 몸속에 흐르는 것은 붉고 뜨거운 피가 아닌 썩은 오물일 것이며, 시체의 마음에서 순환하는 것은 너에 대한 애정이 아닌 증오일 것이다.

명심해라.

둘은, 다르다.

경고에 가까운 가르침들이 아그너스의 마음을 난도질했다.

"나는……"

"루나 카롤린을……"

"…만들겠다."

힘겹게 말을 잇는 아그너스.

그의 대답과 함께 기적은 발생했다.

제단 위에 놓여 있던 생명의 돌과 다크 엘프의 시신, 그리고 온갖 것의 피와 뼈가 소용돌이치며 하나로 합쳐졌다.

쏴아아아아아아아!

검은빛이 폭사한다.

죽음이 태어난다.

"아… 아아아……."

아그너스의 머릿속이 새하애졌다.

이성(理性)이 암전됐다.

그는, 자신의 기억 속 연인과 꼭 닮은 사자를 소중하게 끌어안았다.

"루나……."

"……."

[사자 창조의 재료 중에 변질된 물품이 있었습니다.]

[창조한 사자의 등급이 기준보다 낮게 책정됩니다.]

[당신이 창조한 사자, '루나 카롤린'의 등급은 레어입니다.]

[낮은 등급 판정으로 인해 '루나 카롤린'은 형편없는 지적 능력을 갖게 되었습니다.]

[낮은 등급 판정으로 인해 '루나 카롤린'은 쉽게 손상되는 육체를 갖게 되었습니다.]

온갖 알림창이 떠오르고 있었다.

하나같이 불쾌한 내용들이다.

하지만 아그너스는 개의치 않았다.

'나의 루나'는 세계에서 가장 소중하니까.

아아, 어찌 그녀에게 가치를 논할 수 있겠는가.

-인간은 정말로 쉽게 도망치는군.

옥좌 위 바알이 음침하게 웃었다.

† † †

소름 끼칠 정도로 기괴하고 은밀한 촉수들이 땅에서 솟구쳐 올라온다.

계절에 어울리지 않게 단풍이 떨어진다 싶더니 폭발한다.

지독한 악취를 내뿜는 꽃들이 여러 감각을 마비시킨다.

"촉수에게 사이좋게 끌려가고 싶지 않으면 산개해! 산개하라고!"

"하지만 화살비를 막으려면 뭉쳐야……!"

뇌신 카일의 명령으로 세계수의 숲을 침략한 검은 발 기사단.

그들은 숲의 초입부터 위기를 겪었다.

듣도 보도 못한 식물들에게 행군을 방해받는 동시에 수백 명 엘프들이 숨어 쏘는 화살 세례를 막아 내야 했으니 숨 쉴 틈도 없이 방패와 검을 휘둘러야 했다.

"허억… 허억……."

말단에 불과한 레쉬는 벌써 큰 중상을 입고 있었다.

'하이 랭커'라는 구분은 어디까지나 플레이어 사이에서나 통용되는 것.

그리드와 코크의 도움 덕분에 히든 퀘스트를 클리어하고 레벨이 급격히 상승, 어느새 367레벨을 코앞에 둔 그였지만 이곳에선 하수에 불과했다.

하늘을 전부 가릴 정도로 울창한 거목 위에 숨은 채 화살을 쏘는 저 엘프들조차도 대부분 레쉬와 레벨이 비슷하거나 더 위일 정도였다.

'본대의 수준은 다르다 이건가. 이쯤 되면 카일도 당황하고 있겠군.'

눈을 노리고 날아온 화살 한 발을 견갑으로 간신히 막아 낸 레쉬가 주위를 살폈다.

방어에만 급급한 동료들의 모습이 보였다.

듀란달 황자가 총애하는 실력자들조차도 이상적인 요새의 형태를 이루고 있는 세계수의 숲에서는 무력했다.

'이건 못 뚫어.'

숲 일대를 빙 둘러싸고 있는 가시 넝쿨은 해자요, 진격로를 차단하는 수풀들은 바리케이드, 높이 솟은 거목들은 수천 년의 세월이 빚어 낸 성벽이다.

성벽 사이사이에서 기어 나오는 맹수들은 몬스터보다 몸

집이 더 컸고, 성벽 위에 자리 잡은 엘프들은 하나같이 명사수였으니 누가 감히 이곳을 무력으로 돌파할 수 있겠는가?

'전 황제들은 엘프족을 이곳에 가둬 놨던 게 아니야.'

침범하지 못했다, 라는 표현이 훨씬 더 적합하다.

천하의 적기사단조차도 이곳에 발을 들인다는 게 자살행위라는 걸 알고 있었겠지.

깨닫는 레쉬의 입꼬리가 말려 올라갔다.

'쌤통이구나, 카일.'

단지 무력으로 짓밟으면 된다는 너의 판단은 어리석은 오판이었다.

이들은 네게 무참히 살해당한 선임 기사보다 더 강하고 까다로운 상대다.

대화를 우습게 여기고 무시한 너는 일벌백계 받을 것이다.

듀란달 황자가 너의 실패를 통해 배우고 야욕을 버릴 것이다…….

그래, 모든 것이 올바르게 흘러갈 것이다.

우리와 카일이 실패하고 엘프들의 저력이 만천하에 공개되는 순간.

다른 왕국들도 더 이상 엘프를 좌시하지 못하고 그들과 대화를 시도하며 진정한 화합을 이루리라.

'정의'를 수호하고자 기사가 된 레쉬는 그렇게 믿었고, 바랐다.

 앞으로 내가 베어야 할 적은 오직 흉포한 악의 무리여야 한다고 그는 생각했다.

 저 아름답고 가여운 엘프들과는 더 이상 싸우고 싶지 않은 게 그의 솔직한 심정이었다.

 하지만.

 채앵-!

 레쉬는 엘프들의 화살에 목숨을 내어 주지 않았다. 사력을 다해 칼과 방패를 휘두르며 버텼다.

 싸우고 싶지 않은 마음이야 어찌 됐든, 그는 끝까지 살아남을 각오였다.

 그릇된 무력을 휘두르는 카일과 그로 인해 희생당하는 기사들의 모습을 최대한 두 눈에 담아야 했으니까.

 순간.

 콰지직-!

 전류의 줄기가 레쉬의 뺨을 스치고 날아가더니 거목 위에서 폭발했다.

 "악!"

 짧은 단말마의 비명과 함께 3명의 엘프가 후두둑, 떨어져 죽는다.

 "……?"

 뒤를 돌아 본 레쉬가 깜짝 놀랐다.

후위에 선 카일은 조금도 동요하는 기색이 없었다.

견고한 요새와 같은 숲의 저력을 미리 예상하고 있었다는 눈치였다.

"힘을 아껴 두고 싶었지만, 조금 도와주도록 하지."

파치직!

카일의 전신으로부터 전류가 방출되었다.

마법왕 골드히트의 대마법을 연상시키는 전류의 파도가 사방팔방으로 뻗어 나가 숲 일대를 한 번 관통했다.

그러자.

툭!

투두두두두둑!

기사들과 얽힌 채 싸우던 짐승들, 기괴한 촉수를 휘두르던 식물들, 거목 위에 숨은 채 화살을 쏘던 엘프들 모두 감전되어 바닥 위를 나뒹굴었다.

대단위 광역 스킬이 집단 마비 사태를 유발한 것이다.

그리드가 소환한 청룡의 낙뢰 세례를 연상시키는, 아니 하늘로부터 내리쳤던 그것보다 훨씬 더 신속하고 효율적인 뇌전의 파동이었다.

"후두둑 떨어지는 모양새가 아침녘의 하루살이들을 보는 것 같지 않나?"

거목에서 추락한 수백 명의 엘프들을 비웃은 카일이 멍하니 선 기사들을 재촉했다.

"마비에서 풀리기 전에 사살하는 편이 쉬울 텐데?"

"크음······."

기사들은 망설이면서도 쓰러진 엘프들에게 다가갔다.

기사 된 도리로서, 저항조차 못하는 이들에게 검을 꽂는다는 것은 영 꺼림칙한 일이었으나.

'이들은 적.'

'죽이지 않으면 우리가 죽는다.'

전쟁에서 도리를 논하는 건 우습다.

기사들로서도 선택의 여지가 없었다.

쓰러진 엘프들의 독기 어린 시선을 애써 외면한 그들이 검을 역수로 쥐기 시작했다.

학살의 서막이 오르려고 했다.

바로 그때.

"기사는, 정정당당하게 승부해야 한다!"

누군가가 낡은 기사도의 한 구절을 외쳤다.

"기사는, 무저항인 자를 참살해선 안 된다! 그것은 전장에서도 마찬가지이다!"

말단 기사 레쉬의 소행이었다.

"······."

기사도의 구절 중에는 현실적이지 못한 것이 많다.

폼생폼사.

기사도는 폼에 죽고 폼에 사는 기사들이 만든 이상(理想)

이니만큼 비효율과 비현실의 극치가 담겨 있다고 봐도 무방하다.

사람들이 기사도를 고리타분하다며 비웃는 이유다.

하지만 대부분의 기사들이 기사가 된 이유는 그 기사도에 반해서였다.

"……."

레쉬의 외침이 수백 명 기사들의 행동을 정지시켰다.

찰나.

1초조차 못 되는 찰나였다.

푹-!

푸콱!

서걱!

"꺄악!"

"컥!"

"윽……."

잠시 망설이는가 싶던 기사들이 일제히 살육을 개시했다.

그들은 저항하지 못하는 엘프들을 찌르고, 베며 확실하게 죽여 나갔다.

기사가 되고 한참의 세월이 흐른 지금.

그들에게는 이상보다 소중한 현실이 생겼으니까.

이상 따위는 밥을 먹여 주지 않는다, 라는 사실을 그들은 이미 수십 번이고, 수백 번이고 체험한 바 있다.

2인자의 저력 • 273

그들에게도 지켜야 할 가족이 생겼다.

무엇보다도.

"주인의 명령은 도리보다 위다."

기사도의 마지막 구절이 그들에게 현실과 타협할 수 있는 핑곗거리를 만들어 주었다.

"아……."

교차하는 단말마의 비명.

나무와 땅을 적시는 붉은 피.

거대한 숲을 잠식해 나가는 눈물과 증오.

끔찍한 살육의 현장을, 레쉬는 그저 멍한 얼굴로 지켜보았고.

"레쉬! 정신 차려라! 놈들을 죽이지 않으면 우리가 죽는다!"

기사들은 레쉬의 손에 강제로 검을 쥐였다.

꽉 막힌 녀석.

처음 본 그날과 마찬가지로 여전히 정의를 외치는 막내 기사가 그들은 싫지 않았다. 그대로 변치 않았으면 좋겠다는 생각도 종종 했었다.

하지만 기사들은 또 어쩔 수 없이 현실과 타협했다.

레쉬에게 살육을 강요했다.

레쉬가 태도를 바꾸지 않으면, 저 분노한 카일에게 처형당할 것이 뻔했기 때문이다.

"레쉬! 어서!"

카일이 점점 가까이 다가오고 있다.

그의 이글거리는 시선이 레쉬의 뒤통수를 꿰뚫듯 노려보고 있다.

초조해진 기사들이 레쉬를 재촉했지만 레쉬는 여전히 멍하니 있었다.

그는 깊은 회의감을 느꼈다.

씨발, 내가 왜 여기서 이딴 짓을 하고 있어야 하는지 그는 도무지 이해할 수가 없었다.

Satisfy를 시작한 계기는 어려서부터 동경해 온 영화 속 기사를 체험하고 싶어서였다.

그리고 Satisfy는 게임이다.

게임은 사람을 즐겁게 하고자 만들어진 수단이다.

근데 왜.

왜 매번 이렇게 X같은 일을 겪어야 하는 거지?

'그냥 접을까?'

빠드득, 레쉬의 이가 갈림과 동시에 카일이 레쉬의 등 뒤에 다가와 섰다.

전류를 머금은 카일의 손이 레쉬의 목을 겨눴다.

"이단 다음에는 반역자인가. 개혁이 필요한 조직이군."

"닥쳐!"

몇 년 동안 나를 챙겨 줬던 선임 기사, 벨.

2인자의 저력 • 275

카일에게 허무하게 살해당한 그의 모습을 떠올린 레쉬가 억눌러 왔던 분노를 폭발시켰다.

온 힘을 다해 소리치며, 젖 먹던 힘까지 쥐어짜 등 뒤로 검을 휘둘렀다.

물론 무의미했다.

공작을 초월한 것이 분명하다, 라는 평가를 듣고 있는 뇌신 카일이 고작 일개 플레이어의 공격을 허용할 리 없었다.

레쉬의 검을 가볍게 피해 낸 카일이 전류를 방출했다.

"약함은, 죄다."

아직 아무도 모르는 사실이지만, 카일은 무신의 추종자이다.

그는 힘의 논리를 너무나도 당연하게 읊었고, 레쉬는 통감했다.

'그리드 님이었다면 이놈의 재수 없는 면상을 후려쳐 줬을 수도······.'

본래, 끝까지 이어질 수 없는 생각이었다.

카일은 이미 전류를 쏘았고, 그것에 관통당한 레쉬는 진즉에 죽었어야 했다.

"······?"

내가 살아 있다고?

당황한 레쉬가 뒤늦게 정신을 차렸다.

낯선 것 같으면서도 낯설지 않은 뒷모습이 보였다.

허리까지 내려오는 백발을 흩날리는 여성.

철판을 몇 겹이나 덧대 만든 풀 플레이트 아머와 커다란 방패, 그리고 검과 엄숙한 자세가 알려 주고 있다.

그녀 또한 기사다.

심지어 이 자리의 누구보다도 고결한 기사.

"메르세데스… 님?"

"그대의 신념, 훌륭했다."

적막으로 물든 숲에 아름다운 목소리가 울려 퍼진다.

전류를 방패로 흘려 보낸 전설의 기사가 백호의 기운이 담긴 검을 휘두르자 카일의 머리카락이 우수수 베어서 떨어져 내렸다.

"네놈……?"

수치심에 도끼눈 뜬 카일이 반격하려다가 행동을 멈췄다.

이제는 골동품이 된 2세대 전 레드 아머.

그것을 무장한 기사 3명과 푸른 망토의 금발 사내가 메르세데스의 좌우로 떨어져 내렸기 때문이다.

"뭐야, 뭐야? 근처를 지나는 김에 세계수한테 인사한다고 들렸던 거잖아? 근데 왜 적이 있어?"

"꼬맹이 메르세데스, 네가 우리를 부려 먹으려고 작정을 했구나?"

"우연입니다."

레드 아머의 기사들은 전장 한가운데에 난입해 놓고도 평범한 대화를 나눴다. 두려워하거나 긴장하는 기색 따위 조금도 없었다.

도리어 카일이 조금 긴장한 눈치였다.

그야 그럴 것이.

"전기뱀장어 카일인가. 못 본 새 많이 컸군."

"아스모펠……!"

이들은 제국의 황금기를 이끌었던 2대 전 적기사단, 그중에서도 솔로 넘버 나이트였으니까.

† † †

바사라가 황제로 즉위하고 가장 먼저 한 일은 제국의 지난 과오를 시인하고 사죄하는 것이었다.

그래야만 앞으로 나아갈 수 있었으니까.

과거의 제국에는 내가 없었다. 과거의 제국이 저지른 모든 악행과 잘못, 그리고 실수는 내가 범한 것이 아니다. 내게는 그저 지나간 역사일 뿐이다…….

이와 같은 핑계들로 지난 세대의 잘못을 외면하고 책임을 짊어지지 않는다면, 제국에게 희생당한 피해자들은 누구에게 위로받고 원한을 달래겠는가? 그들과 그들의 후손에게 뿌리내린 상처는 누가 지워 줄 수 있겠는가? 그들과 함께 미래를 논할 수 있겠는가?

대륙의 화합과 평화를 위해서는 자신이 모든 책임을 짊어져야 한다는 사실을, 바사라는 알고 있었다.

"아니, 이럴 수가······."
검은 발 기사들의 눈빛이 크게 흔들렸다.
얼굴 중앙에 세 줄기의 검흔이 아로새겨진 여성, 왼쪽 귀가 없는 키 작은 남성, 양쪽 눈 색깔이 다른 노인.
구형 레드 아머를 무장하고 있는 그들의 정체를 기사들은 알고 있었다.
아멜다, 켄트릭, 단테.
그들은 피아로와 함께 제국의 황금기를 이끌었던 솔로 넘버 나이트.
검은 발 기사들의 우상이었던 용사들이다.
"감사드립니다··· 빛의 여신께 감사드립니다······."
기사들이 갑자기 기도를 올리기 시작했다.
그들은 감격에 떨고 있었다.
새 황제 바사라가 밝혔던 진실 덕분에 그들 또한 알게 된 것이다.
피아로와 적기사단은 반역자가 아니었음을.
그들은, 여전히 영웅이었다.
"아멜다 경! 켄트릭 경! 단테 경! 다시 뵙게 되어 영광입니다!"

급기야 무릎까지 꿇은 기사들이 일제히 소리쳤다.

그들의 눈시울은 붉게 젖어 있었다.

억울한 누명을 쓰고 반역자로 내몰린 영웅들.

평생을 헌신했던 조국에 배신당하고 가족을 잃은 그들이 지난 세월 동안 겪어 왔을 분노와 증오, 슬픔을 기사들은 감히 헤아릴 수 없었다.

다만 그들이 살아 있음에 감사하며, 조국에게 상처받은 그들의 마음이 조금이라도 회복되게끔 존경하는 일이 할 수 있는 최선이라 믿을 뿐이다.

아멜다가 헤헤 웃었다.

"뭐야, 뭐야? 진짜였네? 우리 누명 완전히 풀렸네?"

켄트릭은 침중한 목소리로 읊었다.

"몇 년 전까지만 해도 우리를 죽이겠다고 쫓아다니던 놈들이 이제 다시 선배 취급이라……."

"……."

단테는 침묵했다.

셋 모두 썩 반기는 눈치는 아니었다.

도리어 황당하고 불쾌한 기색이었다.

당연하다.

이미 모든 것을 잃은 상태에서 누명이 풀렸다고 해 봤자 반가울 리 없다.

함께 기뻐해 줄 가족도, 동료도 이제는 남지 않았으니까.

남은 것은 원한뿐.

우리에게 검을 겨누고 우리의 가족을 해쳤던 제국의 모든 병사와 기사들에게 복수하고 싶은 것이 그들의 솔직한 심정이었다.

"진정하세요."

웃는 낯으로 살기를 피어 올리는 아멜다를 제지하는 메르세데스.

이미 그녀는 상황 파악을 끝내고 있었다.

'바사라 황제는 제국에 피해를 입었던 모든 국가와 민족들에게 사죄와 배상을 진행하고 있으니 제국의 국고가 텅텅 비어 가고 있을 터. 온건파가 그녀를 비난하며 듀란달에게 붙었고 그 과정에서 카일까지 손에 넣은 듀란달이 타 왕국들과 교섭하기 위해서 엘프 처단을 선택한 거군.'

이처럼 완벽한 추측이 가능한 이유는, 메르세데스가 듀란달 황자의 성격을 알고 있기 때문이다.

그녀는 첫 번째 기사였던 만큼 황족과의 만남이 잦은 편이었고, 듀란달의 성격상 바사라를 인정할 리 없었으니 상황을 통찰하기가 쉬웠다.

'싸움을 피할 수 없겠어.'

과거, 내 주군 그리드께서는 엘프들을 지키고자 싸우셨다.

주군께서 지켜 낸 그들을 지키는 건 나의 당연한 소명이다.

생각한 메르세데스가 카일에게 시선을 돌렸다.

다섯 기둥 중에서도 유난히 쥬앙데르크의 총애를 받았던 인물.

당시에는 기둥 중 최약체로 평가받았으나 잠재력 하나만큼은 대단했던 사람이다.

'전보다 많이 강해졌을 테지. 신중하게 상대해야 한다.'

템빨국과 제국은 동맹 관계를 구축하고 있다.

본래 서로 싸우면 안 된다는 뜻이다.

하지만 템빨국과 동맹을 맺은 주체는 바사라 황제이며, 듀란달 황자는 바사라로부터 황좌를 뺏고자 호시탐탐 노리고 있다.

듀란달 황자의 부하들과 싸워도 국제 문제로 번질 우려는 적다.

메르세데스가 계산을 끝내는 순간.

"내려다보는 듯한 말투는 관둬라."

메르세데스와 마찬가지로 상황을 살피고 있던 카일이 입을 열었다.

그 또한 상황 파악을 끝낸 눈치였다.

"10년 넘게 폐인으로 허송세월한 퇴물 주제에 여전히 나를 애송이 취급하는가."

잠시 굳어 있던 카일의 얼굴에 여유가 돌아왔다.

전류를 흘리며, 근엄한 표정과 말투로 아스모펠을 쏘아

붙였다.

아스모펠이 씁쓸한 미소를 지었다.

"나는 너를 내려다본 적도, 애송이 취급한 적도 없다. 다만 정말로 많이 컸기에 감탄했을 뿐이야."

아멜다가 끼어들었다.

"헤헷, 헷. 맞아. 카일은 또래보다 왜소했었잖아. 근데 이젠 완전히 어른이 됐네. 그건 그렇고, 안 어울려. 카일은 모범생 아니었어? 항상 모두에게 존댓말하고 예의 바르게 행동했었잖아? 근데 그 말투랑 표정은 뭐야? 응, 응? 못 본 새 높은 사람이 된 거야?"

"그게 애송이 취급이라는 거다. 아멜다, 당신은 전혀 변하질 않았군. 다 늙은 할망구 주제에 여전히 애 같은 말투를 쓰다니, 수치심을 모르는가? 아니면 도망자로 지내는 동안 머리라도 다친 건가?"

"뭐어? 나는 아직 삼십, 삼십대라구! 할망구 아니야!"

"큭……! 큭큭큭!"

카일이 갑자기 웃음을 터뜨렸다.

잠시나마 긴장했던 조금 전의 자신을 비웃는 것이었다.

그는 생각해 보았다.

피아로가 이끌었던 적기사단의 부단장이자 제국의 기둥이었던 아스모펠, 다섯 번째 기사 아멜다, 일곱 번째 기사 켄트릭, 아홉 번째 기사 단테.

과거의 그들은 눈부시게 강했었다.

이제 막 황제의 눈에 띄었을 무렵의 자신은 감히 그들과 눈조차 맞추지 못할 정도였다.

하지만 15년도 더 전의 일이다.

지난 세월 동안 아스모펠은 마법과 약물에 절어 있었고, 나머지 세 사람은 제국의 추격을 피해 도망 다니느라 정신적으로도, 육체적으로도 지친 상태였다.

그들 모두 전성기 시절의 실력을 상실했어도 이상하지 않다.

아니, 설령 전성기 시절의 실력을 되찾았거나 그 이상으로 발전했어도 문제는 없다.

카일은 압도적으로 강해졌으니까.

전 황제의 비호 아래 노력해서 적기사를 넘어서는 '기둥'이 되었고, 최근에는 무신 제라툴에게 선택받아 각성을 맞이했다.

〈초월자〉의 영역에 발을 들인 것이다.

그가 봤을 때 이 불청객들 중에서 경계해야 할 상대는 단 한 명, 전설의 기사 메르세데스밖에 없었다. 심지어 그녀조차도 전설이 된 지 몇 해 되지 않아 아직 완숙하지 못했다.

이들을 상대로 긴장할 필요 따위, 전혀 없는 셈이다.

"아스모펠."

한참을 웃던 카일이 입을 열었다.

"생각해 보니 네놈의 인성은 예전부터 최악이었지. 사람을 전기뱀장어라고 부르질 않나, 열등감에 친구 피아로를 배신하고 누명을 씌우질 않나. 하지만 아무리 네놈이라도 이렇게까지 염치가 없을 줄은 몰랐다. 네놈으로 말미암아 반역자로 낙인찍히고 가족을 잃은 옛 동료들을 이제 와 다시 불러 모을 줄이야. 나였다면 미안해서라도 그들과 재회할 생각은 꿈에도 못 꿨을 텐데 말이지."

카일은 예전부터 아스모펠이 싫었다.

내가 아직 황궁의 생활에 익숙해지지 못했을 무렵.

두렵고 위축되어 숨죽여 지내는 내게, 놈은 눈이 마주칠 때마다 손을 흔들며 전기뱀장어라고 지껄여 왔었다.

그럴 때마다 주변 사람들이 낄낄 비웃는 바람에 무척 불쾌하고 민망했던 기억은 여전히 카일의 뇌리에 생생히 남아 있었다.

카일은 복수하고 싶었다.

그래서 지금 이 순간 내 앞길을 가로막은 놈을 문답무용으로 죽이기보다는 한껏 조롱하고 비웃어 주었다.

한데 아스모펠의 반응이 예상과 달랐다.

화를 내거나 부끄러워하기는커녕, 그저 계속 씁쓸히 웃을 뿐이었다.

"내가 저지른 죄이기에 내가 책임지고자 재회했다. 내게는 이들을 만나야 할 의무가 있었어. 그리고 옛날의 내가 너를 그런 식으로 대했던 것은……."

아스모펠의 설명은 끝까지 이어지지 못했다.

콰자작-!

번개 같은 전류가 아스모펠이 섰던 자리를 강타하고 있었다.

공격을 피하고자 도약한 아스모펠의 시선이 조용히 가라앉았다.

지상의 카일이 말해 왔다.

"시시해졌다. 너희는 선택해라. 이대로 떠날 것인지, 아니면 여기서 내 손에 죽을 것인지."

대답은 곧바로 들려왔다.

"이곳은 그리드 전하께서 지킨 땅. 버리고 떠나지도, 네게 죽지도 않을 것이다."

"좋다. 그럼 어디 살아 봐라."

스파아앗-!

카일을 중심으로 전류의 파동이 발생했다.

일대의 엘프들을 마비시켰던 대단위 마법이다.

전기란, 카일이 선천적으로 타고난 그의 고유한 속성.

유년기와 청년기의 카일은 남들과 다른 자신의 특성이 부끄럽고 두려웠지만 이제는 아니다. 자신의 힘을 완벽히 통제하고 군림할 수 있게 되었다.

쥬앙데르크라는 기연, 본인의 노력, 무신 제라툴의 가호 아래 비로소 그는 완전체가 된 것이다.

 [물리적인 방어가 불가능합니다.]

 [15,900의 피해를 입었습니다.]

 [5초 동안 마비됩니다.]

 "윽……!"

 메르세데스, 아스모펠, 아멜다, 켄트릭, 단테, 그리고 레쉬와 엘프들.

 카일이 '적'으로 인식하는 대상들을 관통한 전류의 파동이 무서운 효과를 발생시켰다.

 방패를 들어 막아도 무의미하게 감전된 레쉬가 파르르, 경련하며 자리에 주저앉았다.

 그의 떨리는 시선이 메르세데스 일행에게 향했다.

 그리고 보았다.

 메르세데스 일행이 각자 쏘아 낸 검기에 난도질당하는 전류의 파동을.

 "시시하군."

 켄트릭이 분노하고 있었다.

 "우리를 상대로 잡기를 쓰다니, 진심으로 우리를 퇴물로 보나 보군."

 아멜다도 뺨을 부풀렸다.

 "맞아, 맞아! 그동안 우리가 살아남으려고 얼마나 발악을 해 왔는데!"

단테가 처음으로 입을 열었다.

"우리가 겪어 온 역경을 조롱하지 마라."

"……!"

레쉬의 두 눈이 휘둥그레졌다.

3명의 기사가 전광석화와 같이 이동한다 싶더니 어느새 카일의 주변으로 접근, 공격하고 있었다. 그들 한 명, 한 명의 속도와 예리함이 '100년에 한 번 나올까 말까 한 천재'라고 불리는 검은 발 기사단의 단장급이었다.

쐐애애애애액-!

아멜다의 송곳 같은 단도 두 자루가 카일을 찔렀고, 카일이 발출하는 전류가 그것의 도달을 막아 냈다.

꽈앙-!

넓은 철판처럼 생긴 켄트릭의 대도가 카일의 정수리에 꽂히는 것처럼 보였지만, 카일이 땅을 차자 솟구쳐 올라온 바윗덩어리가 대도의 경로를 차단했다.

콰작!

땅을 참과 동시에 몸을 띄우는 카일의 가슴을 단테의 메이스가 스쳤다.

"아……."

레쉬는 물론이고 검은 발 기사단 전원이 넋을 잃었다.

1초 사이에 수차례의 공방을 펼치는 카일과 솔로 넘버 나이트들의 격전은 그들의 상식 수준 밖이었으니 감탄조차 못하는 것이다.

퍼펑-! 콰콰콰쾅!

공방은 쉬지 않고 이어졌다.

전류를 무기처럼, 갑옷처럼 다루며 계속 물러나는 카일을 3명의 기사가 바짝 추적하며 몰아붙이는 형세였다.

'몰라볼 정도로 강해지긴 했지만.'

'타고난 속성에 의지할 뿐인 전투 방법으로는.'

'수십 년 동안 생사를 넘어온 우리의 경험을 이길 수 없다.'

3명의 기사가 승산을 엿봤다.

카일은 모든 상황에 전류로 대처하고 있었고 검술 등의 무술은 일체 구사하지 않았으니까.

전류를 수족처럼 부린다면, 그것을 베어 내면 그만이다.

서걱-!

츠카카캌-!

머리 9개 달린 괴물처럼 갈라진 채 날뛰는 전류들을 3명의 기사가 일제히 베어 버렸다.

날카로운 3개의 검기가 허공을 수놓자 갈기갈기 찢겨 나간 전류의 잔류들이 그 주변을 맴돈다.

카일은 노출되었고, 그 틈을 놓칠 기사들이 아니었다.

각기 다른 형태와 궤도를 지닌 기사들의 무기가 카일의 급소에 꽂혔다.

아니, 꽂히는 듯 보였다.

"흥."

콧방귀 뀐 카일의 상체가 크게 뒤로 젖혀지더니 급기야 지면에 닿을 정도로 내려가자 기사들의 공격이 모조리 수포로 돌아갔고, 용수철처럼 튀어 오른 카일의 주먹은 마침 자신의 코앞을 스쳐 지나가고 있는 단테의 가슴을 정확히 노리고 꽂혀 들어갔다.

이때, 흩어졌던 전류들이 다시금 카일의 주먹에 응집되어 있었다.

퍼어어어어엉-!

풍선 터지는 소리가 울렸다.

피를 한 움큼 토한 단테가 기세를 잃고 땅에 처박혔다.

"제법……!"

이를 악문 아멜다가 카일의 양쪽 허벅지에 단도를 꽂았으나,

파지직-!

전류의 소용돌이가 휘몰아치더니 그녀의 작은 몸을 그대로 허공에 날려 버렸다.

틈을 노리고 쇄도해 왔던 켄트릭의 대도는 찰싹! 손뼉을 마주치는 카일의 양손에 붙잡혀 멈춰 버렸다.

세 기사들의 예상과 달랐다.

카일은 단지 자신의 속성을 단련하고 강화시켜 왔을 뿐만

아니라 놀라운 수준의 체술까지 습득하고 있었다.

그는 무신의 추종자였으니 당연하다.

"저런 괴물일 줄이야……."

과연 공작 이상의 실력자답다.

어쩌면 '대륙 최강'이라는 수식언을 붙여도 이상하지 않을 궁극의 실력자가 레쉬를 위축시켰다.

'변하는 건 없다.'

검은 발 기사단은 예정대로 엘프들을 학살하게 될 것이다…….

레쉬가 절망하는 그때였다.

"피어나라."

격랑에 휩쓸린 숲에 아스모펠의 청명한 목소리가 울려 퍼진다 싶더니.

스파아아아아앗-

커다란 꽃 봉우리가 카일의 몸 위로 떠올랐다.

투명하고 붉은 봉우리였다.

검기로 이루어진.

"……!"

기고만장하던 카일의 얼굴이 하얗게 질렸다.

이를 악 무는 그의 코와 귀에서 피가 뿜어져 나오고 있었다.

"죽이진 않겠다."

말하며, 화검 아스모펠이 착검하자.

퍼어어어어엉-!

카일의 몸 위에 떠올랐던 봉우리가 만개하며 아름다운 꽃이 피었다.

후두둑, 피가 숲을 적신다.

† † †

'그리드 님이 아스모펠 저자에게 검술을 배우신 건가?'

레쉬의 오해는 자연스러운 것이었다.

한 송이 꽃의 탄생과 종말의 과정을 고스란히 묘사하고 있는 아스모펠의 검술은 그리드가 비교적 최근부터 선보였던 검무, 〈화(花)〉의 최종적인 진화형처럼 보였으니까.

화검 아스모펠.

이제는 전설이 된 피아로와 함께 제국의 기둥이라 칭송받았던 그의 실력은 레쉬가 소문으로 들어 왔던 것만큼 대단했다.

콰쾅-!

쿠콰콰콰콰콰콰쾅!

카일을 감싸며 피어올랐던 꽃 봉우리가 만개하며 폭발한다.

비명과 통곡마저 허락지 않는 파괴력이 숲을 격동시켰다.

요란한 폭발 속에서,

푸화하하학-!

넝마가 된 카일이 튀어나왔다.

온몸에 피칠갑을 하고도 그는 전혀 기세를 잃지 않고 있었다.

아멜다, 켄트릭, 단테 세 사람의 두 눈이 휘둥그레졌다.

"뭐, 뭐야? 왜 저렇게 멀쩡해?"

"아무래도… 폭발하는 힘을 자력으로 밀어낸 듯하군."

"……"

세 기사는 알고 있다.

과거의 아스모펠이 2인자로 남을 수밖에 없었던 이유는 그의 검술이 지닌 한계 때문이었다.

오러(지금은 검기)로 폭발 에너지를 만드는 아스모펠의 검술은 강력한 광역 파괴력을 자랑하는 반면 단일 대상에게 비교적 약했고, 체력의 소모가 무척 컸다.

아스모펠이 피아로와의 승부에서 매번 패배할 수밖에 없던 이유다.

그래, 아스모펠은 피아로를 상대로 승리를 거둬 본 바가 없다.

하지만 피아로를 제외하면 그 누구에게도 지지 않았다.

왜?

폭발 시 힘이 분산되는 아스모펠의 검술을 보고 '위력이 아쉽다.'라는 감상을 남길 수 있는 사람은 피아로가 유일했으니까.

그렇다.

세 기사들의 기억 속 아스모펠은 '피아로를 넘지 못하되 세계를 발밑에 둔 사내'였다.

이제는 검호의 경지에 올라 검기까지 다루게 된 그의 검술을 정면으로 얻어맞고도 멀쩡한 오늘날의 카일은 괴물 그 자체라 할 수 있는 것이다.

'피아로 단장급······.'

전 황제 쥬앙데르크.

우리의 모든 것을 빼앗아 갔던 그 무능하고 어리석은 자가 카일만큼은 정확한 안목으로 선별했던 것인가.

불쾌함에 휩싸인 세 기사가 입술을 물어뜯는 순간이었다.

콰르르르릉-!

전격을 두른 카일이 아스모펠과 뒤엉켰다.

솔로 넘버 나이트 출신 기사들의 검술을 압도할 정도로 뛰어난 체술을 구사 중인 그는 아스모펠에게 간격을 내어주지 않고 파고들어 온몸을 무기로 휘둘렀다.

쩌정!

사선으로 내리찍히는 팔꿈치가 아스모펠의 견갑을 강타한다.

쐐액-!

아스모펠이 역수로 쥔 검이 카일의 반대편 주먹을 쳐 냄과 동시에 카일의 복부를 찌른다.

파지지지직!

무릎을 세워 아스모펠의 검날을 올려친 카일이 아스모펠의 견갑을 짓누르고 있는 팔꿈치에 전류를 집중시키자 찌리리릿, 아스모펠의 몸이 잠시 감전됐다.

퐈앙!

누가 봐도 고귀한 혈통.

아스모펠의 고운 얼굴이 주먹을 얻어맞고 뭉개진다.

쿠당탕탕!

나뒹구는 아스모펠의 푸른 망토가 흙에 더럽혀졌다.

궁신탄영의 수법으로 아스모펠을 따라잡은 카일이 요란하게 펄럭이는 푸른 망토를 붙잡아 당겼다. 그러자 아스모펠의 몸뚱이가 지면에 처박혔고, 움찔거리는 아스모펠의 미간에 꽝, 꽝, 꽝! 카일의 주먹이 연달아 내리꽂히기 시작했다.

"하핫……! 하하하하핫!"

카일이 희열에 휩싸였다.

그는 무신의 신탁을 받았던 순간을 떠올리고 있었다.

다른 기둥들과 비교해 초라했던 나.

급기야 어떤 괴물에게 한쪽 팔까지 잃고 자신감을 완전히 상실했던 내게 위대하신 신계서는 궁극의 무도를 제시해 주셨다.

덕분에 유적지를 떠도는 지난 몇 달 동안 7개의 비급을 습득한 카일은 신의 기적을 체험했다.

잃었던 팔을 되찾았을 뿐만 아니라 몸속에 흐르는 전류를 더욱 강화시키고 자유자재로 다룰 수 있게 되었다.

위대한 신께서 내려 주신 힘.

머잖아 나는 그랜드마스터를 뛰어넘을 것이며, 내 팔을 빼앗아 갔던 괴물을 두려워하지 않게 될 것이다.

궁극의 무도를 손에 넣는 순간 천하를 오시하리라…….

카일은 그렇게 믿어 왔고 이 순간 확신을 품게 됐다.

믿음을 실현시킬 수 있다는 확신 말이다.

실제로 그는 제국의 황금기를 이끌었던 솔로 넘버 나이트들을 홀로 압도하고 있었으니 황홀경마저 느낄 지경이었다.

"핫……?"

신나게 주먹을 휘두르던 카일이 웃음을 뚝 그쳤다.

그는 문득 이질감을 느꼈다.

아스모펠의 상태가 비교적 멀쩡했던 까닭이다.

계속 주먹에 얻어맞고도 두개골이 박살 나기는커녕 콧대조차 주저앉지 않았다.

'초월자의 피부?'

설마 이자는 자신의 순수한 재능만으로 초월의 경지에

올랐단 말인가?

아니, 그럴 리 없다.

그만큼 대단한 놈은 아니었다.

카일의 날카로운 시선이 아스모펠의 안면 일부를 감싸고 있는 푸른 망토에 꽂혔다.

'설마?'

이 망토가 내 공격력을 흡수하고 있다고?

고작 천 쪼가리가?

부정하면서도, 카일은 아스모펠의 망토를 붙잡아 벗겨 냈다.

휘몰아치는 망토의 틈새로 검날이 솟구쳤다.

"함부로 손대지 마라. 나의 왕께서 하사하신 보구다."

아스모펠의 음성은, 카일이 검에 가슴을 꿰뚫린 후에야 이어졌다.

흔들리는 카일의 상체를 어깨로 밀어내며 일어난 아스모펠이 검으로 반월을 그린 뒤 칼집을 집어 던졌다.

파지직!

카일이 베이는 순간 방출했던 전류가 검기를 담고 있는 칼집에 가로막혔고,

채챙-!

채채채채챙!

고작 2미터 높이로 던져졌던 칼집이 다시 지상으로 떨어

지는 일은 없었다.

칼집을 사이에 두고 공방을 펼치는 두 사람이 발생시키는 충격파와 자력이 칼집을 계속해서 허공에서 춤추게 만들었다.

스파아아아앗-!

수십 회의 공방이 펼쳐지는 동안 몇 송이의 꽃이 피었다가 졌다.

이를 악물고 검술을 구사하는 아스모펠의 검기가 빠르게 소모되어 갔다.

반면.

파직-!

파지지지지직!

격류처럼 휘몰아치는 카일의 전류는 조금도 기세를 잃지 않고 있었다.

카일에게 있어서 전류란 끊임없이 순환하는 힘.

소모되지 않는다.

무한한 동력이다.

츠칵-!

검기의 봉우리를 만개시켜 카일의 시야를 방해한 아스모펠의 검이 카일의 쇄골을 스치고 지나갔다.

회심의 일격이 빗나가자 아차 한 아스모펠이 급히 뒤로 몸을 날렸으나.

뻐어어어어엉-!

악착같이 쫓아온 카일의 손바닥이 아스모펠의 가슴에 얹어진다 싶더니 발경이 전개됐다.

땡그랑!

허공에서 춤추던 칼집이 드디어 떨어진다.

"쿨럭……!"

속이 진탕된 아스모펠은 비명을 삼켰지만 각혈하고 말았다.

내장이 온통 찢겨 나가는 듯한 고통 속에서, 그는 실감했다.

안쓰러울 정도로 위축되어 지냈던 청년은 이제 없다.

카일은 쥬앙데르크가 바랐던 것 이상으로 강해져 있었다.

1인자의 등을 좇던 2인자는 이제 없다.

나는 이제 2인자조차 못 된다.

누구에게나 똑같이 적용되는 시간을 나는 크게 낭비해 왔으니까.

나는, 정체되었다.

'그리드 전하를 조금만 더 빨리 만났더라면…….'

아니, 그리드 전하께서 나를 찾아오시기 전에 스스로 각성했다면.

아니, 마리의 꼬임에 넘어가지만 않았다면.

아니, 애초에 피아로를 시기하고 질투하지만 않았어도…….

오직 후회로 점철된 삶.

부끄러운 과거들이 주마등처럼 스쳐 지나간다.

이 순간.

"……."

아스모펠의 눈동자는 빛을 잃었다.

휘청, 뒤로 쓰러지는 그의 모습을 보고 얼굴이 하얗게 질린 레쉬가 잠자코 있는 메르세데스와 세 기사들에게 재촉했다.

"도와드려야 하는 거 아닙니까!"

"……."

"당신의 동료잖아요!"

제국 기사 중 아스모펠을 모르는 사람은 없다.

타락한 영웅.

질투에 눈이 멀어 친구와 동료를 팔아넘긴 배신자.

새 황제 바사라가 모든 진실을 밝힌 반작용으로 인해서 아스모펠은 오물을 뒤집어썼다.

더 이상 영웅이라 칭송받지 못하게 되었다.

하지만 적어도 이 자리의 기사들만큼은 아스모펠을 다시 동경하기 시작했다.

그가 과거에 배신했던 동료들과 함께하고 있다는 것은 지난날의 모든 죄를 대부분 용서받았다는 뜻.

그가 용서받고자 얼마나 큰 용기를 내었을지, 얼마나 큰 희생과 고통을 감수했을지, 레쉬와 검은 발 기사단은 어렴풋이 눈치채고 있었다.

기사들은 아스모펠을 진심으로 대단하다 느꼈고, 그가 힘들게 다시 잡은 기회를 통해서 과오를 씻어 낼 수 있기를 응원했다.

한데 죽게 생긴 것이다.

"이미 당신들은 저분을 용서하신 거 아닙니까?"

"……."

"근데 왜……! 근데 왜 돕지 않고 외면하는 겁니까!"

레쉬가 비난하듯이 소리쳤다.

그는 아스모펠과 아무런 친분이 없다.

아스모펠이 어떤 꼴을 당하던 그는 큰 감정을 느끼지 않아야 정상이었다.

그럼에도 불구하고 이토록 분개하는 이유는, 전투를 방관하고 있는 메르세데스와 전 솔로 넘버 나이트들이 '기사'이기 때문이다.

"아무리 미워도……! 기사가 동료를 버려선 안 되는 거 아닙니까!"

소리치는 레쉬의 시선은 메르세데스를 향하고 있었다.

기사를 불신했던 전 황제에게 유일하게 총애받았고, 그렇기에 템빨국으로 보내졌던 전설의 기사.

레쉬는 그녀를 동경했기에 비겁한 감정에 숨어 기사도를

등지는 그녀의 행태를 더욱더 용납할 수 없었다.

"당신은."

레쉬를 빤히 바라본 채 침묵하던 메르세데스가 드디어 입을 열었다.

그녀의 입가에는 정신을 현혹할 정도로 아름다운 미소가 번져 있었다.

"저분을 모르시는군요."

세 기사들의 기다렸다는 듯이 말을 이었다.

"부단장이 쉽게 당할 줄 알아?"

"저자는 내가 본 누구보다도 음흉한 인간이다. 그러니까 우리를 배신했던 거지."

"부단장을 죽이는 건… 우리가 될 것이다."

"……?"

쉽게 이해하기 힘든 말들에 어리둥절하던 레쉬의 두 눈이 부릅떠졌다.

카일의 공격을 연달아 허용하고 흙바닥을 몇 바퀴나 뒹굴던 아스모펠이 끝내 손에서 검을 놓치고 있었다.

기사가 검을 놓친다는 건 즉, 죽음을 뜻하는바.

"끝이다!"

승리를 확신한 카일이 전류를 계속해서 방출, 양손 끝에 모아 그것을 아스모펠에게 쏘았다.

아니, 쏘려다가 못 쏘고 신음을 토했다.

바닥에 엎드린 채 움찔거리고 있던 아스모펠이 생뚱맞게도 칼집을 던져 카일의 눈을 찌른 탓이었다.

"크악……! 이, 이 비겁한 놈!"

목숨을 구걸하듯이 개처럼 바닥을 뒹굴던 것은 아까 던져 놓았던 칼집을 회수하기 위함이었는가?

손에서 검을 놓친 것은 내 방심을 유도하고 칼집을 암기로 부리기 위함이었는가?

교전 중에 몇 번이고 벨트를 노출하며 그 어떤 암기도 갖고 있지 않음을 강조한 이유는 이 순간을 위한 밑작업이었고?

지독히도 음흉한 놈이다.

시야를 상실하고 뒷걸음치는 카일의 귓가로.

"나 같은 쓰레기에게 정정당당함을 바랐던가?"

아스모펠의 무심한 음성이 들려왔다.

빛을 잃은 그의 눈동자에는 모든 감정이 배제되어 있었다.

피아로와 동료들을 배신했던 그날처럼, 그는 도의를 버렸다.

다만 차이점이 있다면, 오늘날의 그는 단지 자신을 위해서가 아니라 그리드를 위해서 각오를 다지고 있다는 점이다.

"나의 왕께서 내게 반드시 살아 돌아오라 명하셨다. 그러니 나는 아직 죽을 수 없다."

솔직한 심정이야, 죽고 싶다.

아직도 옛 동료들과 시선이 마주칠 때면 부끄럽고, 미안하고, 고통스러워 당장 혀를 깨물고 자결하고 싶다는 충동이 느껴졌다.

하지만 왕께서는 아직이라고 하셨다.

그리드 전하께서는 내게 죽지 말라 하셨다.

그러니, 참아야 한다. 살아야 한다. 이겨야 한다.

[당신의 기사 '아스모펠'이 고유 특성 〈2인자의 저력〉을 발휘합니다!]

"…아스모펠?"

막 세계수의 숲에 도착한 그리드의 시야에 알림창이 떠오르는 그때.

그와 한참이나 떨어진 장소에서 피칠갑한 아스모펠은 카일에게 질문하고 있었다.

"혹시 이대로 물러날 생각은 없나? 템빨국과 제국은 동맹 관계를 맺었다고 들었다. 우리가 굳이 목숨을 걸고 싸워야 할 필요는 없다고 생각하는데."

"이제 와서 무슨 헛소리지? 너희는 내 앞길을 방해했고 내 명예를 실추시켰다. 무엇보다 너희는 나보다 약하니 힘의 섭리에 따라서 죽는 게 타당하다."

"그런가. 미안하군. 네가 나보다 강하므로 죽이지 않고 제압하긴 어려울 듯하다."

전성기의 아스모펠은 피아로를 제외한 그 누구에게도 져 본 적이 없다.

그의 '기준'이 피아로였기 때문이다.

어떤 상대를 만날지언정 무조건 피아로보다는 약했으니, 아스모펠은 자신이 피아로의 실력의 절반만 따라 할 수 있어도 상대를 꺾을 수 있다는 확신을 품어 왔고 실제로도 그래 왔다.

[당신의 기사 '아스모펠'이 목표로 삼아 왔던 1인자의 뒷모습을 떠올립니다.]

"무상농법 변화식."

구오오오오오-

측량할 수 없이 커다란 그림자가 일대를 집어삼킨다.

저 멀리 뚜렷하게 보이는 세계수의 가지만큼이나 거대한 기둥이 하늘에서부터 떨어져 내리고 있었다.

검기가 아닌 강기의 집약체였다.

"이게, 무슨?"

콰아아아아아아아아앙!

사색이 되는 카일을 그림자가 집어삼켰다.

제7장

삼제 이정

템빨

　네가 나보다 강하므로 죽이겠노라.
　아스모펠의 선언에는 심각한 어폐가 있었다.
　죽이고, 살리는 것은 강자의 권리인바.
　약자 따위가 생사여탈을 논하다니, 황당함을 넘어서 분노가 솟구칠 지경이다.
　'감히 힘의 섭리를 부정하는가. 이는 무신에 대한 불경이다!'
　무신의 기적을 체험한 시점부터.
　아니, 무신이 제시한 궁극의 무도를 엿봤던 시점부터 카일은 이미 광신도로 변해 있었다.

'도의와 법치는 무력 아래다.'

이와 같은 무신의 가르침에 완전히 교화된 그는 오직 무력만을 숭상했다.

'내가 네게 섭리를 가르치겠다. 너는 죽음으로써 배워라.'

이를 갈며 벼르는 카일.

그는 걱정할 변수가 없다고 장담했다.

아스모펠의 칭호 〈화검〉에서 화(華)의 의미가 무엇인지, 그는 알고 있었으니까.

'그것만 조심하면 된다.'

대부분의 사람은 모르는 사실이지만, 아스모펠의 검술은 꽃을 피울 때가 아니라 불꽃같은 광채를 불사를 때야말로 비로소 진정한 위력을 발휘한다.

충분히 주의를 기울여야 하며, 주의만 기울인다면 우리의 실력 차이를 감안해 봤을 때 당할 일은 없다.

꾸둑. 꾸두두둑……!

칼집에 맞아 함몰됐던 카일의 한쪽 눈이 빠르게 회복하기 시작했다.

실처럼 피어오르는 전류가 그의 피가 되고, 살이 되고, 뼈가 되어 주었다.

이미 오래전에 잃었던 팔을 재생시킬 때처럼 절정의 심법을 응용해 만들어 낸 결과였다.

무신 덕분에 익힐 수 있게 된 힘.

말 그대로 기적이다.

'화의 수법은 체력의 소모가 워낙 커서 비장의 한 수로 숨겨 뒀던 것일 테지만.'

어림도 없다.

내겐 통하지 않는…….

"무상농법."

"……?"

회복된 시야를 확인하며 아스모펠을 경계하던 카일이 귀를 의심했다.

무상검법.

그것은 피아로의 가문에 대대로 내려져 온 절기다.

피아로를 상징하는 힘이었다.

아스모펠이 무상검법을 사용할 줄은 꿈에도 몰랐…….

'…아니, 내가 잘못 들었나?'

너무 당황해서 잠시 착각했는데, 무상검법이랑 좀 다른 이름이었던 것도 같다.

찰나.

카일의 사고가 복잡하게 얽히는 가운데.

"변화식."

아스모펠은 1인자의 힘을 재현하는 데 성공하고 있었다.

쿠오오오오오오-!

"…이게, 무슨?"

파직! 파지지직!

메르세데스의 개입에 대비, 사방팔방에 거미줄처럼 펼쳐 놓았던 카일의 전류들이 동시다발적으로 진동하기 시작했다.

위험의 경고였다.

"……?"

숲이 어둠에 침식됐음을 한발 늦게 자각한 카일이 반사적으로 고개를 들었다.

그리고 목격했다.

하늘로부터 떨어져 내리는 거대한 기둥을.

'줄기?'

장미의 줄기가 수천, 수만 배 부피를 키우면 저러한 형태일까.

일대를 뒤덮으며 떨어지는 기둥에는 수천 개의 가시가 달려 있었다. 살짝만 스쳐도 몸이 양단날 것이 분명할 정도로 크고 날카로운 가시들이었다.

"괴상한 수법을 익혔구나!"

2인자의 저력.

1인자를 뛰어넘고 싶다는 열망이 개화시킨 아스모펠의 고유 특성은 카일도 모르는 힘이었다.

하여, 아스모펠이 재현 중인 농법(?)의 근간이 피아로임은 상상도 못한 그는 도리어 안도했다.

그러면 그렇지.

저놈이 피아로의 절기, 무상검법을 사용할 리 없지.

어디서 이름만 비슷한 괴상한 기술을 익혀서 사람의 간담을 서늘하게 만드는가?

파직! 파지지지직!

흥, 콧방귀 뀐 카일이 백열했다.

전류를 방출하며 공격 용도와 추진력으로만 사용해 왔던 그가 처음으로 전력을 선보였다.

그 자체가 전류가 되었다.

콰아아아아아앙-!

한발 늦게, 카일의 머리 위로 기둥이 떨어졌다.

카일을 흔적도 없이 집어삼킨 그것은 반경 약 20미터의 숲을 통째로 짓뭉개 버렸다.

"어… 어어……?"

"……."

〈혜안〉을 지녔기에 아스모펠의 능력을 간파하고 있었던 메르세데스.

그녀를 제외한 모두가 입을 떡하니 벌린 채 말을 잃었다.

아스모펠이 강한 건 알았지만 설마 이 정도일 줄이야?

한낱 인간의 힘으로 재해를 일으킨 아스모펠의 저력에 검은 발 기사단은 물론이고 전 솔로 넘버 나이트들마저 큰 충격을 받았다.

또한 플레이어 레쉬는 다른 의미에서 놀라고 있었다.

'저분도 농부였어?'

무상농법.

조회 수 수십억을 자랑하는 벨리알 레이드 영상에서 전설의 농부 피아로가 선보였던 극의.

그것을 설마 아스모펠도 사용할 줄이야…….

템빨국은 농부 양성소인가?

지금 이 자리에 모인 전 솔로 넘버 나이트들도 머잖아 농부가 되는 걸까?

레쉬가 진지하게 생각해 볼 때였다.

"허억… 허억… 엘프들을 피신시켜라."

침묵 속에서, 가쁜 숨을 몰아쉬던 아스모펠이 간신히 입을 열었다.

"녀석을 죽이지 못했다."

동시에.

번쩍!

벼락 한 줄기가 날아든다 싶더니 아스모펠의 가슴을 관통했다.

한 번이 아니었다.

번쩍! 번쩍! 번쩍!

벼락은 몇 번이고 연달아 내리쳤고, 그때마다 아스모펠의 몸이 넝마가 되었다.

급기야.

털썩!

아스모펠은 실 끊어진 인형인 양 맥없이 주저앉았다.

그리고 폭격이 멈췄다.

파직!

아스모펠의 곁에 멈춘 백광이 점차 인간의 형태를 갖춘다 싶더니 손이 뻗어 나왔다. 아스모펠의 금발을 우악스럽게 거머쥐는 그 손은 카일의 것이었다.

"네놈이 내게 온갖 수모를 안기는구나. 약한 주제에… 약한 주제에!"

꽈득!

카일이 이를 갈았다.

전류를 떨쳐 내고 인간의 모습으로 되돌아온 그의 몸은 절반 가까이가 뭉개져 있었다.

카일로서는 예상치 못했던 결과였다.

신체를 전류화시키면 물리력에 개입받지 않으며 모든 속성 저항력이 대폭 증가한다.

이와 같은 공식이 성립되기에 기둥에 맞아도 멀쩡할 줄 알았건만 아니었다.

검기보다 우위에 있는 어떤 기운의 집약체였던 기둥은 전류화한 카일에게도 중상을 입힐 정도로 강력한 파괴력을 발휘했다.

당연하다.

아스모펠이 재현한 피아로의 강기는 자연의 힘 그 자체.

대악마의 육체마저 소멸시켰던 힘이니 카일이라도 온전히 감당하는 게 불가능했다.

"크아아아아아!"

카일이 포효했다.

나보다 약한 상대에게 죽을 뻔했다.

힘의 섭리를 설파해야 할 내가 도리어 힘의 섭리를 부정하는 결과를 초래했으니 위대한 무신께 불경을 범한 셈이다.

무신께서 내게 실망하실 것이 분명하다.

두 번 다시는 궁극의 무도를 제시해 주지 않으실 수도 있다.

"놈……! 네노옴!"

온갖 불안과 분노가 카일의 이성을 뒤흔들었다.

그는 아스모펠에게 진심 어린 살심을 품었고, 거침없이 살수를 펼쳤다.

아스모펠의 목에 전류로 만든 창을 꽂아 넣었다.

물론, 그의 공격은 수포로 돌아갔다.

메르세데스가 나선 까닭이다.

꽈장-!

검기에 둘러싸인 방패가 전류의 창을 막아 냄과 동시에 궤도를 바꾸더니 카일의 턱을 때린다.

이어지는 후속타는 회전력이 실린 발차기였다.

털썩!

"……."

턱과 뒤통수를 연달아 얻어맞고 죽은 개구리처럼 자빠진 카일의 모습이 여러 사람들을 당황하게 만들었다.

3명의 솔로 넘버 나이트와 아스모펠을 홀로 이긴 것으로 모자라 재앙으로부터 살아남는 기염을 토해 낸 그가 이토록 쉽게 당하다니?

'…아니, 쉽게 당할 리 없다.'

검은 발 기사단이 부정했다.

카일이 죽기를 바라고 있는 레쉬조차도 마찬가지였다.

'너무 큰 상처를 입고 흥분해서 잠시 방심한 건가?'

역시나.

"크윽……! 제길! 빌어먹을! 하나같이! 하나같이……!"

카일은 용수철처럼 다시 벌떡 일어났다.

눈에 핏대를 세운 그가 왼쪽 팔 전체를 전류화시켜 채찍 삼아 휘둘렀다.

순식간에 벌어진 일이었다.

레쉬와 검은 발 기사단은 그저 '메르세데스의 머리에 어느새 벼락이 꽂혔다.'라고만 인지했다.

그 벼락을.

쩌엉-!

메르세데스는 방패를 세워서 막아 냈다.

"이런 미친!"

쩌엉! 쩌엉! 쩌엉!

카일이 채찍을 휘두를 때마다 검은 발 기사들이 보는 풍경에는 연신 벼락이 번쩍였다.

종국에는 수십 줄기의 벼락이 동시에 생성돼 메르세데스의 전 방위로 날아갈 지경이었다.

한데.

"……."

메르세데스는 상처 하나 없이 멀쩡했다.

작은 정전기조차 허용하지 않았다는 듯이, 결 고운 백발은 처음 모습 그대로 흐트러짐이 없었다.

카일의 말문이 막혔다.

음속에 가까운 전격을 모조리 막아 내는 메르세데스의 순발력과 민첩성이 황당했고, 물체를 관통하고 감전시키는 자신의 전류가 고작 방패 하나에 무효화되고 있었으니 혼란스러웠다.

심지어 철제 방패 아닌가.

'전류를 검기로 상쇄시킨다 해도 잔류는 남아야 정상이다.'

잔류가 방패로 스며들고, 급기야 갑옷까지 전이되어 메르세데스를 감전시키는 건 지극히 자연스러운 현상이 되어야만 했다.

한데 왜 모조리 차단당하는 거지?

이해할 수 없어 심화되는 혼란 속에서, 발악적으로 계속 채찍을 휘두르던 카일은 문득 깨달았다.

시야가, 흐려지고 있었다.

"아……."

카일이 자신의 몸을 내려다보았다.

갈비뼈가 모조리 뭉개져 홀쭉하게 들어간 허리가 반쯤 찢겨 나가 있었다. 덜렁거리는 왼쪽 어깨 아래로 백골이 드러나 있었다.

곧 죽어도 이상하지 않은 상태.

본능에 의거, 대부분의 전류가 상처 회복에 투자되고 있었으니 공격력이 약화될 수밖에.

심지어 상대가 혜안의 기사라면 나도 모르는 사이에 약점을 공략당하고 있었으리라.

'이건 안 된다.'

승산이 없다.

아스모펠에게 이만큼이나 큰 피해를 입는다는 건 계산에 없었다.

비틀.

한 걸음.

비틀.

두 걸음.

카일이 메르세데스로부터 천천히 물러섰다.

그는 계산하고 있었다.

'제아무리 오만한 12테라도 이쯤 되면 방관을 관두고 달려오고 있을 터.'

12테는 엉덩이가 무겁다. 매우 특별한 경우가 아닌 이상 자신의 자리를 철저히 지켰다.

그리고 숲이 크게 훼손된 지금이 바로 특별한 경우 중 하나였다.

'어서 이곳을 떠야 한다.'

아직 늦지 않았다.

검은 발 기사들을 방패 삼으면 메르세데스 한 명의 추격쯤이야 피할 수 있다.

하지만 12테들에게까지 포위당하면 진원진기마저 소모해야 할 것이다. 서둘러야 한다.

"퇴각한다. 시간을 벌어라."

카일이 명령하자.

"…싫습니다만."

"……?"

검은 발 기사들이 명령을 거부했다.

당황한 카일이 소리쳤다.

"나는 듀란달 전하의 대리인이다! 적어도 이곳에서는 너희의 주인인 셈이다! 너희는 기사임에도 주인의 명령을 거부하는가!"

격노하는 카일의 기세가 흉흉하다.

움찔하는 검은 발 기사들 사이에서 앞으로 나선 사람은 다름 아닌 레쉬였다.

"우리는 이미 한 번 기사의 도리를 어겼습니다. 바로 당신의 명령 때문이었죠. 이제 와서 또 한 번 도리를 등지는 일쯤, 어렵지 않습니다."

"도리를 논할 게 아니라 반역이다! 듀란달 전하가 네놈들을 살려 둘 것 같으냐!"

"여기서 싸워 봤자 죽는 건 같습니다. 어차피 죽을 거라면, 무의미한 살육을 피하는 쪽을 선택하겠습니다."

레쉬와 검은 발 기사들이 주변을 살폈다.

엘프들이 활을 겨눠 오고 있었다.

메르세데스 일행이 나타난 시점부터 그들은 이미 포위되어 있던 것이다.

어차피 살아남을 길은 없다.

"괘씸한 놈들… 네놈들을 모조리 찢어 죽여 주마……."

나는 어차피 죽지 않는다.

기사들을 방패로 삼을 수 없게 된 이상 큰 피해를 감수해야겠지만, 결국 도망칠 수 있다.

파직-! 파지지직!

카일이 진원진기를 끄집어내기 시작하자 그를 감싸고 있는 전류가 전에 없는 기세로 커져 갔다.

바로 그때.

슈슉! 슈슈슈슈슉!

회색 무복을 입은 정체불명의 인물들이 카일의 주변으로 떨어져 내렸다.

하나같이 두건으로 두 눈을 가리고 있었으니 그 꼴이 기이했다.

"카일이여, 우리는 신탁을 받아 그대를 구하러 왔다."

서대륙에서 활동 중인 무신의 추종자들이 등장한 것이다.

경이로운 경공술을 발휘한 그들은 그대로 카일을 데리고 떠나려 했으나.

"당신들, 도망 못 가요."

유리처럼 하얗고 투명한 검을 뽑아 쥔 메르세데스가 추종자들의 앞길을 가로막았다.

커으으으으으으으응!

"……?"

호랑이의 울음소리가 숲을 격동시켰다.

비처럼 쏟아지는 화살과 시야를 방해하는 수풀, 날카로운 가시덩굴과 울퉁불퉁한 바위.

모든 장애물을 유유히 돌파하던 무신의 추종자들이 균형을 잃고 쓰러지기 시작했다.

　"아……."
　검성 크라우젤과 템빨왕 그리드가 탄생시켰고 전설의 기사 메르세데스가 사용 중인 신검.
　〈천하를 짓뭉갤 고귀한 백호의 검〉이 자태를 드러내자 곳곳에서 탄성이 터져 나왔다.
　메르세데스의 피부처럼 희고 투명한 검신은 선(善)과 정의를, 손잡이 부분에 달린 왕관 모양의 너클 보우는 권력과 명예를 상징하고 있었으니 뜻깊은 예술품을 보는 듯했다.
　그래, 예술품.
　황제의 대전을 장식할 법한.
　하지만 실상은 어떤가.
　백호 검은 장식품 따위가 아니었다. 검을 구성하는 모든 요소가 전투에 특화되게끔 설계된 전쟁 병기였다.
　메르세데스의 군더더기 없는 동작과 맞물린 그것은, 이상속 공방일체의 경지를 현실화시켰다.
　커ㅇㅇㅇㅇㅇㅇㅇ웅!
　"……?"

백호 검의 포효와 함께 땅이 흔들리고 숲이 격동한다.

비처럼 쏟아지는 화살과 시야를 방해하는 수풀, 날카로운 가시덩굴과 울퉁불퉁한 바위.

모든 장애물을 유유히 돌파하던 무신의 추종자들이 균형을 잃고 쓰러지기 시작했다.

단 한 명.

두건으로 눈을 가린 것으로 모자라 양손에 구속구를 찬 사내 한 명만이 허공을 답보해 균형을 지켰다.

뿌옇게 일어나는 흙먼지를 가만히 바라보고 있는 그의 머리 위로 메르세데스가 떨어져 내리고 있었다.

꽈아아아아아앙-!

백호 검과 구속구가 충돌한다.

이어서 발생하는 충격파에 대지가 다시 한 번 출렁였다. 거센 폭풍이 주변의 수풀을 뿌리째 뽑아냈고 거목을 뒤흔들었다.

신의 격노가 세상을 덮친 듯한 광경이다.

'이게 바로 전설의 기사……!'

레쉬와 검은 발 기사들이 침음했다.

이 순간 그들은 개안하고 있었다.

조금 전까지만 해도 지존이라 믿었던 카일조차도 사실은 메르세데스의 아래였음을 깨달으며 우물을 벗어났다.

그들은 메르세데스의 움직임과 그 안에 담긴 의도를 단

하나라도 이해하고자 노력했다. 이해하는 순간 자신의 경지가 급격히 상승할 거라는 믿음이 그들에게는 있었다.

쩌정-!

메르세데스의 속도는 카일처럼 빠르지 않았다.

하지만 인간을 초월하고 있음은 분명했다.

레쉬의 눈으로는 좇을 수 없어야 정상인 속도였다.

한데 이상했다.

레쉬는 메르세데스의 움직임이 뚜렷하게 보였다.

너무나도 정교하기 때문에 도리어 명확히 보이는 것이다.

물론, 100번의 움직임 중 하나 정도가.

더군다나.

"흡……?"

양손을 꽁꽁 묶고 있는 철판을 휘둘러 메르세데스의 공격을 연속해서 방어하던 추종자가 희미한 신음을 터뜨렸다.

무조건 정직한 궤도로 날아오는 메르세데스의 공격을 쉽게 여기다가 낭패를 겪은 것이다.

메르세데스의 검술은 마치 세계수와도 같았다.

거대한 기둥은 올곧게 뻗어 있었지만 그 끝에는 수백, 수천 개의 가지가 달려 있었으니 변화무쌍했다.

첫 초식의 단순함에 현혹되어선 결코 안 되는 것이었다.

쾅!

추종자의 몸은 이미 멀찍이 날아가 둘레가 족히 5미터가

넘는 거목을 하나 꿰뚫고,

콰쾅!

그 뒤에 있는 거목을 또 하나 꿰뚫고,

콰콰쾅!

이어서 4개의 거목을 추가로 꿰뚫은 다음에야 멈췄다.

기사들은 그가 꿀럭, 붉은 피를 토해 내는 모습을 분명히 목격했다.

한데.

쩌정-!

추종자는 어느새 다시 제자리로 돌아와 메르세데스에게 발차기를 날리고 있었다.

카일을 지키는 추종자들을 돌파하고 카일의 목을 베기 일보 직전이었던 메르세데스가 그 탓에 실패하고 뒤로 한 걸음 물러섰다.

믿기지 않는 기염을 토해 낸 추종자가 처음으로 입을 열었다.

"그렇군. 그대가 이 대륙의 최강자인가."

질문 따위가 아닌 확신이었고,

"아니요. 저보다 강한 사람은 제가 알기로만 셋인걸요."

메르세데스는 부정했다. 서대륙 또한 넓다고 은연중에 말했다.

추종자의 입꼬리가 올라갔다.

"과연… 의미 없는 신탁은 없다라."

"……."

전투가 잠시 소강상태에 접어들었다.

추종자는 갑자기 지진을 일으킨 것으로 모자라 공격과 방어에 모두 특화된 여기사의 '검'과 변화무쌍한 검술을 견제할 방법을 궁리했고, 메르세데스는 눈앞의 존재들이 '무신의 추종자'라는 사실을 간파하며 그들의 '이성'을 경계했다.

'갈구노스의 사원에서 발견됐던 무신의 추종자들과 여러 면에서 비슷해. 사용하는 기술들을 보아 이들 또한 무신의 추종자가 확실하겠지.'

힘의 섭리에 심취해 있던 카일의 모습과 그런 카일을 '신탁'을 받아 도우러 왔다는 이들의 발언 등을 모두 종합해 봤을 때 가능성은 99.9퍼센트다.

다만, 한 가지 걸리는 사실은.

'사원의 추종자들은 이성이 없었어.'

갈구노스의 사원을 배회하는 무신의 추종자들의 실력에는 뚜렷한 한계가 있었다.

습득한 비급의 개수가 적어서가 아니다.

이성이 없다는 말은 즉 본능에 따른다는 뜻.

오직 비급에만 집착하는 사원의 추종자들은 기술을 응용하는 능력과 상대방의 감정을 파악하고 조절해 변수를 유발하는 능력 등, 머리를 써야 하는 모든 부분에서 약세를 보였고 그렇기에 강하지 못했다.

하지만 이들에게는 이성이 존재했다.

심지어 사원의 추종자들보다 더 많은 비급을 습득했음이 분명해 보였다.

'쉽게 봐선 안 돼.'

특히 구속구를 착용하고 있는 추종자.

저자는 눈을 가린 것으로 모자라 양손을 마음껏 사용할 수 없음에도 카일 이상의 실력을 선보이고 있다.

〈백호 울음〉에 당해 줬던 다른 추종자들 또한 만만하게 봐선 안 된다.

처음에만 잠시 방심했을 뿐이지, 이후 보여 주고 있는 몸놀림이나 태도가 모두 수준급이다. 최소 아멜다와 동급이라 해도 과언이 아니었다.

'이거 어쩌면 위험할 수도 있겠네요.'

메르세데스가 경각심을 품었다.

단지 상대가 강해서가 아니다.

그녀는 장소의 특이성까지 염두에 두고 있었다.

이곳.

세계수의 숲이 얼마나 위험한 장소인지 메르세데스는 경험해 봤으니까.

고대의 종.

나의 진원진기를 소모하게끔 만들었던 난적이, 이곳 어딘가에 도사리고 있다.

이곳에서의 방심은 곧 죽음으로 직결되리라…….

철컥.

생각하며, 메르세데스는 기수식을 취했다.

'되도록 빨리 승부를 내야겠어.'

듀란달을 배후에 둔 카일의 성향과 그를 비호하는 추종자들의 태도는 언젠가 반드시 전하께 해가 될 터.

확신한 메르세데스는 이 순간 자신의 역할이 무엇인지 확신하고 있었다.

카일과 그를 비호하는 추종자 전원을 처리할 것.

주군을 위한 일이다.

나의 목숨을 아껴선 안 된다.

"아멜다 님, 다른 두 분과 함께 아스모펠 님을 모시고 먼저 떠나 주세요."

청한 메르세데스가 왼팔을 뻗으며 한 바퀴 회전했다.

이때 그녀의 오른손에 쥐어진 검은 사선을 그리고 있었다.

쩌엉-!

백호 검이 구속구를 찬 추종자를 공격했고, 추종자는 이를 막았지만 목덜미를 덮쳐 오는 메르세데스의 왼손을 자각하고 급히 허리를 숙여야만 했다.

동시에 다리를 뒤로 올려 학처럼 뻗은 그는 메르세데스의 안면을 짓뭉갤 작정이었으나.

쿵!

구속구에 맞물린 백호 검의 무게가 갑자기 급격히 증가하자 견디지 못하고 자세를 무너뜨렸다.

이어서.

콰자자작!

돌기둥이 솟구치며 추종자의 어깨를 세게 때렸다.

'이거?'

이어지는 후속타까지 얻어맞은 추종자가 살짝 동요했다.

'설마 백호의 정기가 깃든 병기인가?'

사신수의 숨결로 만든 병기는 동대륙에서도 보기 드문 기보다.

어찌 그것이 서대륙에 있는가?

채챙-!

콰르르르르릉!

치열한 공방이 지속됐다.

결자해지한 메르세데스는 추종자에게 생각할 시간을 주지 않았다.

추종자도 쉽게 당해 주지 않았다.

그가 눈을 가린 이유는 감각을 일깨우기 위한 수련의 일환.

도리어 덕분에 메르세데스의 검술에 빠르게 적응하며 백

호 검의 변수에 주의했다.

꽈과광!

급기야 서로의 절기가 맞부딪치자 격랑이 발생했다. 기의 충돌이 두 사람 모두를 휩쓸었다.

휘청!

한 걸음 물러선 추종자가 격양된 목소리로 외쳤다.

"내 이름은 이정! 한때는 쫓겨난 신들을 섬겼으나 이제는 무신 제라툴을 섬기는 삼제 중 하나이다!"

추종자와 마찬가지로 한 걸음 물러선 메르세데스가 입가에 흐르는 피를 닦아 낸 뒤 응했다.

"저는 메르세데스. 위대하신 그리드 전하의 기사입니다."

쩌정-! 쩌저저저정!

이정의 구속구와 메르세데스의 백호 검이 수차례 다시 충돌한다.

그리고 이내 맞물렸다.

서로의 호흡을 느낄 수 있을 정도로 가까워진 두 사람이 대화를 이어 갔다.

"무신께서는 그대 같은 무재를 아끼신다. 그대 또한 무신을 만났을 터. 무신이 제시한 궁극의 무도를 엿보았을 터다. 한데 왜 무신이 아닌 인간을 섬기는 것이지? 소위 말하는 기사의 긍지 때문인가?"

"궁극의 무도보다는 궁극의 템빨이 더 위대해 보이더군요."

"템빨?"

"이미 신과 같은 위상을 갖추신 제 주군의 능력이죠."

"신과 같은 위상? 하핫! 재밌는 농담이군!"

"농담이 아닙니다. 그리드 전하께서는 당신이 섬기는 신을 초월하시게 될 거예요."

"오만함이 하늘을 찔러 미친 수준에 이르렀구나!"

"당신이 섬기는 신이야말로 오만의 극치를 달리고 있지 않나요? 궁극의 무도? 어떤 농부가 밭을 가는 모습을 보고도 감히 궁극을 자처할 수 있을까요?"

"확실히 미쳤군."

꽈광!

이정은 더 이상의 대화를 거부했다.

수련의 일환으로 눈을 가린 상태라 엿볼 순 없으나, 그는 알 것 같았다.

메르세데스.

지금 나와 겨루고 있는 기사는 필시 표독스러운 눈빛을 하고 있을 테지.

진정한 무인이란, 신에게 의존하지 않고 스스로 단련하고 수련하여 궁극을 엿봐야 한다는 낡고 광오한 사상을 지닌 채 말이다.

'아직 어려서 그런지 편협하군.'

인간은 신을 넘어설 수 없다.

나는 체험하고, 좌절해 보았다.

그렇기에 차라리 무신을 따르겠노라 결심했던 것이다.

"흑살광격."

──!

보기 드문 인재다.

편린을 통해서 무신의 위대함을 보여 준다면 동료로 삼을 수도 있지 않을까?

작은 기대를 품은 이정이 스킬을 전개하자 메르세데스의 시야가 암전됐다.

온통 암흑뿐인 세계에 섬전이 스친다 싶을 땐 이미 이정의 권이 그녀의 명치를 꿰뚫고 있…

…어야 정상이었다.

"……?"

흠칫 놀란 이정이 주먹을 회수하고 도약했다.

하지만 한발 늦었다.

예리한 검광이 그의 한쪽 발목을 끊어 놓았다.

이정의 음성이 떨렸다.

"혜안……? 혜안을 지녔다고?"

두 눈을 가린 이정이 감각을 연마하는 궁극의 목표는 심안을 개화시키기 위함이다.

한데 심안보다 상위에 있는 경지를 이미 지닌 자가 바로 눈앞에 나타난 것이다.

흥분한 이정이 소리쳤다.

"멜세데여! 그대에게는 궁극의 무도를 개척할 자격이 있다! 그대는 고작 인간 아래 있어선 안 되는 존재다! 그러니 우리와 함께……!"

"제 이름은 메르세데스예요."

"알고 있다! 발음이 잘 안 될 뿐이다! 아니, 논점을 흐리지 말라!"

"그리고."

"……?"

처음부터 끝까지.

카일이 한창 위용을 선보였을 때도, 아스모펠이 피아로의 힘을 재현했을 때도, 무신의 추종자들이 개입했을 때도, 심지어 스스로 죽음을 각오했을 때도 변치 않던 메르세데스의 표정이 처음으로 변했다.

담담했던 그녀의 얼굴 위로 노기가 서렸다.

"함부로 제 주군을 바꾸려 하지 마세요."

[당신의 기사 '메르세데스'가 새로운 기사도를 세웁니다.]

"애초에 말이죠. 당신이 섬겨 온 신들보다 나의 주군께서 훨씬 더 뛰어나십니다. 만류귀종. 결국 끝은 템빨로 향하게 되어 있으니까요."

"……?"

"궁극의 무도도, 마도도."

결국.

"템빨 아래 평등하다는 거예요."

[당신의 기사 '메르세데스'는 앞으로 모든 종류의 아이템을 제약 없이 착용할 수 있으며 착용하는 아이템의 성능을 15퍼센트 향상시킵니다.]

"저를 설득할 생각일랑 관두세요."

"……."

대체.

대체 자꾸 무슨 궤변이란 말인가?

이정은 도무지 어이가 없었다. 이쯤 되자 템빨이라는 개소리의 뜻이 정확히 무엇인지 당장 알고 싶었다.

한편.

파직! 파지지직!

추종자들의 비호 속에서 카일은 회복하고 있었다.

오늘날 입은 굴욕을 떨쳐 내야만 정진할 수 있다고 믿은 그는 급기야 진원진기마저 소모한 것이다.

'힘의 섭리를 우습게 보지 마라.'

나약한 주제에 고귀한척 구는 엘프들.

되도 않는 긍지를 외치는 기사들.

내게 굴욕을 안긴 아스모펠.

오만하기 짝이 없는 메르세데스.

카일은 이 자리의 모두가 마음에 안 들었다.

"모조리 죽어라!"

쿠와아아아아아아아앙-!

끝내 회복한 카일이 전력을 다해서 전류를 방출하자 일대의 모두가 휩쓸렸다.

엘프와 기사들의 육체가 갈기갈기 찢겨 나갔고 아스모펠을 부축하고 있던 전 솔로 넘버 나이트들이 위기를 느꼈다. 재빨리 방패를 세우고 검기를 두른 메르세데스조차도 쉽지 않음을 직감할 정도였다.

레쉬는 이미 사망하고 있었다.

'제… 기랄……'

플레이어의 성향은 각기 다르다.

그리고 대부분의 플레이어가 보다 쉽고, 편하고, 즐거운 게임 환경을 원한다.

그들 중 누군가는 나의 의도를 읽어 주지 않을까?

사망 상태로 일정 시간이 지나면 강제 로그아웃되는바.

여태껏 모든 상황을 녹화하고 있던 레쉬가 동영상 촬영을 녹화가 아닌 생중계 형식으로 바꿔 버렸다.

그러자 그의 계정에 연동돼 있는 유X브 개인 방송국이

활성화되면서 그가 지켜보는 잿빛 풍경이 실시간으로 세상에 전파됐다.

몰려드는 시청자들.

그중 누군가가 이곳으로 찾아와 다음 상황을 중계해 주길.

듀란달 황자의 야욕과 카일의 위험성을 세상에 경고해 주기를.

레쉬가 바라는 그때.

채챙!

채채채채챙!

메르세데스가 수세에 몰리기 시작했다.

전보다 더욱 강해진 카일과 협력한 추종자들이 동시에 압박해 오자 제아무리 메르세데스라도 쉬이 감당할 수 없는 눈치였다.

그녀의 흰 머리와 피부가 점차 피로 붉게 물들어 갔다.

'안… 되는데…….'

메르세데스는 우리를 도와준 은인이다.

또한 그녀는 전설의 기사이기에 앞서서 그리드 님의 기사이다.

그녀를 죽게 놔둘 순 없다.

나라도 다시 와서 도와야 한다.

'로그아웃…….'

강제 로그아웃 시간까지 버티려던 레쉬가 자발적으로 로

그아웃을 외치는 순간이었다.

콰르르르르르르릉!

한 줄기의 벼락이 현장에 난입했다.

카일의 전류를 무의미하게 만들고, 전류 속에 숨어 있는 카일을 끄집어내어 관통해 버리는 진정한 뇌신의 힘이 기껏 회복했던 카일을 다시금 피토하게 만들었다.

지존.

플레이어의 한계를 벗어던지고 초월의 경지에 오른 흑발 사내의 모습이 꺼져 가는 레쉬의 시야에 마지막으로 잡혔다.

† † †

전기를 만드는 몸.

곁에 다가가기만 해도 정전기를 일으키거나 감전시키는 돌연변이 카일은 누구에게도 사랑받지 못했었다.

심지어 부모에게조차 꺼려졌던 그를 거둔 사람이 다름 아닌 전 황제 쥬앙데르크다.

기꺼이 자식을 내어 주던 부모의 환한 얼굴을, 카일은 여전히 잊지 못한다.

카일은 일생토록 발악해 왔다.

부모에게 버림받은 슬픔과 고독을 떨쳐 내고자 노력했고,

황제가 소개해 준 스승에게 인정받고자 노력했다.

 스승에게조차 버림받았을 때는 나락까지 떨어진 자존감을 끌어올리고자 노력해야 했고, 그러면서 또 스스로의 힘을 통제할 수 있게끔 홀로 노력했으며, 드디어 힘을 통제할 수 있게 된 후에는 황제의 기대에 부응하고자 노력했다.

 무패왕의 후예에게 한쪽 팔을 잃었을 때는 커다란 좌절과 공포에 휩싸였지만 그마저도 극복하고자 노력했다.

 적해의 유적지에서 무신을 만났을 때는 드디어 노력을 보답받는구나 생각했다.

 정말로 큰 역경 속에 얻은 힘.

 카일은 그것에 심취했다.

 더욱더 강해지는 일만이 무패왕의 후예라는 공포를 극복하고 내게 실망했을 황제에게 가치를 증명할 수 있는 유일한 수단이라 믿었다.

 하지만 그가 다시 제국에 돌아왔을 때.

 그를 기다리는 것은 황제가 붕어했다는 소식이었다.

 순간 카일이 느낀 감정은 이미 오래전에 떨쳐 냈다고 믿어 왔던 고독.

 카일을 지탱할 수 있는 것은 이제 힘밖에 없었다.

 그에게 남은 것은 힘에 대한 긍지뿐이었다.

 한데.

 한데 그마저도 잃게 생긴 것이다.

고작 이런 곳에서 패배하고 누군지 알지도 못하는 놈들에게 도움을 받게 될 줄이야.

이대로 죽어서는, 이대로 도망쳐서는 정말로 끝이다.

나의 탄생에는 가치가 없었노라.

나를 버렸던 부모의 선택은 옳았노라는 사실을 스스로 증명하는 꼴밖에 안 된다.

"모조리 죽어라!"

이번만큼은 스스로 극복해야 한다.

그래야만 앞으로 나아갈 수 있다.

그렇게 믿고 진원진기마저 소모해 회복한 카일이 체내에 축적하고 있던 전류를 모조리 한꺼번에 방출시켰다.

쿠와아아아아아아아앙!

콰르릉, 쾅쾅!

거대한 폭발에 이어서 곳곳에 낙뢰가 떨어졌다.

번개가 지상에 떨어져 피해를 입히는 현상을 벼락, 낙뢰라고 하며 번개는 전기 방전이 발생시키는 현상이다.

결국 다 전기로부터 비롯되는 것이었고, 이 순간 수십 줄기의 낙뢰를 발생시킨 근원은 카일이었다.

마치 신의 위용이었다.

현장의 모든 사람들이 카일에게 압도당하며 공포를 느꼈다.

'훌륭한 재능이다. 무신께서 아끼시는 이유가 있었군.'

이정조차도 카일의 잠재력에 감탄했다.

당장은 아직 미숙할지 몰라도, 아주 먼 훗날에는 우리 삼제와 어깨를 나란히 하게 되지 않을까…….

쉬지 않고 울리는 천둥과 비명 속에서, 이정이 이와 같은 생각을 품을 때였다.

콰르르르르릉!

유난히 큰 천둥소리가 들려왔다.

다른 이들은 전혀 신경 쓰지 않았으나, 오래전부터 초월의 격을 쌓아 온 이정은 어떤 위험을 직감했다.

"……?"

이정이 소리의 발원지로 고개를 돌렸을 때는 이미.

콰직! 콰지지지직!

백열하는 인간이 지상으로 떨어져 카일의 목덜미를 움켜쥐고 있었다.

물리적인 개입을 불가하게 만드는 전류의 폭풍을 손으로 찢어발기고 그 속에 숨어 있던 카일을 끄집어냈으니 일종의 기적이었다.

"컥, 커억!"

언제 당했지?

우악한 손에 목을 쥐어진 카일이 발버둥 쳤다. 갈기갈기 찢겨져 나갔던 전류의 잔재들이 창으로 변해 카일을 지키고자 되돌아왔다.

파지지직!

수십 자루의 전기 창이 정체불명의 괴한을 관통했다.

하지만 카일은 여전히 숨을 쉴 수가 없었다.

그의 목을 움켜쥐고 있는 괴한의 손에서 힘이 조금도 풀리질 않았다.

'멀쩡하다고?'

왜?

아니, 지금은 상황을 파악하려는 시도조차도 사치다.

일단 살아남아야 한다.

판단한 카일이 자신의 몸 자체를 전기로 변환시켰다. 자신의 목을 움켜쥐고 있는 손으로부터 탈출하려는 것이 그의 의도였다.

한데.

"……!"

전기로 변함과 동시에, 카일은 자신이 소멸해 감을 느꼈다.

자신을 이루는 전기가 모조리 불살라지는 듯한 고통에 휩싸였다. 그는 급히 힘의 발동을 멈춰야만 했다.

같은 전기라도 전압이 다른 것이다.

카일의 전기 발생 원리는 선천적인 체질에 의거한 것.

과거, 우연히 기연을 만나 동대륙에 갔다가 청룡의 가호를 받았다곤 하지만, 그의 전기는 결국 인간의 몸을 매개로 발생하는 것이며 청룡의 가호는 타고난 힘을 강화시켜 주는 수준에 불과했다.

 반면 청룡의 숨결을 직접 가공하고 강화시켜 〈천지를 발밑에 둘 오만한 청룡의 부츠〉를 만든 그리드는 청룡의 힘 그 자체와 동화할 수 있었다.

 카일의 전기가 1만 볼트, 10만 볼트짜리라면 번개와 비를 관장하는 신수 청룡의 힘을 끌어다 쓰는 그리드의 전기는 100만 볼트, 1,000만 볼트짜리인 셈이다.

 이 시국에 굳이 이런 비유를 해야 하나 싶지만, 피X츄와 라X츄 정도의 차이라고 생각하면 쉽다.

 그리드가 청룡의 부츠를 착용하고 있는 이상 카일은 그리드에게 전혀 해를 끼칠 수가 없었다.

 영문을 모른 채 혼란스러워하고 있는 카일의 귓전에 무겁고 차가운 음성이 스며들었다.

 "오랜만이야."

 "떫!"

 카일이 놀라 혀를 깨물었다.

 바동거리며 애쓰던 그의 몸이 축 늘어진다 싶더니 정체불명의 액체가 뚝뚝 떨어졌다.

 지린 것이다.

 조금 전까지만 해도 신과 같은 위용을 보였던 천하의 카일이 지리고 말았다.

 덜덜덜······.

삼제 이정 • 343

카일이 떨었다.

그는 몇 달 전에 새로이 자라난 왼팔이 뜨겁게 불타는 듯한 통증에 휩싸였다.

"……."

〈뇌신〉의 유지 시간 동안 아직 피통이 절반도 넘게 남은 이 녀석과 무신의 추종자들을 과연 모두 처리할 수 있을까?

고민하는 그리드의 시야에 특이한 알림창이 떠올랐다.

[대상이 전투 의지를 완전히 상실하였습니다.]

'역시.'

이미 몇 번의 경험을 통해서 예상했던 일이 이 순간 확실해졌다.

카일.

과거 내 몸을 빌려 썼던 브라함에게 호되게 혼나고 벌레 취급당했던 이자는 브라함과 나를 동일시하며 여전히 나를 두려워하고 있다.

어떤 저항을 시도하기는커녕 감히 눈조차 마주치지 못할 정도로.

"이번엔 봐주마."

어차피 저항하지 않는 상대에게 할애할 시간은 없다. 단단하고 피통도 많은 네임드 NPC를 순살한다는 건 사실상 불가능하니까.

카일을 놓아준 그리드가 하나같이 두건으로 눈을 가리고

있는 무신의 추종자들에게 시선을 돌렸다.

현장의 풍경을 관찰하고 대충 상황을 파악한 그리드는 무엇보다도 추종자들에게 분노하고 있었다.

넝마가 된 메르세데스의 몸에 새겨진 상처들은 대부분 타박상이었으니까.

"너희가 감히 내 기사를."

"……!"

두건에 가려진 이정의 눈이 부릅떠졌다.

압도적인 힘으로 카일을 순식간에 제압한 저자의 정체가 메르세데스의 주인이었다니?

'그녀가 주인을 신처럼 숭배했던 이유가 있었군.'

찌릿, 찌리릿.

피부가 저려 온다.

이것은 신수 청룡의 힘 그 자체.

쫓겨난 신들을 섬기던 시절에나 목격할 수 있던 힘이 왜 이곳에……?

"…그런가."

이정이 한 가지 가설을 세웠다.

"그대는 쫓겨난 신들과 한배를 탄 게로군?"

"……?"

"어리석다. 그들은 인류의 등불이 아니거늘."

쫓겨난 신들.

그랜드마스터 지크프렉터가 언급했던 그들의 존재가 여기서 튀어나올 줄이야?

파직-!

그리드가 이동했다.

커다란 정보를 얻을 수 있는 이 기회를 결코 놓칠 수 없었기에 발 빠르게 행동하는 것이다.

〈뇌신〉스킬은 최대 속도가 유지되는 동안만 지속되는바.

그리드는 이미 최대 속도에 도달한 상태라는 뜻이며 이는 완전한 초월자에게도 충분히 위협적인 빠르기였다.

콰르르르릉!

패닉에 빠진 카일이 모든 전류를 거두자 고요해졌던 숲에 다시금 천둥이 메아리쳤다.

이정은 아홉 번의 공격을 허용하고 있었고 그리드는 검무를 완성하고 있었다.

"초연화."

'이 검술은 설마?'

쫓겨난 신들과 한배를 탄 것은 이자의 숙명이었나?

——!

새로운 고요 속에, 이정의 양손을 구속하고 있는 철판 위로 수십 줄기의 검기가 떨어졌다.

그리드가 하필 철판을 노린 것이 아니라 이정이 철판을 들어서 막은 것이다.

하지만 방어는 무의미했다.

콰르르르르르르르릉!

뒤늦게 다시 울리는 천둥소리에 이어서.

콰지지지지지지직!

이정의 몸이 경기를 일으켰다.

100퍼센트 전격 속성의 검기들이 철판째 그를 감전시킨 것이다.

한데 놀랍게도.

퍼엉-!

이정은 완벽하게 반격했다.

그의 발차기가 그리드의 관자놀이를 정확히 타격했다.

초월자의 의지가 상태 이상이라는 개념을, 초월자의 감각이 속도라는 개념을 초월한 순간이었다.

다만 문제는.

기껏 큰 피해를 감수하고 반격해 봤자 무의미하다는 점이었다.

이정의 발차기는 분명히 그리드를 때렸으나 그리드는 아무런 피해를 입지 않았다. 이정의 발이 그리드의 몸을 그대로 관통해서 지나갔다.

'격이 다르다.'

불완전한 부분이 전혀 없다.

그야말로 뇌신이다.

생각하는 이정의 가슴을,

푸우우욱-!

극살이 베고, 찔렀다.

피를 왈칵 쏟은 이정이 급히 보법을 전개해 탈출하려 했지만 탈출 경로는 이미 그리드에게 장악당한 상태였다.

"정말로 대단하구나!"

솔직하게 감탄한 이정이 또 한 번 감각으로 그리드의 공격을 회피하는 데 성공했다. 그리고 그대로 반격했지만 역시 이번에도 무의미했다.

"초연살극."

그리드는 하나의 경지로 승화시킨 4개의 검무로 온갖 마법과 검기를 전개했다.

회심의 일격이었다.

이정의 직감이 위험을 경고했다.

'구속구를 풀었어야······!'

잘못 판단했다.

고작 경험의 일환으로 삼을 상대가 아니었다.

뒤늦게 깨달은 이정이 수련 명목으로 착용 중인 구속구를 뒤늦게 원망하는 순간.

[〈흑화〉의 지속 시간이 끝났습니다.]

그리드의 속도가 급격히 느려졌고,

[〈뇌신〉이 해제됩니다.]

그리드의 몸을 휘감고 있던 백광이 걷혔다.

하지만 그리드는 당황하지 않았다.

스킬의 지속 시간쯤이야 충분히 계산하고 있었으니까.

그리드는 이미 이정의 배후를 장악한 상태였고, 초연살극의 완성을 끝내 놓았다.

스킬은 적중할 것이다.

이 싸움의 승패는 이미 정해졌다.

판단하며, 침착하게 열망의 무아검을 휘둘러 나가는 그리드였으나.

"흑살광격!"

이정은 구속구를 차고도 메르세데스와 동수를 이뤘던 인물이다.

뇌신 상태가 아닌 그리드가 감당할 수 있는 상대가 아니었다.

"……?"

그리드의 시야가 암전됐다.

당황하는 그의 몸을,

번쩍-!

날카로운 빛이 관통했다.

[145,900의 피해를 입었습니다!]

[〈최초의 왕〉 칭호 효과가 발동합니다.]

[너무 큰 피해를 입어 최근 1분 내에 잃은 생명력만큼의

보호막이 생성됩니다. 보호막이 지속되는 동안 모든 지형 적응력이 100퍼센트 상승하고 이동 속도와 방어력이 10퍼센트 상승합니다.]

[암흑의 룬에 귀속된 〈티라멧의 힘〉 효과가 발동합니다.]

[생명력이 10퍼센트 이하로 떨어져 30퍼센트의 생명력이 회복됩니다.]

"큭……!"

최악이다.

시야의 상실로 인해서 초연살극의 발동이 도중에 취소돼 버렸다.

'오는 데 시간이 너무 걸렸어.'

매스 텔레포트를 타고 세계수의 숲에 막 도착했을 때.

그리드는 아스모펠이 2인자의 저력을 발동했다는 알림창과 함께 저 멀리 발생하는 폭발을 동시에 목격했다.

그때부터 달려왔다.

하지만 숲이 너무 넓은 나머지 신속한 몸놀림만으론 제때 도착할 수 없을 거란 생각이 들었고, 급기야 메르세데스가 새로운 기사도를 세우더니 또 거대한 폭발이 발생하자 초조해져 흑화까지 사용해 버렸다.

정확히 어떤 상황인지도 모르는데 기사 소환을 쓸 순 없었으니 차라리 자신의 힘을 소모한 것이다.

그 결과가 이거다.

패착?

"흑살광격을 맞고도 멀쩡하다니……?"

아니.

아스모펠과 메르세데스는 내 예상대로 알아서 잘하고 있었고 내가 시간을 번 동안 충분히 회복했다.

"전하!"

그리드가 두 발로 서 있자 짐짓 놀라는 이정.

그의 뒤편으로 나란히 달려오는 두 사람의 모습을 그리드는 보았다.

붉게 타오르는 아스모펠의 검과 달빛을 머금고 차갑게 식은 메르세데스의 검은 완전한 대비를 이루고 있었으며 그렇기에 도리어 조화를 이뤘다.

그리드가 협동했다.

"쫓겨난 신들이 뭔지 말해!"

콰르르르르르르릉-!

"큭, 크아아아악!"

세 사람의 각기 다른 검술이 마치 하나의 물결처럼 흐르며 이정을 난도질했다.

53권에 계속

-자네, 골프 배워 볼 생각 없나?
귀신 김상현의 권유로 시작하게 된 골프.
이현은 골프를 배우며 자신만의 꿈을 꾸게 된다.
KPGA를 넘어 PGA에 도전하는 이현!
세계는 이현을 보고 라이징 스타라 부른다.

www.mayabooks.co.kr

www.mayabooks.co.kr